白羽——著
偷拳
（全）

推薦序

最眞實的《偷拳》

《武俠小說史話》作者 林遙

《偷拳》寫於一九三九年，一九四〇年與《武林爭雄記》、《聯鏢記》同時由天津「正華出版部」排印。抗戰勝利後，上海勵力出版社將《偷拳》改名《驚蟬盜技》再版發行。在該書「後記」中，白羽特別說明：「技擊故事逃避現實，一向是虛構多，寫實少……唯有這本《偷拳》和《子午鴛鴦鉞》純本事實。」

此書是白羽武俠小說中篇幅最短，結構最完整，技巧最高明，情節最感人，武術描寫最真實的一部。

故事講述清代冀南廣平府少年楊露蟬，為了學習太極拳，到陳家溝拜訪太極陳，太極陳拒而不見，楊露蟬於是扮成啞巴以僕人身分混入陳府，在陳邸潛伏，經過無數辛酸周折，最終掌握了高超的武藝，在京師顯赫聲名。小說不僅透過楊露蟬裝僕扮啞三載，歷盡磨難，偷學太極陳的太極拳，展示了艱苦卓絕、忍辱負重的「俠義精神」，還通過對楊露蟬被太極陳拒之門外、四處投師的經歷描繪，寫他遇到的騙財收徒的大竿子徐、糾徒為奸的地堂會以及「得異人傳授」的大騙子宗勝蓀，處處遭逢欺騙，差點兒難以脫身，由此批判了武俠世界名不副實的一面。

《偷拳》二十二章，十餘萬字，但整體結構卻層層轉進，步步為營，前後照應。前五章在佈局上，一直是以楊露蟬為主，到他為投師訪藝，在陳家溝登門獻禮而遭「太極陳」一拒再拒之後，憤然撂下「十年後再見」的話，隨即一去無蹤。從第六章起，一下跳過五年，寫太極陳一念之仁，收容倒臥雪地的啞丐，如此又過了三年。扮作啞丐的楊露蟬，月夜窺視「太極陳」練武，失聲叫好，最終真相大白。作者至此，反過來藉楊露蟬的口，又交代當年楊露蟬流落江湖的遭遇。小說採用倒敘的寫法，卻非常自然。此外，除第一章的情節是「全知敘事」與「單一敘事」混合並用外，後續情節都嚴格限制作者敘事節奏，情節都由人物的對話和行動推動，避免作者跳出來干擾，這種文學技巧在當時的武俠小說作家中可謂少見。

小說在武功描寫上也較為真實，書中對太極拳的巧勁「四兩撥千斤」詳細解釋，描述太極拳的實戰應用能力，在打鬥中著力描繪高手較量的藝術化，使人耳目一新。

小說沒有驚險離奇的情節，故事中的人物更是普通，沒有驚人壯舉，但是透過故事看道理，頗令人動容。它一方面揭露了武林的騙局，告誡人們不要盲目崇拜，尤其是普通人更要謹慎，另一方面則通過楊露蟬曲折的學藝經歷，說明俠客的武功不是先天就有的，而是通過後天執著追求、發奮努力習練而成，闡釋了一種積極向上的人生態度。白羽的小說不是簡單在講故事，而是述說社會人生的哲理，這一點與「新文學」的內涵是相通的。

楊露蟬受「太極陳」出師訓誡。「太極陳」一反平日的孤傲，告誡徒弟：「要虛心克己，勿驕勿狂。多訪名師，印證所學；尊禮別派，免起紛爭」，「千萬不要脅技自秘」，「你不要學我」。與普通的「反省」不同，這一訓誡不僅是對武俠中的假冒偽劣進行批判，還將現代人自尊自重的品格體現出來，是現代精神在白羽武俠小說中的流露。

張贛生曾言：「白羽深痛世道不公，又無可奈何，所以常用一種含淚的幽默，正話反說，悲劇喜寫，在嚴肅的字面背後是社會上普遍存在的荒誕現象。讀他的小說，常使人不由得聯想自己的生活經歷。這體現著大大超出武俠小說本身的一種藝術魅力。所以，正是白羽強化了武俠小說的思想深度，開創了現代社會武俠小說這種新類型。白羽的成名作是《十二金錢鏢》，共十七卷；但最能顯示他文學水準的，則是《偷拳》兩卷和《聯鏢記》六卷……」

《偷拳》一書結構完整，首尾呼應，情節明快，行文流暢，即使放置純文學角度欣賞，亦是一部非常可讀的小說。

目錄

目錄

第一章　弱齡習武

楊露蟬世居冀南廣平府，務農為業，承先人的餘蔭，席豐履厚，家資富有，但卻生而孱弱，從小多病。他父寵愛弱子，恐其不壽，教楊露蟬讀書之暇，跟從護院武師李德發習練武技，藉此強身健體；又買些拳圖劍譜之類，任從露蟬隨意觀摩。他父子那時作夢也沒想到，將來要以武術馳名於一代。

楊露蟬身體單細，天資卻聰明，一年以後，已將李師傅最得意的一趟長拳十段錦學會了。李師傅不過是一個尋常的教頭，有些力氣，會幾招花拳罷了，並沒有精深獨到的武技。自教會楊露蟬那套長拳，不料偶因試技，竟鬧出笑話來。

時當初夏，李師傅在場子裡看著露蟬練拳，一邊解說，一邊比畫，哪一招不對，哪一招沒有力量；應該這麼發，應該這麼收。

楊露蟬穎悟過人，又讀了些書，一知半解，已竟有點揣摩，隨將手放下來，走近幾步，對師傅說：「我練這手『擺肘逼門』和『進步撩陰掌』，總覺不對勁。勁從哪裡使，才得勢呢？」說時做了個架勢。

李師傅拍著小肚子說：「勁全在這裡呢！勁，全憑丹田一口氣。露蟬，你太自作聰明，我常說，練武的是內練一口氣，外練筋骨皮。用力全憑氣，你那個架勢不對……」

露蟬忙笑道：「師傅，照你老這麼練，我總覺彆扭！剛才你老說我那兩招發出的力量不對，我再來一趟，你老給我改正。」

露蟬走了兩招，李師傅搖頭，遂自己亮了個「擺肘逼門」和「進步撩陰掌」的架子，道：「露蟬，你把勁用左了，你看我這掌怎麼發？這掌力發出來夠多大力量！」

露蟬道：「師傅這一招怎麼破？」

李師傅道：「這要用『劈拳展步』，這麼一來，不就把這招閃開了麼？」

楊露蟬道：「這麼拆行不行？」身隨話轉，右腳往後一滑，右拳突從左腕下一穿，噗的一拳搗在李師傅鼻子上，鮮血流出。楊露蟬道：「哎呀！弟子失手了。」

這一招隨機應變，李師傅一時按捺不住，勃然大怒道：「好小子，教會了你打師傅！」頓時鼻血流離，發起哼來。

楊露蟬忍笑賠罪，卻不禁露出得意神色。那李師傅越發惱怒，過來要抓打露蟬，卻被露蟬雙手一分，閃身竄開。早有三兩個長工上來勸解住，一個長工向內宅跑。

李師傅低著頭拭去鼻血，見勸解的人多了，忽醒悟過來，臉一紅，對眾人擺手道：「沒事，我們過招，碰了一下……好徒弟，你請吧。我教不了你這位少爺！」

當天露蟬之父極力賠罪。李師傅自覺難堪，敷衍了幾天，解館而去。這件事傳揚開了，鄉里傳為笑談。露蟬也被老父斥責，不應該侮師。

過了幾個月，楊父的一位至友，荐來一位武師，姓劉名立功，精長拳，尤以六合鉤享名於時；雖然年事已高，而豪放不羈之氣掩盡老態。以前執業鏢局十五六年，一帆風順，旋於六旬大慶之年，毅然退出鏢局，想以授徒，聊娛暮景。及被荐到楊宅，那精神談吐果然與李武師不同。

露蟬拜師之後，教師劉立功教露蟬將以前所學的技藝試練之後，這老人背手微笑不言。

露蟬遲疑道：「莫非弟子以前所學，已入歧途了麼？」

劉立功搖了搖頭，問道：「你練了幾年了？」

露蟬答道：「四年。」

劉立功咳了一聲，又問：「你從前的師傅是誰？」露蟬照實說了。

劉立功點頭不語。沉了沉，正色向露蟬說道：「武門中率多以門戶標榜，自矜所得，嫉視他派，詆毀不遺餘力，所以往往演成門戶之爭。武技不為人看重，大抵由此輩無知的武夫造成的。所以我練了幾十年功夫，絕不敢妄褒貶他人，輕易炫弄自己；這就是我免禍之訣，弭爭之術。

「武功這一門，練到老，學到老；一日為師，終身不許忘。所遇的師傅功夫有深淺；若說跟這位師傅練了幾年，沒得著一點真功夫，空把年華蹭蹬過去，那你應該自怨擇師不慎。作師傅的不度德、不量力，固然也有不對，可是他絕沒想到把你的年華耽誤了，他還以為盡其所長，全教給你了。不過他所得不精，終歸落個誤人誤己。所以收徒投師都是難事。」

楊露蟬點了點頭，看著劉立功。

劉立功又道：「我也不是真有驚人的武術，出類拔萃的功夫，只於當初我師傅教我時，專取其精，不教我好高騖博，於拳義口傳心受，只將一趟長拳十段錦的精義，和六合鉤的訣要，費了十來年的功夫，才得一一領悟。我劉立功在江湖多年，就仗著一雙肉拳，兩把鋼鉤，圖出一點虛名來。如今我們湊在一處，我當初怎麼學來的，就怎麼教給你。到我這點薄技淘弄淨了，你再另投名師。

「我今日只當著你一人，敢說句狂話，我還不致把你領到歧路上去。說句江湖粗話，一個將軍一個令，一個師傅一個傳授。你空練了整套的拳，可惜拳訣一竅不通，你就那麼再練十年，也算沒練。練拳不知拳訣，練劍不知劍點，那怎能練出精采來？

「露蟬，咱就在入手開教之前，先講好了。你只當從前沒有學過，我也當你是乍入武門的徒弟，我就從初步的功夫教起；你不許厭煩，不許間斷。練武非一朝一夕，一蹴可幾的事，要有耐性，有魄力；許我不教，不許你不練。你能夠答應這幾件事，我收你這個徒。不然你另請他人，我不願意到老來，落個誤人子弟之名。」

楊露蟬乍聽愕然，想了想，拜謝道：「弟子願遵師之命，不論多少年，只要師傅願教，弟子一定耐著心，好好的學。弟子要是不好武功，從那位李武師一走……」

劉教師擺手道：「好，咱們一言為定，明天你就下場子練。」

楊露蟬一誤未曾再誤，這退休的鏢客劉立功果然有真實功夫。看他那言談氣度，沉穩矍鑠，也與尋常教師不同。開教的時候，每站一個架式，必定詳為解釋，屬於上盤，屬於下盤，屬於中盤，在拳術中有何功用，於健身上有何效應，反覆講解，不厭求詳，必使露蟬真個領悟了才罷。

露蟬天資聰穎，傾心向學，劉武師的教法又不俗，師徒相投，進步很快。劉立功算計著教露蟬固下盤，築根基，至少須有一年的功夫。那知只六七個月，露蟬已將固下盤的竅要得到。

劉教師欣然得意；當教師最難得的是徒弟既聰明，又聽話，遂趕緊的傳授「長拳十段錦」。

楊露蟬一看這位劉武師所教，果然跟那李師傳的截然兩樣。劉立功先將這一套長拳，親自從頭練過，真個是守如處子，翩若驚鴻。練完，然後向露蟬解說，分拆開一招一式的運用，又把自己精心所得，與古代流傳不同之處，一一現身的指示給露蟬看，解說給露蟬聽。露蟬心領神會，十分悅服。

兩年過去，劉立功老武師已將長拳十段錦的拳訣，一一傳與露蟬。長拳中原有三十五字的拳訣，後來化繁為簡，演成十八字。相傳即為武當派開山祖師張三丰化少林寺「十八羅漢手」的精華，演為十八字的拳訣。可是這十八字訣的研求所得，後起各家不相同，見仁見智，全在個人天賦，和鍛鍊的功夫深淺。

教師劉立功又教了三年的功夫，把自己數十年所得於拳術上的學識，傾囊贈與露蟬。露蟬也不辜負劉武師的期望。不過劉武師六合鉤這套功夫，楊露蟬卻練不好，這就因為楊露蟬限於天賦，沒有那麼大的膂力。劉武師也深愧自己對於內功上，沒有十分把握，不敢妄傳內家拳，深恐一旦授受失當，反倒前功盡棄。

楊露蟬這幾年習練武功，練得身體已不像從前那樣羸弱；瘦挺矮小的身材沒法改變，容色肌骨卻已漸漸堅實。劉武師諄囑露蟬：「兩膀沒有五六百斤的膂力，不能運用六合鉤。」露蟬也深知這六合鉤並非劉武師靳而不授，實是自己力不能及，徒喚奈何。

一天，金風送爽，蟬曳殘聲，劉立功忽動鄉思，慨然對露蟬說：「我師徒五載相依，於今尚有半月之聚。中秋節過，是我歸期。嗣後你自己下功夫，或是另投名師、別訪益友？我不便代籌。我以自己才技所限，已經盡我所能傾囊相授。你體質不足，聰悟過人，如果遇有深通內家功夫的武師，尚能棄短用長，別圖補救。前程萬里，諸望自愛。」

楊露蟬驟聽劉武師要走的話，十分驚愕。趕忙站起身來，肅然請問道：「老師，弟子尊師敬業，學而未成，從未敢疏忽；莫非弟子有失禮的地方？下人們有侍候不周的麼？弟子於老師所授的武功未窺堂奧，那敢說自己研求？還望老師多住二三年，弟子多得些教益。」

「露蟬，我們師徒相處已久，難道你還不知道我的脾氣麼？我雖沒多唸過什麼書，可是懂得言必信，行必果。你我師徒有言在先，我初來時說的話，你難道忘了？你父子待我情至義盡，當老師的能遇上你這麼好學知禮的徒弟，於願已足。你技藝已然粗成；我呢，年衰倦遊，亟欲歸老田園。彼此神交，你不必作那種無謂的挽留了。」

楊露蟬深知劉武師的秉性直率，言行果決，不敢再言，悄悄的把劉武師要走的話，稟明了老父，父子暗中給劉武師預備豐富的行裝。到中秋節日，父子歡然置酒餞行。三人快飲數日，情意拳拳，劉立功捻鬚欣然，十分心感。

到八月十七日那天，劉武師就要走了。晚間，父子把所預備的行裝，及歷年劉武師未曾動用的束脩，全數捧送出來。束脩之外，有兩套嶄新的衣服，紅紙封裹著五十兩銀子，用托盤托過來，恭恭敬敬的放在劉武師面前，說道：「這是師傅歷年所存束脩，一共四百七十五兩，這五十兩銀子和這幾件衣服，算是徒弟一點心意，師傅賞收吧。」

劉立功含笑道：「你們也太認真了，說實在的，我家中尚不指望這種錢餬口。你們收起來，替我存著；哪時我用得著，再找你們要來。這身衣服我倒拜領了。」

劉武師雖則這麼說，露蟬父子哪肯聽從？不待師傅吩咐，遂把銀子包裹全給打點在一處，教人收拾好了。又泡上茶，坐在一旁，要敬聽師傅臨別的贈言。

劉立功見露蟬父子這等熱誠，不禁有感於衷，向露蟬道：「可惜我的武學太淺，你的天份太高，教我空捨不得你這好徒弟，卻已沒有什麼絕技來教你。緣盡而已，尚有何言？」

露蟬忙答道：「師傅，你既看得出弟子來，弟子也實是和老師情投意合，往後何在乎教我不教，就多在舍下盤桓幾年，指點著弟子，也總比弟子瞎練強啊。」

露蟬說了這話，再看劉武師；仰面不答，好像沒聽見，楞柯柯似在思索著什麼，露蟬遂不便再絮聒。沉了一刻，劉武師方才慨然對露蟬說：「你將來打算做什麼呢？」

露蟬道：「弟子因病習武，多得其益；鑽研既勤，愛好益深。我已經在這道上用了功夫，索性就把他練出點眉目來，也可以從中成名立業。」

劉武師道：「我十分愛惜你這天資，你若得遇名師指點，不難成名，要是半途而廢，我也實在替你可惜。我之所學既已傾囊相授，我實在不能耽誤你，現在我指給你一條明路吧！河南懷慶府陳家溝子，有一位隱居之士，姓陳字清平。他幼遇異人，傳授給一身絕技，推演太極圖說，本太極生兩儀之理，演為拳術，名為太極拳。這種拳術渾一歸元，實有巧奪造化之功，所有派別拳家多半莫名他的手法。這種拳術不止於所向無敵，並且有益壽延年、養生保命之效，以巧降力、轉弱為強之妙。依你這種天資，還就你這種體格，你若拜太極陳為師，那時捨短用長，以巧降力，何患不能成名？」

露蟬欣然答道：「師傅既知道有這位名師，咱們何不早把他請來。弟子明日就備重禮，打發人去請這太極陳老師去。」

劉武師啞然失笑，向露蟬點點頭道：「你看得實在太容易了。這位太極拳陳老先生，不是你銀錢所能請得來的，也不是人情面子所能感動的。你想把陳先生請到你家來，豈不是笑話麼？就是你備上千金重禮，他也未必肯來。」

楊露蟬臉一紅，忙說：「弟子是個小孩子，不明白的事太多，老師你看我該怎麼辦呢？」

劉立功捻鬚微笑道：「大凡奇才異能之士，性多乖僻；這位陳老先生更是古怪異常，做事極不近人情。他身懷絕技，門下弟子倒沒有多少。他以自己獨得之秘，經過二十多年的精思苦練，始獲得拳招訣要，他以為這太極拳得來既非容易，所以也不肯輕易傳授於人。他又恐怕傳與非類，反倒將他的門戶清名玷污了，所以擇徒極苛，既不講情面，也難歆之以利。他這個人實是狂狷之流，孤高耿介；他又是素封之家，無求於人，閉門高臥，足樂生平，因此養成了一種一芥不取，一芥不予，軟也不吃，硬也不怕的性格，他這種人委實不好對付。我看你的天資，若半途而廢，未免可惜，所以想勸你轉到太極陳門下，定能發揮你的天才，成名於天下。但是要聘請他來，那是十九辦不到的，你應當專程赴豫，拜投到他的門下才行，這只看你的機緣了。」

露蟬不禁作難道：「師傅的意思，是教我登門投師？這位陳老師性情既這樣孤高，我又跟他素昧平生，無一面之識，師傅可不可以給我寫一封薦書？」

劉立功擺手道：「那倒沒有用處。告訴你，至誠可以動人。你只要真心求學絕藝，虔誠優禮的登門獻贄，叩求收錄，這比人情薦送，反而強得多；況且我跟太極陳也不過慕名，並不認識。露蟬，我因你志趣不俗，所以指示你一條明路。你願去不願去，你慢慢仔細思量，也不必忙在一時。」

一席話打去楊露蟬不少高興。他低頭尋思良久，忽然一挺身子，向劉立功問道：「老師，由廣平府到懷慶府陳家溝子，共有幾天的道？是起早，是坐船？往返該多少路費？」

第二章　觀場觸忌

五年以後，楊露蟬父喪既除，負笈出門，由故鄉策驢直指河南。

當教師劉立功散館還鄉時，楊露蟬陪師夜話，已將路程打聽明白。劉立功心知這個愛徒年紀雖小，頗有毅力，只是少不更事，人雖聰明，若一涉足江湖，經驗太嫌不夠。劉武師一片熱腸，將自己數十年來經歷，和江湖上一切應知應守應注意的話，約略對露蟬說了許多，楊露蟬謹記在心。劉武師去後，楊露蟬便要出門遊學，偏生他完婚未久，老父棄養，直耽誤了五個年頭，方才得償夙願，踏上征途。

楊露蟬風塵僕僕，走了十餘日，已入懷慶境。投宿止店，飯後茶餘，楊露蟬一時睡不著，信步出來，在店院中踏月閒步，尋思著已將到陳家溝子了，應當怎樣虔誠拜師，怎樣說明自己的心願，怎樣堅求陳清平收錄。也可以先把自己以往所學說一說，好教陳師傅瞧得起自己是個有志氣的少年。

他心中盤算著，在院中走來走去，時而仰望明月，時而低頭顧影。

這時候店中旅客俱都歸舍，聲息漸靜，只有幾處沒睡的，尚在隱隱約約的談話。忽然從別院中傳來一種響亮的聲音，乍沉乍浮，傾耳凝聽去，卻似是武器接觸的磕碰之聲。性之所好，精神一振；楊露蟬不覺挪步湊了過去。尋聲一找，知道是在東偏院中。小小院門，門扇虛掩，楊露蟬傍門一站，分明聽出了講武練技的話聲來。

楊露蟬是少年，又是富農之子，不習慣江湖中的一切禁忌，這聲音好像一種絕大的誘惑力，楊露蟬人雖聰明，卻做了傻事，一聲沒言語，推門逕入。

嚇！方形的院落，十餘丈寬闊；月光中，東牆下，站立著四十多歲的一位教師，手握單刀，做著劈砍之勢，面前分立著三五個少年，似正聽教師講解。場那邊也有七八個短裝男子，各持刀矛棍棒，正在舞弄。

小院門扇吱的一響，武場中的少年多半住手不練，眼光一齊迴注在楊露蟬身上，那個四十多歲的武師也很錯愕的，收刀轉臉道：「你找誰？」

楊露蟬這才覺得自己魯莽了，忙拱手道：「打攪！打攪！我是店裡的客人……」

教師上眼下眼看了看楊露蟬，雖是二十多歲，卻只像十八九的大孩子。教師道：「哦，你是幾號的客人？一更多天了，你有什麼事？」又向門扇瞥了一眼，對一群少年說道：「你們誰又把門開了？我沒告訴你們麼，練的時候，務必門上？」

一個少年說道：「老師，是我剛才出去解小溲，忘了上門了。」

這武場中的師徒十餘人，神色都很難看。楊露蟬不禁赧然，說道：「對不住，我是九號客人，夜裡睡不著，聽見你們練武的聲音，一時好奇，貿然進來，不過是瞧瞧熱鬧。老師傅別過意，諸位請練吧。」

那教師又看了看楊露蟬，見他瘦小單弱，不像個踢場子的，遂轉對弟子說：「他是店裡的客人，年紀輕，外行，不懂規矩，你們練你們的吧。」

那一班少年有的照樣練起來，仍有兩個人還是悻悻的打量露蟬。楊露蟬到此退既不能，留又無味，臉上露出窘態。那個教師倒把露蟬叫到裡面，向露蟬說道：「聽你的口音，好像黃河以北的，沒領教你的貴姓？」

露蟬道：「我是直隸廣平府的，姓楊，請教老師傅貴姓？」

教師道：「在下姓穆，名叫穆鴻方；這個小店，就是我開的。我自幼好練武，沒有遇著名師，什麼功夫也沒有。不過鄉鄰親友們全知道我好這兩下子，硬攛掇我立這個場子。我這些徒弟也都沒有外人，不是我們教門老表，就是靠近朋友的子姪，我教得對不對，都有個包涵。好在他們也就是為練個結實身子，也沒打算藉習武成名，若不然我也不敢耽誤他們。我早跟他們說過，我這個場子只要是有人一踢，準散。」

他說到這裡，向露蟬微笑道：「容我直說，老弟你這麼貿然一闖，我們全疑心你是踢場子來的。這一說明，你又是我店裡的客人，我穆鴻方更不能說別的了。我說句教你老弟不愛聽的話吧，出門在外，可得謹慎一點。把式場子是交朋友的地方，也是惹是非的所在；不打算下場子，趁早別往這裡來。即使是你也會武，打算拿武學訪道，試問既鋪著場子，在這裡教著一班徒弟，若是輸給人家了，請想還能立腳不能？所以教場子的老師，一遇上有串場子的，那就是他拚生死的日子到了。但是不會武術的，難道就不能往把式場子來嗎？也不盡然，一樣也能來。

「像老弟你是這店裡的客人，晚上心裡悶得慌，又愛看練武的，可以先找店裡伙計問問他，誰鋪的場子；教他領你來，那不就沒包涵了麼？老弟你可別怪我饒舌，因為年少氣盛，若我不在這裡，這班徒弟們倘若嘴裡有個一言半語不周到，老弟你是聽不聽呢？說了半天，老弟你既喜愛這個，多半是會兩手。天下武術是一家，萬朵桃花一樹生，你會什麼，練兩下，這也不算你踢場子。」說著將手一拱道：「請下來練兩手。」

楊露蟬滿面羞慚，想不到一時冒昧，惹來人家這麼一場教訓。這總怪自己太沒有經驗，這一來倒得長長見識了。此時穆鴻方反而攛掇露蟬下場子；露蟬靈機一動，暗想：「這個穆鴻方定是個老奸巨猾，他分明指點我，這下場子便是明跟老師結仇，這時卻又竭力引逗我，教我露兩手。我只要一說會武術，他準認定我是來踢他場子的了。」

露蟬心中盤算，忙問這位穆老師道：「失敬，失敬！原來穆老師是教門的人。我久聞得教門彈腿，天下馳名。在下是沒有一點經驗的年輕人，從小看見練武的就愛。只是我們老人家不喜好這個，我空有這個心，也沒有一點法子。老師傳教我練兩手，我可練什麼呢？想我除了挨打，還有什麼能為？」

穆老師哈哈一笑，隨說道：「你真不會倒很好。練武的最怕只會點皮毛，沒有精純的功夫，反倒是賈禍之道，你既有這種心意，不妨將來有機會找一位名師練練。」

露蟬道：「我將來一定要訪名師，學練幾年。穆老師，你練的是哪一門的功夫？想來大約是太極門吧？」

穆老師道：「你怎麼猜我是太極門？」

露蟬道：「我因為聽人說，你這懷慶府出了一位太極拳名家陳老先生，河南北，山左右，沒有第二個人能比得上這位陳老師功夫精深的。我想你守在近前，想必也是太極一派，不知可是麼？」

穆老師聽了，點點頭道：「老弟，你說得倒是不差，不過這太極門的拳術，談何容易？我們離著陳家溝子很近，不過幾里地，可是空守著拳術名家，也沒有機緣來學這種絕藝。陳老先生這種功夫向是不輕易傳授，不肯妄收弟子，我這種莊家把式的老師，還妄想依傍陳老師門戶麼？

「我當初練武的時候，這位陳老師尚未成名，我那時簡直不知道武林中有這麼個人。趕到太極拳見重於世，陳老師名噪武林，我已經把年華錯過了，再想重投門戶，就是人家肯收我，我也不能練了。歷來我們練武的門戶之見非常認真，半路改投門戶，尤其為教武術的所不喜，我們教門中人若連本門的十路彈腿全練不到家，再想練別的功夫，更教本門看不起。老弟，這位陳老師的事情，你怎麼知道得這麼清楚？你聽誰說的？你可是有心拜在陳老師門下習武麼？」

楊露蟬經這一問，心裡非常猶疑，遲疑著答道：「我麼？我是聽我們家中護院的講過，因為今天到了懷慶府境內，所以一時想起這位陳老師來，跟你打聽打聽，像我這種笨人，還敢妄想學這種絕藝麼？」

穆鴻方含笑道：「老弟，你不用過謙，像你體格雖然稍差，可是這份精神足可練這種絕技。聽陳老師說這種太極拳，不是儘靠下苦功夫，就能練得出來，這非得有天資，有聰明，方能領悟得到。只就他這種拳名，便可看出含著極深的內功，實寓有陰陽消長，五行生剋之妙。像老弟你若是入了陳老師的門戶，用不上三年五載，何愁不能成名？」

楊露蟬聽穆老師滔滔說來，知根知底，不由得心中高興，不覺脫口說道：「穆老師傅，像我這種體格，要想練太極拳門，人家陳老師可肯收錄嗎？」

穆鴻方道：「那就在乎自己了。只要你虔誠叩求，怎見得人家不收？你只要真打算練這種絕藝，就得心無二念，別拿著當兒戲就行了。」

楊露蟬道：「我天性好武，別說遇上名師，不敢輕視，就連我從前遇上的那種混飯吃的老師們，我也不敢慢待。」露蟬說到這裡，忽然發覺自己把話說漏了，想再掩飾，又不知說什麼好，不由得面紅耳赤起來。

穆鴻方嗤嗤一笑道：「老弟，你還是練過功夫，又何必瞞著呢？你究竟練的是哪一門？令師是哪位？沒有什麼說的，既然會武，就是一家人，咱們考究手法。這也不算你踢場子，我也不拿你將江湖訪道的朋友看待。來來來，咱們走兩招。」說著回顧徒弟道：「你們看老師的眼力如何？」回頭又向露蟬道：「老弟，你不要客氣，說句江湖土話，光棍眼，賽夾剪！我一看就知道你不是誠心來找我的；可是我一看，早就看出老弟你會功夫來了。老弟尊師是哪位，提起來我或許認識。」

這位穆教師竟向露蟬問起師承來。露蟬一想：「劉武師的姓名實在說不得，我的功夫沒有深造，沒的給師傅露臉，別給老人家現眼才好。」遂正色說道：「我方才說的是實話，不過看著家裡護院師傅們練功夫，日子長了，磨著人家教個一招兩式的，哪能算師徒呢？」

穆鴻方道：「老弟你太謙了，我們論起來全是武林一派，武術會的多會的少，滿沒有什麼說的。老弟你既不肯提貴老師的大名，那麼練的是哪門呢？」

楊露蟬道：「教穆老師笑話，我是好歹練過幾天長拳，不過只會個大路子，究竟拳裡的奧妙，我是一點不懂。所以在外人面前，從來不敢說會武二字。穆老師是武林前輩，既承你老一再動問，說出來也不怕你老見笑，其實我還得說是武門外行。」

穆鴻方笑了笑，說道：「客氣，客氣，我們還有什麼說的？你是我店裡的客人，我決不能按平常武林的朋友待你。來，咱們過兩招，解解悶。」

楊露蟬往後退了一步，擺著手道：「這可真是笑話了！你要是教我下場子，還不如你打我一頓好呢。」

穆鴻方道：「什麼話？老弟你太拘執了，這有什麼干係，咱們不過是比畫著玩；咱們把話全說開了，難道還真個動手嗎？說句不客氣的話吧，我在下也練過幾天長拳。可是教我的這位老師傅是個南邊人，教的日子又淺，口音又不太明白，好不容易才學會了。趕到後來，我在別位行家面前，一練這趟長拳，人家看著就搖頭，說是招式各別，全不一樣。我這才知道南拳和北拳又有不同，只要遇上北派拳家，我就一定要領教領教。今晚僥倖又遇上了老弟，我太高興了！我們又可以對證對證了，到底我的長拳和北派拳不同的地方何在。我也不是定要跟老弟你較量誰的功夫純，誰的招式巧，你只要把你的拳路比畫一下，我也把我的拳路練給你看一看；我也開開眼，你也開開眼，咱們兩受其益，這總沒有說的了吧？」

露蟬被穆鴻方一再逼撈，簡直有些不能再擺脫了，帶著猶疑不決的神色，很羞澀的向穆鴻方說道：「穆老師，我已一再說明，實在說不上會武，我只練過這趟長拳的大路子，至於怎麼拆、怎麼用，我實在一竅不通。穆老師非教我練不可，我只好遵命。只望穆老師多多包涵，多多指教我。」

穆鴻方含笑道：「嚇，老弟，你太謙虛了！你不要疑疑思思的，我還能欺負老弟不成麼？」說著將雙拳一抱道：「請！」

穆鴻方步步緊逼，楊露蟬無法再拒，遂說道：「我謹遵台命，我自己老著臉練一趟，有不對的地方，你老多指點。要是跟我過招，我可不敢。」

穆鴻方道：「老弟，你請練吧。」一側身，將手一揮，向一班徒弟們說道：「你們閃開點，看這位楊師傅練兩手，你們學著點。」徒弟們嘩然的散開，交頭接耳的竊竊私議。

露蟬心裡暗自怙惙：「一時的莽撞，自尋來煩惱！我若是往好處練，他定要迫我動手。我若不好好的練，恐怕他們又要當面嘲笑我。我該怎麼辦呢？」自己一邊往場子裡走著，一邊心裡盤算著，倏然把主意打定，且先不露自己在拳術上的心得：「我倒要先看看這位穆師傅到底有真功夫沒有？果然看準了他的本領，我真能降得住他，就給他個苦子吃，教他以後少倚老賣老，看不起我們年輕人！」尋思著，已走到場子南頭。

穆鴻方跟在露蟬身旁，那一班徒弟們散漫在四周，十幾對眼睛全盯住了露蟬。楊露蟬赧赧的先把心神攝住，只裝作看不見這些人。他溜了半圈，立刻向穆鴻方雙手抱拳，一揖到地，又向四面一轉道：「老師傅，眾位師兄，別見笑，多指教，我可獻醜了。」說了這句，立刻一立門戶，按長拳擺了一個架式，向穆鴻方道：「這麼開式對麼？」

穆鴻方道：「哪有什麼不對？老弟你練吧，別要客氣。」

楊露蟬這才雙拳一揮，眼神一領，立刻一招一式的練起來。

露蟬故意的把趟拳練得散漫遲滯。穆鴻方微笑著，向他一班徒弟說道：「你們看見了？人家這位楊師傅這趟拳，才是受過名人真傳呢。你們看，練得多穩，練得多準！」

露蟬把這趟長拳九十一式從頭練完，雖然拳慢，手法到家。一收式，復向穆鴻方抱拳道：「獻醜獻醜，讓穆老師見笑！哪招不對，穆老師費心指教指教。」

穆鴻方凝神看完，眼珠一轉，笑著湊過來，說道：「老弟別客氣，練得很好，這才真正是名師所傳。不過，這裡頭還真應了我的話。老弟所練的不是不對，實在你我彼此不同。看起來南派北派果然有別。老弟你那手『仙人照掌』跟我練的截然兩樣。老弟，你再比劃一下看。」

露蟬聽了心想：「也許南派北派真個不同，我何不趁這機會，引逗他也練練？究竟是怎麼不同，我也長長見識。」遂欣然來到場心，穆鴻方也跟了過來。

露蟬照樣亮了個「仙人照掌」的架式。穆鴻方道：「老弟，這一手最顯然不同，你這手變招是什麼？」

露蟬道：「這是個攻勢。這招用不上，跟著變招一殺腰，用『連珠箭』，上步穿掌。」

穆鴻方道：「我當初學這手時，我的老師說過：這手『仙人照掌』只要用不上，趕緊撤招取守、取走，不能攻——這不是跟北派長拳大相反了麼？來，老弟，你只管進招，我接一個試試，看看這兩種打法在實用上，到底哪個得力，就知道哪一種練法對了。」

露蟬此時見穆鴻方說的情形頗為蹊蹺，不覺引起好奇，心想：「我不過是假裝不會罷了。我若是真打不出功夫力量來，連劉武師也暗含著跟我栽了。」心裡這麼想，口中還是謙謙讓讓的說道：「我只能擺個架式，我哪配向老師傳發招呢？」

穆鴻方道：「老弟，你又固執了，武術上要不這麼身臨其境的換招，哪能分得出好歹來？再者，我說句放肆的話，我還會教老弟你打著麼？」

楊露蟬臉一紅，暗中著惱：「你也太狂了！你就看透我打不著你麼？」陡向穆鴻方說道：「這麼說，我就遵命！」

楊露蟬仍施「雙照掌」的招術，倏然往外一撤招，穆鴻方用「雙推窗」一接道：「這就把你的招術拆了。」

露蟬驟然將精神一振，手足俐落，與剛才判若兩人，拳風一斂，往回撤招，突往下一殺腰，右腳往搶半步，半斜身把右掌穿出，掌力挾風，颼的往穆鴻方腰上擊來。

不料這穆鴻方存心要挫辱人，腳底下連動也沒動，容得露蟬拳到，立刻凹腹吸胸，腰上微往右一閃，右手颼的把露蟬腕子刁住，「順手牽羊」往外一帶，右腿往露蟬的右腿迎面骨上一撥，借力打力，咕咚！把露蟬摔了個嘴啃地。一班徒弟嘩然大笑起來——這一招並不是長拳，乃是穆鴻方精擅的彈腿的一招。

第三章　路見不平

穆鴻方慌不迭的搶上一步，伸手相扶道：「這是怎麼說的！太對不住了，摔著哪兒沒有？」

仗著武術場子上，全是鋪細沙的土地，露蟬又用左手支撐著，算沒把臉給搶破。露蟬站起來，臊得臉都紫了，心上十分難堪，勉強的笑了笑，向穆鴻方道：「穆老師，謝你手下留情！你這才信我沒有功夫吧，你要想打我這個樣的，絕不費事。我……我本來不會麼！」

穆鴻方冷笑一聲道：「老弟，你下過功夫、沒下過功夫，你自己總知道。若不是我姓穆的還長著兩個眼珠子，哼哼，準得教你矇住了！」回頭向徒弟們說道：「怎麼樣，你老師沒瞎吧？」他呵呵的大笑兩聲，又道：「你們看人家，年紀輕輕的，總算練得不含糊。錯過是你老師，換個人就得扔在這裡。」

楊露蟬方才明白，人家竟是借著自己，炫弄拳招，好增加門徒的信佩，越發的羞愧難堪。當時也不敢跟他翻臉，憋著一肚子怒氣，向穆鴻方抱拳拱手道：「穆老師，我打攪了半天，耽誤了師兄們練功夫。我跟你告罪，咱們明天見吧。」

穆鴻方立刻推下笑臉來道：「老弟，你怎麼真惱我了？我不是說在頭裡了嗎？就是我們兩人過招，也不算是你踢我的場子；誰勝誰敗，全不得擺在心上。老弟你怎麼認真起來？」

露蟬道：「那是穆老師多疑，我要早早歇息，明天還要趕路呢。」

穆鴻方道：「老弟，你真想投到太極門下麼嗎？」

露蟬至此更不隱瞞，立刻說道：「不錯，我天性好這個；學而不精，到處吃虧受欺。我立志投訪名師，要把功夫練成了，免得教人輕視。我這次出門，就是專為這個。」說罷轉身。

穆鴻方忙道：「好，有志氣！老弟，我是直性人，有話就要說出來，你可別多疑。我想武術的門戶很多，哪一門的功夫練純了，都能成名。你何必認定了非投太極門不可呢？只怕老弟你去了，白碰釘子。這位陳老先生脾氣那份古怪，就別提了，誰跟他也說不進話去。他這太極拳享這麼大的威名，可是並沒有什麼徒弟，這麼些年來只收了五、六個。慕名來投奔他的可多呢！只是大老遠的奔了來，個個落得敗興而返。簡直他就是不願收徒；就是勉強求他收錄了，兩三年的功夫，不過教個一招兩式。只我們這本鄉本土練武的人，跟這位陳老先生幾乎是怨言載道；就因為他拒人太甚了。楊老弟我不是打你的高興，只怕你這次去了，還是白碰釘子。再說學旁的武功也是一樣，何必定找這種不近人情的人呢？」

露蟬此時對這位穆老師已存敵視之心，就是他的話全是真的，自己也不肯聽他的，遂虛與委蛇的說道：「好吧，我自己思索思索，我現在還拿不定主意。」強忍著滿腔羞忿，遮斷了穆鴻方的話頭，略一拱手道：「明天再談。」說罷，不容他答話轉身就走。

穆鴻方很得意的裝出十分的謙虛，笑著說道：「別走啊，咱們再談談……睏了？咱們明天見，我可不遠送了。」

楊露蟬半轉身子說道：「不敢當！」隨拉開門閂，悻悻的出了別院；回轉自己房間內，把門掩了。躺在床上，越想越難過，想不到自己無端找上了這場羞辱！由此看來，要學驚人的武術，非得遇上名師，下一番功夫不可；不然的話，就絕口不提武術二字。

江湖上險詐百出，自己就是拿誠意待人，人家依然以狡詐相對。這位穆武師把自己弄得如此歹毒，這就是很好的教訓。這真應了那句俗語：「逢人只說三分話，不可全剖一片心。」一時惑於他的長拳南北派的一番鬼話，吃了這眼前大虧，從此可要記住了！輾轉思忖，直到三更過後，方才入睡。

天方亮楊露蟬就趕緊起來，不願再見那個穆店主，遂招呼店夥打臉水，算清店帳。打聽明白了赴陳家溝子的道路，距此還有六十多里的道路，立刻匆匆離店，僱了匹腳程，趕奔陳家溝子而來。

露蟬出離店房，心中煩惱，跟那腳夫有一搭沒一搭的閒談，打聽陳家拳在當地的聲勢。行行重行行，在申末酉初，已到了陳家溝子。

遠遠望去，這陳家溝子是個很大的鎮甸，聽腳夫說：「這裡三六九的日子，都有很大的集，附近四十多個村莊都要趕到這裡交易。」

那趕腳的向楊露蟬問道：「你老到這裡來，是看望親友，還是路過此地？你老若是沒有落腳的地方，這一進陳家溝子鎮甸口，就有一座大店。要是錯過這裡，可就沒有好店了。」

露蟬想了想：「天色倒是不晚。只是初到這裡，也得稍息征塵，問問當地的情形，訪訪陳老師的為人，再登門求見，方不冒失。我不要再冒失了！」拿定主意，向腳夫說：「我是看望朋友來的，倒是有地方住；我怕乍來不大方便。店裡要乾淨的話，我就先落店吧！」

腳夫把大姆指一挑道：「喝！三義店乾淨極了，淨住買賣客商，你老住著準合適。」

露蟬道：「那麼就住三義店吧。」

露蟬哪裡知道，腳夫是給店裡招攬客人，好賺那二十個大錢的酒錢。來到店中，哪是什麼大店？分明是極平常的一座小店罷了。露蟬想著，不過住一兩晚上，倒不管什麼店大店小，見了陳老師，自然獻贄拜師，就可住在老師家裡了。由店家招待著，找到一間稍微乾淨的屋子歇了。到晚間，就向店夥仔細打聽這太極陳的情形。只是傳說互異，跟那劉武師及那穆鴻方所說的並不一樣。

露蟬東扯西扯的問了一陣，心裡半信不信，遂早早安歇。

第二日一早起來，梳洗完了，問明了太極陳的住處，遂把所備的四色禮物帶著，逕投陳宅而來。

順著大街往南，走出不遠，果然見這條街非常繁盛。往來的行人見露蟬這種形色，多有回頭注視的。因這陳家溝子雖是大鎮甸，卻非交通要道，輕易見不著外縣人的。

走到街南頭，路東一道橫街；進橫街不遠，坐北朝南有座虎座子門樓。雖是鄉下房子，可是蓋得非常講究。露蟬來到門首，只見過道內，有一兩個長工，正在那裡閒談，露蟬覺得這房子跟店家所說陳宅座落格局一樣，遂走上台階，向過道裡的長工們道聲辛苦，請問：「這裡可是陳宅？」

一個年約五十多歲的長工，站起來答話道：「不錯，這是陳宅，你找誰？」

露蟬道：「我姓楊，名叫露蟬，直隸廣平府人，特來拜望陳老師傅的。請問陳老師傅在家麼？」一面說著，把所帶的禮物放下，從懷中掏出一張名帖，拱了拱手，遞給長工。

那長工把名帖接過去看了看，一字不識，向露蟬說道：「老當家的在家呢！」

一個年輕的長工在旁冷笑道：「老黃，你又……你問明白了麼？」

露蟬忙搶著說道：「大哥，費心回一聲吧。」

長工老黃捏著那張名帖，走了進去。等了半晌，老黃紅頭脹臉的從裡面走出來，手裡仍然拿著那張紅帖，來到露蟬面前，喪聲喪氣的說道：「我們老當家的出去了，還你帖子吧！」

露蟬一怔，忙拱手問道：「老師傅什麼時候出去了？」

老黃道：「誰知道，他走也不告訴我，我哪知道啊！」

楊露蟬說道：「他老人家什麼時候回來？」

長工把帖子塞給露蟬道：「不知道不知道，你有什麼事情，你留下話吧。」說著一屁股坐在長凳上，拿起旱菸袋來，裝菸葉，打火鐮，點火絨，嘬著嘴吸起菸來。

露蟬揣情辨相，十分惆悵。只是人家既說沒在家，只好再來，遂陪著笑臉道：「倒沒有要緊的事，我是慕陳老師的名特來拜望。勞你駕，把名帖給拿進去。這裡有我們家鄉幾樣土產，是孝敬陳老師傅的，也勞駕給拿進去吧！我明天再來。」

那長工老黃翻了翻眼說道：「你這位大爺，怎麼這麼麻煩！不是告訴你了，沒在家，誰敢替他作主！你趁早把禮物拿回去，我們主家又不認識你！」

這一番話把楊露蟬說得滿臉通紅，不由面色一怔，說道：「不收禮也不要緊呀！」

那個年輕的長工忙過來解說道：「你老別過意，我告訴你老，我們老當家的脾氣很嚴，我們做錯了一點事，毫不容情。聽你老的意思，好像與我們老當家的不很熟識，這禮物你拿回去，等著見了我們當家的，你當面送給他。我們一個做活的，哪敢替主家收禮呢？」

露蟬一想，也是實情，這禮物只好明天再說了，舉著名帖，復對長工說道：「在下這張名帖，還求你費心！」

長工將手一擺道：「這名帖也請你明天再遞好了。你老別見怪！」

楊露蟬只好回轉店房，心想：「難道這麼不湊巧？他一定是不見吧！但是他就是拒收門徒，他還沒見我，怎知我的來意呢？」無精打采，在店房中悶坐了一會，便想叫店夥來，再打聽打聽這個陳清平的為人。偏偏店裡很忙，店夥沒功夫跟他閒談。直到午飯後，楊露蟬才叫來一個店夥，說到這登門訪師，陳清平人未在家，禮物沒收的話。

店夥道：「這位陳老師父可不太容易投拜。我們這一帶的人差不多全好練兩下子，只因當初匪風鬧得很兇，各村鎮都有鄉防，那個村鎮都有幾處把式場子。自從這位陳老師傳出了二十多年門，回來之後，一傳出這種太極拳的武術來，誰也不敢再在這裡鋪場子了，全想著跟他老人家學一兩手。只是誰一找他，誰就碰釘子。兩個字的評語，就是『不教』！

「從前也有那看著不忿的人，就拿武術來登門拜訪，只是一動手，沒有一個討得了好去的。人家驕傲，真有驕傲的本領呢！後來漸漸沒有人敢找他來的了。可是我們這陳家溝子口，從此以後，也就沒有出過一回盜案，連鄰近幾十個村莊也匪氛全消，這足見人家的威望了。這一班闖江湖吃橫樑子的朋友，固然全不敢招惹他；可是練武的同道，也都不願意交往他，他就是這麼古怪！」

露蟬道：「這麼說，難道他一個徒弟也不教嗎？」

店夥道：「那也不然，徒弟倒也有，據說全是師訪徒。他看準了誰順眼，他就收誰；你要想找他的話，那可準不行。」

露蟬聽了，不禁皺眉。店夥又道：「你老多住一兩天也好，我們這裡是三六九日的集場，明天就是初九。這裡熱鬧極啦，你老可以看看。」

店夥出去了，楊露蟬非常懊喪。

第二日天才亮，就聽見街上人聲嘈雜，車馬喧騰，露蟬知道這定是趕集的鄉人運貨進鎮了。自己也隨著起來，店夥進來打水伺候。

吃過早點，悵然出門，到店門外一站，果見這裡非常熱鬧，沿著街道盡是設攤售貨的，其中以農具糧食為大宗，各種日用零物，果物食品，也應有盡有。露蟬略看了看，回身進店，想了想，換好衣服，仍是提著禮物，帶著名帖，再奔陳宅。

這條街上，因為添了臨時趕集的攤販，來往的鄉人又多，道上倍顯得擁擠，不時還有路遠來遲的糧車、貨車，一路吆喝著進街。街道本窄，就得格外留神；一不小心，便要碰人了，踩上了地上的貨攤。「借光，借光」之聲，不絕於耳。

露蟬將手中的四色禮物包，高高的提著向前走。走出沒多遠，街道更形狹窄了，兩邊盡是些賣山貨土產的，賣粗磁器的和道口特產鐵器的。

正走處，突然從身後來了一頭小驢，驢頸上的銅鈴嘩朗朗響得震耳。露蟬忙側身回頭，往後一看：是一個二十歲上下的少年，新剃的頭，雀青的頭皮，黑鬆鬆的大辮子盤在脖頸，白淨淨一張臉，眉目疏秀，穿著一身紫花布褲褂、白布襪子、藍色搬尖魚鱗大掖根的沙鞋；左手攏著韁繩，右手提著一根牛皮短鞭子，人物顯得很有精神。

這一頭小黑驢也收拾得十分乾淨，藍絲韁，大呢坐鞍，兩隻黃澄澄銅鐙。在這麼人多的地方，這驢走得很快，很險，但是少年的騎術也很高，在這鈴聲亂響中，閃東避西，控縱自如。那前面走路的人們也竭力的閃避著，眨眼間小驢到了楊露蟬的身旁。

露蟬慌忙往旁邊一閃，手提的東西悠的一盪，正碰著驢頭，險些撞散了包。露蟬方說道：「喂！留點神呀！」一語未了，少年的驢猛然一驚。少年把驢一帶，躲開了楊露蟬這一邊，沒躲開那一邊，小驢將靠西的一個賣粗磁的攤子踩了一蹄子，擺著的許多磁盆磁碗，唏哩嘩啦，碎了好幾個。賣磁器的是個年約四五十的莊家人，立刻驚呼起來。這一嚷，過往行人不由得止步回頭。

那騎驢的少年立把韁繩一帶，驢竟竄了開去。賣磁器的老頭子站起來，一把捋住了驢嚼環，大嚷道：「你瞎了眼了，往磁盆子上走！我還沒開張呢？踩碎了想走？不行，你賠吧！」

少年勒韁下驢，湊到賣盆子的面前道：「踩碎了多少，賠多少，瞎了眼是什麼話？可惜你這麼大年紀，也長了一張嘴，怎麼淨會吃飯，不會說人話呢！」

賣磁器的脹紅著臉，瞪眼道：「噫！眼要不瞎，為什麼往我貨上踩？饒踩壞東西，還瞪眼罵人？哼，少賠一個小錢也不成，我這是一百吊錢的貨！」

少年氣哼哼說道：「踩壞你幾個盆，你就要一百吊錢？你不用倚老賣老，這是官道，不是專為你擺貨的。許你往地上擱，就許我踩。我不賠，有什麼法你就使吧！」

那老頭子惡聲相報道：「你不賠，把驢給我留下！小哥兒，你爸爸就是萬歲皇爺，你也得賠我！」

少年見這賣磁器的捋住驢嚼環撒賴，不禁大怒道：「想留我的驢，你也配！」把手中牛皮鞭子一揚道：「撒手！」

老頭子把頭一伸道：「你打！王八蛋不打！」一言未了，吧的一下，牛皮鞭抽在老頭子手腕子上，疼得他立刻把嚼環鬆開，大叫道：「好小子，你敢打我？我這條老命賣給你了！」兩手箕張，往前一抓，向少年的臉上抓來。

少年把左手韁繩一拋，一斜身，「金絲纏腕」，把賣磁器的左胳膊抓住，右手鞭子一揚，喝叱道：「你撒野，我就管教管教你！」吧的一鞭子又落下去，賣磁器的怪叫起來，吧的又一鞭子。

突然從身後轉過一人，左手往少年的右臂上一架，右手一推那老頭子，朗然發話道：「老兄，跟一個作小買賣的……這是何必呢？」

騎驢少年沒想到有人橫來攔阻，往後退了一步，方才站穩。那賣磁器的也被推得踉踉蹌蹌，退出兩三步去，教一個看熱鬧的從背後搡了一把，才站住了。

少年一看，推自己的是一個年紀很輕，身形瘦弱的人，穿著長衫，說話的口音不是本地人，手底下竟很有幾分力氣，不禁驀地一驚，臉上變了顏色。

這個路見不平，出頭勸架的，正是入豫投拜名師，志學絕藝的楊露蟬。楊露蟬正為這位少年策驢疾行於狹路人叢中，心中很不以為然。紛爭即起，行人圍觀，不禁惹起了路見不平之氣，觸動了少年好事之心，立刻把手提的禮物，往一個賣土布的攤子一放，說了聲：「勞駕，這東西在你這兒寄放一下。」也不管賣布的答應不答應，竟自搶步上前，猛把這少年的胳膊一撥，挺身過來相勸。

這少年雙眉橫挑，側目橫睨，向露蟬厲聲道：「你走你的路，少管閒事！」

露蟬道：「老兄不教我管，我本來也不敢管。不過我看你這麼打一個做小生意的，人家偌大年紀，太覺得過分了。何必跟這種人生氣？真格的，拿皮鞭子好歹打出一點傷來，只怕也是一場囉唆吧！碰壞了東西，有錢賠錢，沒錢賠話……」

少年未容露蟬把話說完，早氣得瞪眼說道：「不用你饒舌，我一時不慎碰碎了他幾個粗磁碗，我碰壞什麼賠什麼，我沒說不賠。他卻出口傷人，倚老賣老，要跟我拚命，要留我驢子！我姓方的生就一副硬骨頭，吃軟不吃硬，打死人我償命，打傷人我吃官司。你走你的路，滿不與你相干，趁早請開！」

這騎驢少年聲勢咄咄，楊露蟬強納了一口氣道：「鄉下人就是這樣，你碰碎了他的盤，他自然發急。老兄，還是拿幾個錢賠了他，這不算丟臉。我看老兄也是明白人，你難道連勸架的也拉上不成？我這勸架的也是一番好意呀！」

那少年把臉色一沉道：「我不明白，我渾蛋！我賠不賠與你何干？就憑你敢勒令我賠！我要是不賠，看這個意思，從你這裡說，就不答應我吧？」

楊露蟬被激得也怒氣沖上來，忿然答道：「我憑什麼不答應，我說的是理。」

這時那賣磁器的從背後接聲道：「對呀，踩碎了盆碗不賠，還打人。你媽媽怎麼養的你，這麼橫！」

賣磁器的倔老頭子罵的話很刻毒，騎驢少年惱怒已極，把手中皮鞭一揮道：「好東西，你還罵人？我打死你這多嘴多舌的龜孫！」

這馬鞭衝著賣磁器的打去，這話卻是衝著楊露蟬發來。那老頭子一見鞭到，早嚇得縮在人背後。楊露蟬卻吃不住勁了，嘻嘻的一陣冷笑道：「真英雄，真好漢！有鞭子，會打人！」

少年霍地一翻身，搶到楊露蟬面前，也嘻嘻的一陣冷笑道：「我就是不賠！我打人了，那個小舅子兒看著不忿，有招只管使出來，太爺等著你哩，別裝龜孫！」

楊露蟬到此更不能忍，也厲聲斥道：「呔！朋友，少要滿嘴噴糞！饒砸了人的東西，還要蠻橫打人，我在下就瞧著不平。你們本鄉本土，說打就打；我是個外鄉人，我就是看不慣，我就愛管閒事！朋友，你不是會打人麼？哼！我身上生就兩根賤骨頭，還真願意替別人挨打！」說著把頭頂一指，大指一挑道：「尊駕不是有皮鞭子，就請往這裡打，不打就不顯得你是好漢！」說罷，雙臂一抱，挺然立在少年面前，從兩眼裡露出輕蔑卑視的神色。那少年的皮鞭儘管擺了擺，沒法子打下去。

只見那少年眼珠一轉，往四面一看，臉上忽然翻出笑容來，仰面的哈哈大笑一陣，卻將馬鞭往地下一摜，雙拳一抱，向楊露蟬拱手道：「哈哈，我早就知道老兄你手底下明白！你要夠朋友，請你跟我走，咱們離開這裡，那邊寬敞！」

少年將驢韁一領，右手向楊露蟬一點，隨又向南一指道：「那邊出了街，就是空地。」

楊露蟬向四面看了看，路上行人圍了許多，交頭接耳議論紛紛。那賣磁器的遠遠發急叫喊道：「不行，走可不成，打也打了，罵也罵了，賠我的盆！」

楊露蟬道：「掌櫃的你別急，該多少錢，回頭我給你。布攤上還有我的東西哩，勞駕，你給我看著點。」

於是騎驢少年吆喝了一聲道：「眾位借光！」看熱鬧的人登時霍地閃開。少年又回頭向楊露蟬瞥了一眼道：「走吧！」

楊露蟬雄赳赳的大叉步跟來，冷笑道：「走到天邊，我也要跟著你！」就有一個看熱鬧的傍著楊露蟬道：「你老別找虧吃，不要跟他去。」楊露蟬笑了笑道：「這人太橫了，我倒要碰碰他。」拔步而前，昂然不懼。

兩人出了街，來到一處廣場。街上的人紛紛跟了出來，三三兩兩，竊竊私議道：「快瞧瞧去吧，太極陳的四徒弟又要跟人打架了！」

第四章　誤鬥強手

少年悻悻的走到廣場上，把驢韁往鞍子上一搭，用手掌輕輕將驢一拍，聽任牠到草地上啃青草了，然後一側身，橫目向楊露蟬上下一打量，冷笑開言道：「朋友，你有什麼本領多管閒事？來來來，我倒要領教領教！」

楊露蟬也側身打量這少年，勢已至此，不得不一試身手。楊露蟬說道：「老兄，你無須這麼張狂。我在下只是個過路人，實在沒有抱打不平的本領。一個苦老頭子，小買賣人，你碰了人家的磁器，你還要打人，你還要打勸架的人？我是外鄉人，我初到你們貴寶地，我實在沒看過這個！」說完，又回顧看熱鬧的說道：「你們諸位鄉親，可看過這個麼？」

少年倏然浮起兩朵紅雲，從兩腮邊直漵到耳根，厲聲怒叫道：「哪裡來的野雜種，還敢掉舌頭！今天大爺要教訓教訓你！教你往後少管閒事，省得你爹媽不放心！」一語甫了，突然往前一欺身，到了露蟬面前，大喝一聲道：「接招！」右手劈面往露蟬面上一點。

露蟬見他真動手，急往旁側臉，用手掌往外一磕。少年突然把右掌往回一撤，右肩往後一斜，左掌突然斜向露蟬的小腹劈來。掌風很重，似有一股寒風襲到。露蟬竟不知他用的是哪種拳，發的是什麼招。

原來這少年正用的是太極拳中的「斜掛單鞭」。

露蟬忙往外順勢一伸左臂，身勢側轉，往左一個斜臥式，右掌往下一切，掌緣照少年的脈門便截。少年一撤左掌，用「玉女投梭」，向露蟬的胸膛打來。露蟬右腿往回一縮，斜轉半身，翻左掌，想刁少年腕子。少年招術快，手下滑，竟不容露蟬把手腕刁住，霍地右掌一撤，雙臂一分，右足向露蟬的丹田踢來。這招「退步跨虎」用得很厲害，露蟬急忙抽身撤步，把這招閃開，心中十分吃驚，本想到這少年必是會家子，卻不料少年竟有這般身手。

楊露蟬才躲過一招，少年欺身又到，身輕掌快，用了招「提手上式」。露蟬急使「鐵門閂」，把這招拆開，不容少年進招，他往前一上步，「順水推舟」，向少年便打。只是露蟬對於敵人的手法不明，自己武功根基又淺，運全神、盡全力，不過僅能勉強招架而已。這一招使出去，指望準能打中少年，欺敵太緊，招術用老了，竟犯了拳家之忌，被少年把露蟬的雙臂封開，倏的一變招，便轉為「彎弓射虎」，蓬的一掌，打在露蟬的右肋上。

露蟬一疼，急忙收招，卻不防少年別的又一腿，撲登！把露蟬踢個正著，倒坐在地上。那看熱鬧的人不禁鬨然喧嘩起來。

騎驢少年把露蟬打倒，哈哈一笑道：「就憑這點本事，也敢出來多嘴多舌？回去跟你師娘多練幾年，再出來管別人的閒事吧，打不平的好漢。」說著，不待露蟬答言，眼向四面一看，昂然舉步，大聲吆喝道：「借光，借光！」竟搶到那黑驢的面前，一按鞍子，竄上驢背，抖韁繩，取路而去。

露蟬受了這場挫辱，十分慚愧，站起來，撣了撣身上的塵土，覺得左肋右肋隱隱疼痛；低著頭，不敢看那圍著看熱鬧的人，轉身就走。

內中有一個愛說話的短鬍子老頭，湊到露蟬的身旁，帶著惋惜勸慰的口吻道：「這是怎麼說的，一番好意，反倒招出是非來！我說句不知深淺的話吧，本來這陳家溝子個個人都會兩手，可就是個個人都惹不起人家這陳家拳！」

楊露蟬矍然張目道：「陳家拳？」

又一個中年人道：「你老不知道麼？我們這裡陳清平老先生的太極拳，天下揚名，看你老也像是個會家子，你難道不曉得這陳家拳嗎？」

楊露蟬這一驚非同小可，不禁失聲說道：「我哪知道是陳家拳？剛才這少年莫非是陳清平的什麼人？」

那中年漢子道：「這少年就是陳清平的四徒弟，你難道不曉得麼？」

楊露蟬不待這人說完，登時驚得渾身一震道：「哎呀！」

那短鬍子老頭對中年漢子說道：「你沒見這位是外鄉人麼？人家怎會曉得。」轉過身來向露蟬說道：「你老要知道他是陳老師傅的徒弟，也就不至於多管這閒事了。我們這裡人若講到武術，誰也惹不起陳家……」

楊露蟬急忙問道：「這個人真格的就是陳老師傅的親傳弟子嗎？他叫什麼？」

老頭子答道：「他姓方，叫子壽，你別瞧他打得過你，他還是陳老師的最沒出息的徒弟哩。據說他天資很有限，跟陳老師學了好幾年，一點進境都沒有。陳老師常常責備他，嫌他不用功，沒有悟性。」

楊露蟬忍著羞愧，打聽這方子壽的武功能力。才曉得陳清平一生只有六個徒弟，在本鄉的現有三個，就屬這方子壽不行。

這方子壽只有鬼聰明，沒有真悟性，在師門很久；只是限於天資，後來者居上，第五個和第六個師弟鍛鍊的功夫，個個都超過了他。

不過，方子壽也是陳家溝子的人，既有同鄉之雅，陳清平又喜歡他聽話，獻個小殷勤，伺候師傅非常的盡心。所以陳清平雖嫌他天資不好，沒有堅苦卓絕的剛勁，可是他的人緣頗好，到底作師傅的並不厭棄他。

楊露蟬遠道投師，想不到一時多事，竟與這心目中未來良師的愛徒，為了閒事打起架來！

「咳，真糟！」

楊露蟬拍拍身上土，不敢再往陳宅去了，老著面皮，鑽出人圈，走回街來，找到那個土布攤，把自己寄存在那裡的禮物拿回來。一回頭，看見那個賣磁器的老人，他倒沒事人似的，正在那裡挑揀那些踩壞了的破磁器，把那不很碎的另放在一處，還打算鋸上自用。一眼看見楊露蟬，忙站起來申謝道：「客人，我謝謝你老，教你受累了。」

楊露蟬滿面通紅的說道：「嗐，別提了！」從身上取出一串錢來，說道：「踩破的盆碗，不管值多少錢，我賠你一串錢吧！」

那老人連連推辭道：「不用了，不用了，那個蠻種賠了我錢了，這不是兩串錢麼？我謝謝你老，若不是你老一出頭，這小子打了人一走，包準不賠錢。」

這卻又出乎露蟬意料之外。這真是自己多管閒事了，人家還是賠錢，並不是蠻不講理。這一場抱不平打得太無謂了。

街頭上的人都側目偷看自己，竊竊的指點議論，本想爭一口氣，偏偏自己的本領如此洩氣；不度德、不量力之譏必不能免！楊露蟬只得提了禮物，低著頭，趕忙走回店房。

不料才一進店，那店夥看見了禮物，劈頭一句便問：「怎麼樣了，又沒見著麼？」露蟬看了店夥一眼，進了房間，把禮物往桌上一放，說道：「泡一壺茶來擱著，我頭暈，得躺一會子！」一頭躺在床上，不再答理那店夥。店夥不再多嘴，趕緊泡了茶來，出去張羅別的客人去了。

露蟬這時候沮喪到極處，也後悔到極處了。心想：「怎麼這麼巧，打抱不平，多管閒事，這就不應該；不意偏偏遇上太極陳的弟子！我大老遠的跑來，想投到人家的門下，竟先跟未來的師兄動起手來，這不是給自己堵塞門路麼！我才到陳家溝子，就有這場是非，知道當時實情的，原諒我是路抱不平；可是人家要往不好處批評，定說我不安分，恃勇逞強，是個好惹是非的少年人。那一來，陳老師焉能留我？」

楊露蟬愧悔萬狀，茶飯懶用，自己竟拿不定主意，陳老師那裡是去得不去得。直到晚間，反覆尋思，方才決定，還是硬著頭皮去一趟。

「倘若遇見那個姓方的少年，我就向他賠禮。我入門以後，總是師弟，難道他就因這點小節，就不能容人，阻礙我獻贄投師麼？」

露蟬一會兒懊悔，一會兒自解，這一夜竟沒好好睡覺。早晨起來，又躊躇半晌，方才強打精神，穿戴整齊了，提了禮物，再次投奔太極陳的府上而來。

今天已過了集場，街上清靜多了。沿街往南，順腳走熟路，轉瞬來到太極陳宅的門首。剛一走上台階，就看到上次給自己遞帖傳話的那個長工老黃，正在擎著旱菸袋，吸著菸跟伙伴說話。

露蟬含笑點頭，跟老黃打了招呼，把禮物放在過道裡板凳上。老黃道：「楊爺，你來得很早，你想見我的主人麼？他出去了，你最好明天再來吧。」

露蟬一聽，不禁十分難過，沒容自己開口，迎頭就挨了這一槓子頂門閂。

「這分明是不見我了。」

強將不快按下去，和顏悅色的對老黃說道：「黃大哥，我的來意也跟你說過了。我是誠意來拜謁陳老師傅的，不論如何，我得見他老人家一面。就是他老人家不收留我，也沒什麼要緊，可是我既大老遠的來了，我怎好就這麼回去？就是今天不見我，我等上三月五月，也非見著陳老師不可。黃大哥，你老給費心再回一聲吧。」

老黃把菸袋磕了磕，向露蟬道：「楊爺，我告訴你實話吧！你就是見了他，他未必能收留你做徒弟，我們老當家的脾氣太過於不隨俗了。在以前像你這麼來的，很有幾位，個個全碰了釘子回去。依我勸，你何必非見他不可呢？」

露蟬道：「我要不是立了決心，也不出這麼遠的門投奔了來。不怕他老人家不收徒弟，讓我聽他老人家親口吩咐了，我也就死心塌地另訪名師、重投門戶，何至於連見也不見我一面呢！」

老黃道：「這倒不是，今日倒真是出去了。」

露蟬沉吟了一會兒道：「我跟你打聽一件事，陳老師門下可有一位姓方的弟子麼？」

老黃翻了翻眼皮道：「有一個姓方的，你問他作什麼？」

露蟬道：「我麼，有一點事，我打算先見見他。黃大哥，你受趟累，請他出來，行麼？」

老黃搖搖頭道：「楊爺，你跟他早先認識麼？」

露蟬道：「不，我是來到這裡才見過他。」

老黃道：「他不常來，現在沒在這裡。有什麼事留下話，他來時，我叫他店裡找你去。」

露蟬低頭尋思著，向老黃道：「我就託付大哥你吧。只因我昨天往這裡來時，無意中竟跟這位方師兄拌了幾句嘴，得罪了他，當時我實不知他是陳老師的高徒。事後有別人告訴了我，我很懊悔。我既打算拜投在陳老師的門下，反倒先得罪了他老人家的弟子，這不是自己給自己堵上門路了？可是不知者不怪罪，我打算見見這位方師兄，賠賠不是，化除前嫌，免得被陳老師知道了，怪不合適的。」

老黃道：「楊爺，你怎麼會跟他爭吵起來呢？」

露蟬遂把昨天的事說了一番。

老黃聽了，連連擺手道：「楊爺，我勸你趁早不必找他，你要是一提這事倒糟了。他絕不敢把外面惹事生非的事跟師傅說。他是最不長進的徒弟，練了六七年的功夫，據當家的說，他一點也沒有練出來。教師傅罵過多次了，弄不好，還大嘴巴子搧他。前幾年他不斷的在外惹事生非，老當家的只要知道了，就不肯饒他。這兩年他也好多了。近來因為他的母親多病，不在這裡住了，有時來有時不來。你要是一提這事，他一定教老當家的重打一頓。我看你簡直別提這事，他也不敢提一字的。」

露蟬聽了，這才放了心，遂又諄諄的託付老黃：「務必在老主人面前致意，但能見到老師傅一面，我就感激不盡。」

老黃滿口答應著。露蟬快快的辭出來，精神頹喪的回轉店房。

露蟬耐著性子，一趟一趟的，直去了六七次，在店中前後已住了十幾天。去得太勤了，把陳宅的長工們都招煩了，個個都不肯答理他。儘管露蟬遜辭央告，這些長工冷笑著瞅著，互相說道：「那個人又來了！」

楊露蟬實在無法，才想起遞門包的巧招，把老黃幾個長工都打點了。鄉下人沒見過大世面，只幾吊錢，便買得這些長工們歡天喜地，有說有笑的接待了，而且熱心熱腸的替楊露蟬出主意。楊露蟬既喜且悔，怎麼這個巧招不早想出來？

這一天，楊露蟬老早的又來到陳宅面前。沒容他說話，長工老黃由裡面出來了，一見面，竟向露蟬說道：「鐵杵磨繡針，功夫到了自然成。我先給你說了好些好話，我們主人請你客屋裡坐。」

露蟬一聽喜出望外，看起來還是耐性苦求，倒還真有盼望。

「這一定是陳老師見我這麼有長性，有耐心，打動他的心了。他這麼一見我，定有收留我之意了。」恭恭敬敬隨著長工老黃，走東面屏門，進了南座的客屋。

裡面並沒有人，屋中卻是剛灑掃完，地上水漬猶濕，纖塵不染，屋中的陳設不怎麼富麗，可是樸素雅潔，很顯著不俗。露蟬不敢上踞客位，找下首座，靠茶几坐下了。

老黃把新泡的茶給露蟬倒了一盞，放在茶几上，教露蟬稍後片刻，又教露蟬說話客氣點，很是關照，然後轉身出去。

露蟬在客屋裡等候了很長的功夫，老黃才拉開風門，探著身子向露蟬說道：「楊爺，我們老當家的來了。」

露蟬趕忙的站起來。

第五章　負氣告絕

從外面走進來這獨創一派、名震武林的技擊名家「太極陳」。

露蟬一看這陳清平，年約六旬以內，身高五尺有餘，髮鬚微蒼，面龐瘦長，膚色卻紅潤潤的，兩道長眉，鼻如懸柱，兩目稜威凜凜，神光十足。穿著藍綢長衫，白布高腰襪子，挖雲字頭的粉底便履。雖屆花甲之年，絕無老態，細腰扎背，腰板也挺得筆直。他走進客廳，當門止步，把眼光向楊露蟬一照。楊露蟬搶步上前，深深一揖到地，往旁一撤步，恭敬的說道：「老師傅起得很早，老師傅請上，弟子楊露蟬叩見！」

陳清平把眼光從頭抹到腳下，將楊露蟬打量了一遍，立刻拱拱手，臉上微微含著笑意道：「楊兄不要客氣，不要這麼稱呼，愚下不敢當！請坐請坐。」

楊露蟬道：「老師傅是武林前輩，弟子衷心欽慕，私淑已久。今蒙老師不棄在遠，惠然賜見，弟子萬分榮幸。老師傳請上，容弟子……」說著把自己的名帖拿出來，雙手舉著，恭恭敬敬的遞過來；然後便要下拜，施行大禮。

太極陳接了名帖過去，眉峰一展，立刻一指客座道：「楊兄請坐，坐下談話。」

露蟬謙了半晌，搶坐茶几旁。陳清平再三向客座遜讓，露蟬不肯。太極陳笑了笑，一側身，自己也坐在茶几旁主位上相陪，依然按主客之禮相待。長工們重獻上茶來。

太極陳道：「愚下這幾日為了些私事，未能恭候，教楊兄屢次枉顧，有失款待，抱歉得很。楊兄此番迢迢數百里，來到這小地方，有何見教呢？」

露蟬道：「弟子自幼愛好武功，只是未遇名師，空練了好幾年，毫無成就，聽得許多武師盛稱老師傳獨得秘傳，創出太極拳一派，有巧奪天工之妙，養生保命之功，為各派拳家所不及；南北技擊名家，多不明這太極拳的神妙手法。若學驚人藝，必須訪名師！弟子即承人指示了這條明路，所以特地從遠道投奔了來。求老師傳念弟子一點愚誠，收錄弟子，使弟子獲列門牆，得有寸進，弟子感恩不盡。」說著，又加了一句話道：「弟子楊露蟬是直隸廣平府農家子弟，家中薄有資產，尚不是那無家無業、來歷不明的人。」

陳清平淡然一笑道：「楊兄原來是直隸人，遠道而來的，怪不得上當了……你不要信他們那些無稽之談，我何嘗得到什麼秘傳？這都是江湖上閒漢信口編排，故炫神奇，把我說成一個怪物一般，我怎的會巧奪天工？不過太極拳是從陰陽消長，剛柔相濟之理發揮出來的，好比那道家修煉，必須內外兼修，是一個道理。一講究起來，那些目不識丁的武夫有些聽不懂，於是乎就神乎其神了，其實這裡面並沒有一點玄奧。而且這種拳術也不切實用，我不過閒著來練一練，活動活動氣血；就好像吃完飯，出門散散步似的。

「要指望練會了這套太極拳便可以防身致勝，稱雄武林，甚至從中爭求名利，那豈不是妄談麼？莫說這拳很沒有意思，不值一學，你就練會了，也是白練，一點好處都沒有。要跟人打架，是一準挨揍；要拿來混飯，楊兄又不是混飯吃的人。所以我一向絕不收徒弟、設場子的，免得教人唾罵。楊兄弟遠道慕名而來，足見看得起我，只可惜我是有名無實，空負楊兄一番盛情。楊兄你只罵那冤你的人好了，我拿什麼教你呢？教好了，教你挨打去麼？」說罷哈哈一笑，眼睛看到門外去了。

楊露蟬肅然聽著，不想陳清平是這樣說話，當不得一頭冷水，滿面飛紅。

陳清平將茶杯一端道：「楊兄請吃茶。」跟著又說道：「其實大河以北，技擊名家很多。楊兄英年好武，儘可任訪一位名師，投到他門下，不愁不轉眼成名。何況楊兄武功已有根底；不是我當面奉承楊兄，我們這小地方，真像楊兄這種本領的還真少見。聽說楊兄也來了好幾天了，請看我們這裡可有鋪把式場子、練武術的麼？我們這裡本來就很少練武的人。楊兄剛才說得好，要學驚人藝，必須訪名師；名師儘有，可惜不是我。楊兄還是速回故鄉，直隸是燕趙舊邦，民風剛強好勇，那裡真是有得是好手。再不然山東曹州府多……」

陳清平竟不留餘地的拒人於千里之外！楊露蟬年少性直，卻也聽出陳清平弦外之音。只是遠道而來，到底要碰碰運氣看。

露蟬不等太極陳話畢，自己站了起來，從懷中取出一個紅封套，雙手放在太極陳面前道：「老師傅，請不要推辭了。弟子懷著一片虔心，前來獻贄投師。弟子傾慕盛名，已有五年之久，好不容易才投奔了來。老師傅，求你念在弟子年輕不會說話，空有一片誠心，口中說不出來。弟子習武，只是一心愛好，並不想稱雄武林，更不敢挾技欺人。弟子只望鍛鍊身體健強，於願已足。這是弟子一點孝心，另外還有弟子家鄉中幾樣土物，求老師破格收錄下弟子。弟子逢年過節，另有贄敬。

弟子家尚素封，敬師之禮，自當力求優渥……」末了又加上一句道：「這是二百串的票子。」

這一說到錢，卻大拂陳清平之意。陳清平面色一沉道：「楊兄這是什麼話！我歷來說話是有分寸的，我說我沒本事收你做徒弟，這是實話，決沒一點客氣！你擺上一千兩銀子，不錯，我愛錢，我願意收你；可是收了你，我拿什麼教你呢？這決不敢當。像楊兄這分天才，這分功夫，說老實話，足可以設場子，傳授徒弟；我要在壯年，我還要拜你為師呢！」

這幾句話把楊露蟬臊得低下頭來，不敢仰視。

太極陳卻又說道：「我可有點不合世俗的脾氣，好在楊兄也不會怪罪我。但凡江湖上武林同道，一時混窮了，找上門來，我一定待若上賓。住在我家，我必好好款待；要是缺少盤費，我給籌劃盤費。楊兄你卻不然，你是很有錢的人，我倒不願留你。我還有點瑣務，楊兄如果沒有事，我們改日再談。」太極陳公然下起逐客令來了。

楊露蟬囁嚅道：「老師真就教弟子失望而去嗎？」

太極陳含笑說道：「這有什麼失望？我歷來把這練武的事沒看得那麼重；再說

你另投到別的門戶去，將來一定也能成名，絕不會失望的。」

楊露蟬十分懊喪，強陪笑臉道：「老師傅即是不願收弟子為徒，弟子以為能拜識老師傅這樣的技擊名家，也引為一生之榮。這些許贄敬，算是弟子的一點見面禮，請老師傅賞臉收下。還有這幾色土物，也是弟子特意給老師帶來的，請老師傅一併笑納吧。」

太極陳道：「楊兄，你這份盛情，我已心領了，我是歷來不收親朋餽贈的。人各有志，楊兄，你諒不致強人所難吧？快快收起！要是再客氣，那是以非人視我了。」說到這裡，竟大聲招呼道：「老王！」

外面一個長工應聲進來，問：「什麼事？」

太極陳用手一指道：「把這幾樣東西，替楊爺提著。」

長工答應著，立刻提了起來。楊露蟬一看這位太極陳，簡直硬往外攆自己，只好把紅封套掖起，臉上訕訕的站起來，向太極陳告辭。太極陳早已站在那裡，側身相送了。

露蟬往外走，陳清平送到客屋的門外，露蟬回身相讓道：「老師傅留步，弟子不敢當。」太極陳竟毫不客氣的向露蟬舉手道：「那麼，恕我不遠送了！」只又向露蟬略微拱了拱手，轉身進去了。

楊露蟬被長工們領到門口。在過道裡，露蟬站住了，長吁了一口氣。驀然想起太極陳說自己足可以鋪場子、教徒弟，用不著再跟別人學習武術，這話實在來得太覺突兀。

「我只說練過武功，可是我究其實練到什麼地步，他何嘗知道？這顯然是聽那弟子先入之言了。這倔老頭子這麼拒絕我，定是聽信了那姓方的讒言了。」

長工老黃看見同伴把露蟬的禮物提了出來，就知道碰了釘子。老黃倒有些過意不去，走過來向露蟬道：「楊爺，怎麼樣？你不聽我的話，非見他不可，果然教他駁了！」

楊露蟬垂頭喪氣，默默不語。

長工老黃安慰著道：「何必跟他嘔這個氣，別處好武術多著呢！再投奔別人，決沒有這麼不通人情的！楊爺，你別生氣，你歇一會兒，喝碗茶。」

露蟬道：「謝謝你，這就很給你們幾位添麻煩了。黃大哥，我託你點事。實不相瞞，這次我到河南來，投師學藝，所有親戚朋友全都知道了；只大家給我送行，就熱鬧了好幾天，全期望我把武術練成了回去。如今碰了釘子回家，黃大哥，你替我想想，我有什麼臉兒見人？我想陳老師傅一定是聽了別人的閒話，所以這麼拒絕我。我打算過幾天，再想法子疏通疏通。現在把這四色土物留在這裡，回頭煩你給他老人家拿去。就提我這次因不回家，還往別處去，帶著太麻煩了。就算不拜老師，這作為一點敬意，也不至於教你們受埋怨。」

老黃很是猶豫，露蟬不待他再說回駁的話，立刻道了聲：「打攪，改日再謝！」丟下禮物，轉身走了出來。

楊露蟬這時已感到十分絕望，回到店中，悶懨懨愁苦異常。

等到了午後，店夥從外面提進許多東西來；楊露蟬抬頭一看，果然是自己送給太極陳的。沒等自己問，店夥道：「楊爺，這是南街陳家打發人送來的，來人說有忙事，不見你老了。並且說你老知道，擱下就走，連回話全不等，我只得給你老拿進來。」

這些土物贄敬一任店夥堆放在案上，楊露蟬一言不發，對著發怔。那店夥還站在屋心，睜著詫異的眼，要等楊露蟬說話。楊露蟬把手一揮道：「知道了，放下，你去吧！」

楊露蟬把腳一跺，在屋中走來走去，發恨道：「連禮物也不收，這倔老頭子，可惡！」

楊露蟬越想越氣，自己卑詞厚禮，登門獻贄，他竟這麼拒絕人到底。想到可惱處，恨不得當天絕裾而去，逕回老家，另訪名師，跟太極陳爭一口氣。

可是轉念一想，自己的老師老鏢頭劉立功早就說過，這太極陳本已難求，若真個負氣而回，那不是顯得自己年少氣盛，太不能屈禮了麼？楊露蟬左思右想：「要學驚人藝，須下苦功夫；儘管太極陳拒人過甚，我還得存心忍耐。我索性過幾天，再去登門哀懇！早晚把他磨膩了，不收我不成。我天天去，我日日磨！」

不想楊露蟬再去登門，門上那些長工全都變了面孔，口發怨言；說是那天因收留露蟬的禮物，險些被主人辭退。

那個老黃更是惱怒，曾因這件事，被太極陳打了兩個耳光！人家都為了楊露蟬受了申斥，楊露蟬再來登門，他們焉能歡迎？

楊露蟬就是連煩他們再為稟見的話，也不敢說出口了；甚至弄到後來，連太極陳門前的台階也不教上了。楊露蟬至此已知登門請見之路已絕；然而他已在陳家溝子流連了一月有餘了！

露蟬突然急出一個招來。露蟬想：「門上人是不肯傳話的了，我一天就是來八趟也是沒有用。」但是露蟬曾聽說，督撫衙門上，候差謀事的官僚見不著主人，實在無法，便會在督衙的門外等候著。等到主人出門了，便搶先上去遞名帖，報名，請安，稟見；後來雖然被巡捕趕開，還是搶著叫兩句。

「人家都是求差事，謀碗飯；而我現在，求名師，學絕藝，也不可以照方抓藥，來一下子麼？」

想到這一點，精神又一振，暗道：「太極陳無論如何，反正他不能不出門。我破出功夫來，不到他家門口，我只在橫街等他。只要見著他，就好辦了，我就上去請安，問好，請教。一天，兩天，一月，兩月，功夫到了自然成；他就是個鐵石人，也教我磨軟化了。」

楊露蟬自以為這個主意很好，從第二天起，老早的吃了飯，竟到南橫街等。從辰牌以後出來，等到過晌午，便回店吃飯，喝點水，就再出來等；等得倦了，就來回走溜。有時就走到陳宅門口瞥一眼，看見了長工們，就趕忙閃開。直挨到快天黑，再回店吃飯。這個死膩的辦法，起初剛一想好，自己也覺得好笑。但是實行起來，卻是真討厭，在街上站得腳脹腿酸。

但是這頭一天，太極陳並沒有出門。第二天、第三天也沒有碰見太極陳。到第四天傍午，太極陳忽然同著一個穿長袍的中年人，一前一後出來了。太極陳才走到橫街，楊露蟬便搶上一步，一躬到地說道：「老師傅起得很早！弟子楊露蟬給你老請安！」

太極陳立刻止步，他愕然的注視著楊露蟬，半晌才說道：「哦，你！怎麼尊駕你還沒有走麼？」

露蟬懇切的說道：「弟子不遠千里而來，實懷著萬分誠心，老師不破格的收錄弟子，弟子實在再無顏面返回故鄉了。」

太極陳突然把眉峰一皺，打咳強笑道：「豈有此理！我已對尊駕說過，我決不收徒弟，你怎麼強人所難，在大街上攔著人，這是什麼樣子！」說著惡狠狠瞪視著楊露蟬，他又回頭來對那同行的人說：「真是豈有此理，我和這人素不相識，硬要找我拜老師，居然攔路邀劫起我來了！」

楊露蟬又作了一揖，還想說話，那同行的人笑道：「陳老師不收徒弟，尊駕請吧。」因見太極陳很生氣，那人便勸露蟬回去，有事可登門拜訪，不可在半道上擋著說話，這太不像樣，又說年輕人不懂事，勸太極陳不要計較，兩個人一同走了。

楊露蟬眼看兩人走遠，心想：「他同著人呢，自然有事。我應該看他一個人獨行時，再面求他。」

楊露蟬毫不洩氣的依然天天到南橫街等候。半月功夫，連遇見幾次。不是同著朋友，就是帶著女眷，露蟬未敢上前。

於是到了最末這一次了，時當下晚，太極陳悠然自得的出了家門，那意思是出來散步。露蟬認為機緣難再，從後邊溜了過來，一躬到地道：「老師傅！」

太極陳悠然一側身，立刻展開了身法，不想一回頭看時，還是那個登門獻贄，揮之不去的年輕討厭鬼！

陳清平按捺不住了，蒼髯僨張，雙睛怒睜，喝叱道：「楊兄，你這可是無理取鬧了！你怎麼還來煩我？我已再一再二的告訴了你，我決不收徒弟，你儘日在我的門前徘徊，你打算怎麼樣？你安著什麼心？」

露蟬仍是捺著性子，把自己下決心，慕名投師，不得著絕藝，無顏再見親友的話，懇切的說了一番，最後又道：「弟子原是打點一片血誠來的，決不想再回家，也決不再投別人了。就是死在陳家溝，也要叩求……」

陳清平這一怒非同小可！好個楊露蟬，竟敢拿出訛人的架式來強拜老師！他厲聲道：「告訴你了，我就是不收徒弟，我就是不愛收徒弟，你還能賴給我不成！」

楊露蟬卑詞央告道：「老師傅，你老人家行行好吧，老師傅門下已然有好幾位高徒，老師傅收別人是收，收我也是收，何在乎多收弟子一人呢？而且弟子又不是不肯向學……」

楊露蟬未加思索說出了這話，哪知竟把太極陳觸怒更甚！太極陳霍地轉身，直搶到楊露蟬面前，指著鼻子罵道：「你這人太囉唆了，拜師收徒，是兩廂情願的事情，那有你這麼不識趣的硬來逼人！我不錯，門徒弟子我願意收，我就是不收你，你能把我怎樣？我收徒弟要收個好的。第一要知道尊師敬業，不死麻煩，要有眼色的人。那個死吃白賴的無賴漢，越賴我，我越偏不收！

「告訴你，江湖上什麼匪類都有，知道我有兩下子，恨不得磕頭禮拜的向我討換高招，我知道安著什麼心？卑詞厚禮的學了去，轉臉就去為非作歹，我老頭子豈能上當？你老兄弟為人，我也打聽過一二，你說什麼，我也不敢收你。你想麻煩膩了我，我就收你了，你那是錯想。給我走開！你要是不服氣，想跟我老頭子較量較量，我倒願意奉陪。把你那打人的本領，再拿出來施展施展，我老頭子這兩根窮骨頭或許能挨你兩下！」他兩眼注定楊露蟬，雙臂一張，喝道：「你說，你打算怎麼樣！你走開不走開！」

楊露蟬這才知太極陳耳邊入讒已深，拜師之望絕無挽回餘地，也不禁勾動了少年無名之火，也厲聲說道：「陳老師，你也拒人太甚了！我姓楊的不過慕名已久，抱著一片熱誠，前來投師習武，我安著什麼壞心教你看破了？不錯，我曾經因為抱不平，得罪了你一個徒弟。那個姓方的在鬧市上騎驢飛奔，踏碎了人家磁器，饒不賠錢，反毆打小販，姓楊的看著不平，一時多事，出頭勸解，你那徒弟連勸架的全打了。我姓楊的為人有什麼不好，教你打聽出來了？不過是這件事呀！

「此處不留人，自有留人處，我拜師還拜出錯來不成？我這是抬舉你，拿你當武林前輩。你卻跟我一個後生小孩子較量較量。我自然打不過你，你是創太極拳派的名家，我姓楊的是無名之輩，年紀輕，沒本事。你要打請打！你徒弟還打我呢；你打我，我更賣得著！太極陳，陳老師，我現在誠然不是你的對手！太極陳，你休要小看人，我此去一定要另訪名師，苦學絕藝，十年之後，我要不來找你，誓不為人！」說罷，憤然轉身，卻又回頭道：「十年後的今日，咱們再圖相見！」

太極陳呵呵笑道：「有志氣！十年後我若不死，我一定等著你。姓楊的，別忘了今日！」

第六章　忽來啞丐

日月跳丸，流光似箭，於是五年過去了。陳家溝子匕鬯不驚，盜賊斂跡，居民安居樂業，格外顯得富庶。

有一年新秋，野外茂林深草猶帶濃綠；有一道小溪，斜穿陳家溝鎮甸，繞了一個半圓。這小河微波蕩漾，清可見底，夾岸柳林高飄青條，雖說不上幽景名勝，卻也深饒野趣。河邊青草鋪地，鄉里小兒多在那裡玩耍。

每到黎明的時候，常有一位精神矍爍、寬衣博帶的老人，躑躅郊原，循溪散步。等到農夫牧童荷鋤牽牛，趨赴田野時，這個老人迎暉散步，已賦歸來。全鎮老幼鄉民都認識此老，此老就是那以太極拳名震中原的陳清平。

陳清平的武功造詣與年俱進，雖說年高德劭，鋒芒日斂，卻是生性孤介，薑桂之性愈老愈辣，對外人很是謙和，毫不帶武之氣；對待弟子，卻越發規戒精嚴了。

弟子們但凡誤犯門規，輕則斥責，重則逐出門牆。他唯恐弟子們挾技淩人，為傳驚人藝，必先折去他們的少年傲氣。

太極陳每日晨課，早早起來，淨面漱口後，隨即出門，圍繞全鎮閒遊一週，迎取東方朝陽正氣，調停呼吸，做內功吐舊納新的導引功夫，數十年如一日。

這時正值天高氣爽，太極陳起床絕早，只有長工老黃還可以跟老主人不差先後的起來，跟著來開街門。別的長工總在老主人出去一會子，才相率起來；有的在宅裡收拾，有的到田裡做活，有的拿掃帚，打掃內院前庭。

太極陳性極愛潔，有時自己一高興，脫去長衫，拿著噴壺，督促著徒弟長工們，一同掃除內外，必定得把前後院打掃得一塵不染才罷。

可是長工們沒有不偷懶的，教他們打掃，只要一離開陳清平的跟前，他們就收拾面前一點，屋隅牆角，街門巷外，再不肯多費些力去打掃。有時教太極陳親持掃帚，當面追著，才把街前巷口，圍著院牆的穢土，打掃淨了。太極陳親持噴壺，把掃完了的地方全灑了水，卻將長工老黃叫到面前，申斥一頓，不准他引頭偷懶。然後到練武場子裡，督促弟子們習練武功。練完了功夫這才進早點，料理家事；晚間再下一次場子——天天如此，已成常課。

起初這些長工們總是偷懶，主人愛潔，他們只會敷敷衍衍，清除門面，被陳清平大罵過多少次，給他們分派開操作。這些長工們口頭雖答應，怎麼說就怎麼辦，可是隔上十天半個月不挨說，又一反常態，懶惰起來。

有一次，太極陳清平一早起床，步經中庭，一開街門，街門台階下，就有頭一天收柴禾掉下的碎柴枯葉，和風吹來的亂紙堵著門口，很是骯髒。太極陳立刻又把老黃大罵一頓，限他們立刻打掃。等到陳清平野遊回來，見門庭清潔，方才不言語了。

自經這番大罵後，長工們好像勤快了許多天。太極陳每一出門，見門口打掃得乾乾淨淨，一連十幾天都是這樣。太極陳心裡很痛快，暗想：「這一次總算把他們管過來了。」

這樣經過一個多月之後，一日陳清平破曉起床，叫起長工老黃來開街門。那老黃一臉睡容，披衣起來開門，下了閂，把門拉開。

太極陳藉著晨光微曦，一看門外，台階纖塵不染，連路上也打掃得很乾淨。太極陳有些察覺了，心想：「我起得這麼早，只有老黃還起得來，我明明看見他剛從門房出來，我看著他落的門閂，但是這街門以外，他是什麼時候打掃的呢？」

這一天，太極陳不經意地問了問老黃：「這街門前是誰掃得這麼乾淨？」

老黃睡眼迷離的說：「我！」

陳清平想：「這一定是晚上臨關門時打掃的了……老黃這個懶貨，居然也這麼勤快起來了？」

太極陳照樣出了街門，一直往東，迎暉緩步而行，照樣作他的常課，呼吸吐納，涵養內功。

於是又過了幾個月，無論太極陳多麼早，街門以外總是乾乾淨淨；有時街門外乾淨，而門內反倒碎紙、草片、餘塵堆積未掃。太極陳不悅道：「老黃，你怎麼儘管門口，不管門裡呢？」

老黃答辯道：「掃院子是老張。」

於是太極陳把老張罵了一頓。

忽有一天，太極陳起得過早了，院裡還有些朦朧，夜幕的殘影淡淡的籠罩天空，東方天際，在一抹浮雲中，微微泛出一點魚肚白色來。鴉雀無聲，雞鳴三唱；太極陳洗漱畢，穿上長衫，走到門首，長工老黃還沒有起身，太極陳就親自去開街門。

剛下了大門，老黃已在門房聽見動靜，遂故意痰嗽了一聲。太極陳叫道：「老黃，起來開街門來！」隨手把街門忽隆的一聲拉開了。突然見正在街旁，有一個衣衫襤褸的乞兒，傴僂著身子，手裡拿著一把短掃帚，一下一下的正在掃地。台階磚道乾乾淨淨，階西邊業已掃完；只剩下街東邊，還沒有打掃俐落。

陳宅的街門一開，那乞兒回頭望了望，看見陳宅有人出來，他把腰一直，夾起掃帚，一逕走了。

太極陳愕然，忙招呼道：「喂，你別走，我問你話……」這個乞丐竟像是沒有聽見似的，夾著掃帚，徜徉的踱向東去，走過一條小巷子不見了。

太極陳沒有看清這人的面貌，略一尋思，轉回頭來，向街門內大聲叫道：「老黃！」連叫了三聲，長工老黃出來了，一面走，一面扣衣鈕，到太極陳面前一站，說道：「老當家的，今天起得更早了。」

太極陳手指當地，問道：「老黃，這是誰掃的？」

老黃衝口說道：「是我們，天天都掃。」

太極陳哼了一聲道：「是你們掃的？你們什麼時候掃的？」

老黃不知道怎麼回事，依然強口說道：「我們一清早掃。你老走後，我們就起來打掃院子。」

陳清平怫然說道：「你胡說！」一指門前，由東邊指到西邊，恰當陳宅門前一段路，打掃得乾乾淨淨的，卻還有幾堆穢土沒有除去。太極陳怒視老黃道：「這是你掃的？你起在我後頭，你什麼時候掃的？」

老黃眼望著他，信口說道：「你老問街門外頭呀？那是我晚上臨關街門信手打掃的，省得白天忙碌……」

太極陳不覺動怒，厲斥道：「還要強嘴！我眼睜睜看見一個窮人，掃咱們的門口台階，怎麼又是你掃的？」老黃瞠目不能答。

陳清平尋思了一刻，又到門洞過道，察看了一遍，心中有點明白，吩咐老黃：「若是看見那個乞兒，可以問問他是怎麼一回事，是個幹什麼的？」

老黃連忙答應了。太極陳冷笑數聲道：「我說你們怎麼會無故勤快了呢？沒學會做活，先學會扯謊偷懶！快拿畚箕來吧，把這幾堆穢土收了去。」說完，依舊悠悠的出了家巷，繞著村鎮溜了一圈，做了一會吐納的功夫；晨曦既吐，緩步走回。

到次日，陳清平照常早起，到街門一看，仍然掃得乾乾淨淨。老黃候著開門，陳清平問他：「看見那個掃台階的窮人沒有？」

老黃逕直說道：「沒有看見，也沒有人給咱們掃台階。」

陳清平斥道：「你還搗鬼！」罵了一陣，也就罷了。

一晃又過了半月。陳清平一早起床，照舊野遊。這天起得較早，又碰見那個乞丐，卻是已將半條小巷掃完，把穢土堆成數堆。因為沒有畚箕收除，這乞兒就用一塊破瓦盆端土，把穢土收在破盆內，端起來倒在巷外。

這一回，陳清平早已看清這個窮苦男子的長相。這個男子髮長面垢，渾身骯髒襤褸；但是細辨容色，彷彿五官端正，眉目也似乎清秀，不像個尋常鄉下討飯的花子。

陳清平不明白他為什麼天天來掃地，遂踱過去問道：「喂，我說你這是作什麼？是誰教你來掃地啊？」

那個乞兒彷彿沒有聽見陳清平的話，回頭望了望，把掃帚一夾，直起腰來又走了。到了這時，引起陳清平的注意，他一定要根究一下：這個乞丐究竟為什麼天天給自家掃地呢？

陳清平心想：「必定自己家中做飯的，把剩飯天天週濟他，他感激不盡，所以天天來掃地了。」但是問到廚房師傅，力說並沒有拿主人的飯隨便給人。陳清平又一轉想，更看了看自己門口的形勢，便有點恍然：「大概這個乞兒是因為沒有宿處，夜間借我這門洞過道，躲避風露，臨起來便把門口打掃；就是宅內人碰見他，也不至於再討厭他，驅逐他。凡是窮人，難免對人先起畏懼之心，所以一見了我，就趕緊躲開。」

陳清平暫時不再野遊去了，回轉宅中把長工叫來，嚴詞詰問：「這過道中是不是你們容留窮人住宿了？那個每天掃我們門前台階的窮人，是不是就是避宿的人？」

老黃再隱瞞不住了，這才說出：「的確有個年輕的討飯的，借咱們過道避宿；很可憐，又很仁義，所以沒驅逐他。這街外台階，都是他一早起來給掃的，已經有好幾個月了。」

太極陳瞋目看看老黃，半晌不語。

老黃惴惴的說：「老當家的，別著急，我明天趕他走好了。」

太極陳仍然看著老黃，道：「這乞丐可在我們這裡討過吃食麼？」

老黃道：「沒有。」

太極陳道：「這人多大年紀，可是本村人麼？」

老黃道：「年紀不大，好像不是常要飯的，見了人很害羞，總低著頭……」

太極陳皺眉道：「我問你，他是哪裡人？」

老黃慌忙答道：「這可不知道。」

太極陳復又怫然，申斥道：「你聽口音還聽不出來麼？」

老黃道：「他是個啞巴！」

太極陳道：「哦！他是啞巴？」

老黃覺得主人面色已然平善，這才放心大膽回答道：「我也問過他，他連答也不答，我也怕他是來路不明的人，後來我把他攔住了，仔細問他時，才知道他是個啞巴。打著手勢告訴我，他不是此地人，離這兒很遠，好像是父母全沒有了，只剩他一人，流落到這兒來。因為沒地方睡覺，借咱們門洞裡避風露。他十分知趣，所以要打掃淨了門口才走。一個年輕殘廢人，這麼知道好歹……」

太極陳沉吟道：「一個啞巴！無家無業，又有殘疾，還這麼守本份……你往後要在他身上留意，每天給他兩個饃饃，別教他餓著。這種可憐的乞丐，周濟周濟他才對呢。」

老黃道：「前些日子，我把頭一天剩下的吃食給他，他還不要呢。現在倒熟悉了，天天給他剩飯，他也老實的吃了。」

太極陳把眼一張，哼了一聲道：「你不是說沒在咱們這裡討過吃食麼？肉頭肉腦的一嘴謊話，矇得住誰？可惡極了！」

老黃被主人徹頭徹尾的斥責的一頓，心裡老大的不自在，當面不敢頂嘴，退下來之後，嘴裡嘟嘟囔囔，走進門房。過了幾天，也就把這件事擱過去了。

太極陳起得儘早，卻也輕易碰不見這個可憐的啞丐。有時趕上啞丐睡醒略遲了，為太極陳啟門聲驚起，他必定惶惶然斂起所鋪的草席，匆匆走去。

太極陳料想這個啞丐膽小怕人，也就不再追問他了。既知道他是啞子，就叫到面前，也問不出他的家世。凡是啞子又十九耳聾，告訴他話，他也聽不出來——這時太極陳正為那個剛出師的弟子方子壽料理一件人命罣誤官司；太極陳又著急，又很忙，便把這個啞丐的事給忘了。

第七章　劣徒遭誣

陳清平這個四弟子方子壽，是離著陳家溝子四、五里的地方，方家屯的大財主，家裡很有幾頃田。方子壽是庶出的獨生子，父母十分鍾愛。但有家產沒有人，時常受鄉人的欺侮訛詐。方子壽的父母一心教子習武，練出本領來，好頂立門戶。費了很大的事，託付了那跟太極陳相識知己的朋友，拜求收錄，幾次三番的請託，才得把方子壽拜在陳老師的門下。

不過方子壽只有鬼聰明，沒有真悟性，所以在太極陳門下數年，對於這名重武林，為南北派技擊名家所驚服的拳術，竟沒有多大成就。陳清平儘管不時的督責，只是方子壽限於天賦，無可如何。幸仗著他善事師傅，必恭惟謹，故在功夫上儘管是沒有多大的進步，但尚不致過於為太極陳所憎。

後來太極陳看透方子壽不能再有深造，遂教他自己慢慢的鍛鍊，擇日命他出師，知道深邃的內功不是他所能學的。

這方子壽入師門有七年，算是出藝了。在太極陳門下，頂數他沒本領；可是就他所學得的功夫，拿出來與別派的技擊家相較，已竟高人一等了。

方子壽雖然出師，不再隨著老師下場子；可是感念陳老師傅的教誨之恩，終不敢忘，逢年遇節，孝敬不減當年。每隔十天八天，必要來看看老師；或者帶點新鮮的禮物。老師不吃，就拿來散給太極陳的子孫眷屬，對於同門也很親熱，以此他倒很有人緣。

不料在方家屯，有一家私娼很是聲名狼藉，聚賭賣淫，實為方家屯全屯之玷。方子壽早想把這私娼趕走，只是父母不教他多事。恰巧有個表弟張文秀，受歹人引誘，在這私娼中一場腥賭，被人詐騙去數百金，還教人飽打一頓，趕逐出來。這表弟氣忿難出，找了方子壽來，哭訴著教方子壽給他出氣找場。

方子壽年輕性躁，並且早想驅除這班雜亂人，遂立刻帶著表弟張文秀，找到私娼家中，他立刻就把這私娼家中打了個落花流水，並當眾揚言，限他們在三天以內，趕緊搬出方家屯：「只要不走，教你們嘗嘗方四爺的手段！」這不過是一句虛聲恐嚇，說過就完。

當時方子壽欣然回來，不料竟於打架的第五天上，這私娼家中突然出了血案，那私娼的本夫，跟九歲的養女，跟一個幫閒的姪子，竟被人殺死；那女的也被剁了兩刀，卻不是致命傷。事後緩醒過來，報了地面，這私娼到案告發，一口咬定，是本屯方子壽率人作的案，縣裡把方子壽捕去，認為方子壽有殺人重嫌，身陷囹圄，數遭刑訊。

方子壽的家人惶惶無計，一家子痛哭號啕，來向太極陳求救。陳清平起初也很驚駭猜疑，後來仔細打聽，才曉得方子壽實在冤枉。太極陳念在師徒之情，況又關切著本派的清白之名，遂竭力的奔走營救。

陳清平曉得要將方子壽這場命案罪嫌洗刷淨盡，第一固然要請託人情，但最要緊的還是搜出反證來，才能找出真兇。

經過數日的奔走，太極陳竟已找出強而有力的證據來，證明了血案發生當天，方子壽從午後就在鄰村一個親友家給人作中證，書立租地的文契。等到字據立好，中保畫押之後，那租地的戶主又為酬謝中證，把幾個人都邀到城裡，一同吃酒玩樂，鬧了一個晚上。沒想到二更，方子壽的嫡母又舊病復犯，派人把方子壽找尋回來。方子壽在城內，請了本地名醫莊慶來，一同到家。醫藥雜陳，直忙了一通宵，才套車把莊醫生送走。血案發生這晚，方子壽所作所為、存身所在，都有人證目睹，他焉能分出身去殺人？

不過這些證人都各有正業，誰也不肯出頭作證，跟著過堂聽審。方子壽的嫡母驚嚇得老病加重了，他的生母也只知道啼哭。他的父親又是個鄉下富農，一生怕官怕事；遭上人命官司，竟束手無計，只知道託人行賄，竟花了許多冤錢，於案情毫無益處。

陳清平慨然出頭，把這些證人用情面託了，衙門內上下也全打點了。就是苦主方面，也輾轉託人破解，不要因為啣恨方子壽，反倒寬縱了真正兇手。那個被砍傷的妓女，卻還一口咬定了是方子壽幹的；雖許下錢財，她仍疑疑思思的。陳清平勃然動怒，轉向官府極力疏通。直忙了兩個來月的功夫，才將方子壽這一場人命罣誤官司摘脫開了，由仕紳保釋出來。

方子壽出獄之後，切骨的感激陳清平老師；登門跪謝，涕淚橫頤。陳清平見他一場冤獄，打得人已瘦削一半，又是痛惜，又是痛恨，把方子壽徹頭徹尾痛罵了一頓，並且說：「從此以後，不許你再說是我的徒弟了！我的徒弟沒有跟娼寮龜奴打架的！」切齒拍案的數落。

方子壽跪在地上，連頭也不敢抬，自己發誓賭咒：「從此力改前非！師傅管教我，搭救我，我若再招惹是非，我就連畜類也不如了！」太極陳之妻又從旁講情，太極陳嘆息了一陣，方才寬恕了他；並且警告說：「再聞子壽有打架鬥毆的事情，不論有理無理，立即逐出門牆。」方子壽也惴惴的答應了。

但是陳清平雖把徒弟搭救出來，而悠悠之口勢可鑠金，全鎮裡說什麼話的全有。有的人明白真相，曉得這是件妒奸情殺，便說方子壽實在冤枉。可是也有人說方子壽咎由自取，誰教他橫行霸道，恃勇惹事來呢！更有人說得格外離奇，以為方家到底有錢有勢，血淋淋的一場命案，大事化小，小事化無，居然靠著銅臭薰天，把一場血案洗刷淨了。

「哼哼，銀子錢，非等閒！」

而實際上方子壽家本富有；這一場人命官司，方子壽的父親又當真填了不少冤枉錢。

這些閒話，方子壽當然不會入耳，卻被太極陳聽見了，心上異常著惱。這似是而非的道路閒言，最足混淆聽聞，照這個說法，方子壽一條命是花錢買出來的，太極陳就不啻作了過贓行賄的人。陳清平孤介之性，那堪忍受？而謠言可畏，欲辯無從，人們信口拿來當作談資，就想聲辯，也沒人來聽。陳清平以此悒悒不樂。到底這暗娼的本夫，是教誰給殺害的呢？若不訪個水落石出，方子壽的名聲總是有玷，而太極門也無形中被污辱了。

太極陳在地方上是一個有身分的紳士，心想把這娼寮兇殺案研究一下，要訪出那個真兇來，給自己徒弟洗去不白之冤。但他雖精於武功，卻與下流社會隔閡；若要他真的化裝去私訪，夜探娼寮，他又覺得太猥褻了。每天清早，起來到野外漫遊，吐納導引，日課已罷，他就仰天微喟道：「這件事該當怎樣下手呢？」

太極陳曾經把方子壽找來，將謠言告訴了他，方子壽立刻暴怒起來，似要找人拚命，可是又不知應該找誰。

自經這番變故，方子壽的父母又禁制他，不教他無故出門。方子壽的嬌妻也曾哭勸他：「剛打完人命官司，在家裡避避晦氣吧，沒的又惹爺娘著急！」他的嫡母怎樣憂急臥病，他的生母又怎樣天天對佛像焚香，將呻吟哭禱的慘象，學說給他聽：「你別再出門啦！」那麼，就教方子壽自訪兇手，也是訪不出來，辦不到的。

但是方子壽外表儘管鎮靜不動，心緒卻非常躁惡。他也曾思前想後盤算過：「身受師恩，七年教誨，涓滴沒報，如今反倒惹出一場是非來，教臭娼婦橫咬一口，帶累得師門也蒙受不潔之名。若不洗刷清白了，我還有何面目見同門的師兄弟？」

挨過了些日子，方子壽到底潛下決心，要設法鉤稽出血案的實情，但也不過是望風捕影。這方家屯和陳家溝子，又是他生長的家鄉；老鄰舊居，誰都認識誰。方子壽假作無意，要向人前打聽一點情形，問起那個私娼家裡的事情。這些鄉鄰們知道方子壽是被害過的，對別人盡可亂嚼一陣，對著當事人，倘有一言半語答對不善，方子壽吃這大虧，豈肯甘休？問者有意，答者越發的不敢說了。他們就是真曉得些什麼，也只推說不知。

方子壽連訪了數日，茫無頭緒，心灰意懶，索性只在家裡睡覺。而且每逢他出門，遇見了熟人，便給他道喜，說是一場官司打出來了，總是可喜可賀的事情。說得方子壽惱又惱不得，聽又聽不下去。他的父母看著他出獄之後，神情是一變，與舊日的活潑判若兩人，唯恐他悶出病來，反又催著方子壽出外溜溜，再不然到老師家裡走走。於是方子壽強打精神，不時到太極陳家中。

太極陳也是連日發煩，曾經密告別的徒弟，叫他們暗中訪查此事。「好歹要給你方師弟的污名洗刷了去。」

一晃半個多月，官府緝兇不得，太極陳師徒訪查真兇，也訪不出所以然來，只曉得是「奸情出人命」罷了。行兇的究竟是誰，一時竟成了懸案。

這一天，午後陰雲四合，天氣驟變，時候已是深秋了。秋風瑟瑟，冷風瀟瀟，雨勢並不大，可是竟日沒晴，未到申刻，屋中已然黑沉沉的了。太極陳不能出門，吩咐長工點了燈，從書架上翻出一本英雄譜，隨意瀏覽，也不感興趣。人的精神彷佛又受了天時的感應，太極陳很覺無聊。

這時只有太極陳一個次孫，和一個三徒弟，在書齋裡陪著閒談。天到二鼓時分，太極陳一向早睡早起，這一晚越發寂寞竟越睡不著。聽窗外雨聲淅淅，遂叫長工燙了一壺陳紹，備了幾碟夜肴，太極陳遂展開書本，倚燈小酌，閒聽秋雨。

直到三更，忽然聽到街門上一陣亂敲，有人很迫切的敲門。

太極陳停杯說道：「天這麼晚了，這是誰？」隱隱聽見長工老黃和叫門的人對付。向例大門一關上，就不再開了，但是門外的人被雨淋著，好像很著急，大聲嚷了起來，不住的叫：「老黃，開門！老黃，是我。」

太極陳站了起來道：「這是子壽，難道案子又反覆了？」遂命次孫快去開門。

不一會，方子壽像水雞似的跑了進來，一見太極陳，忙上前施禮，滿面喜色的說道：「師傅，好了。我知道兇手是誰了，就是東旺莊的布販子小蔡三！」

太極陳詫異道：「你怎麼知道的？怎見得是他？他不是頭些日子，就上開封去了麼？」

這小蔡三便是那暗娼澄沙包的第四個姘夫，他曾因妒奸，和第三個姘夫打過架，和澄沙包的本夫也吵鬧過；後來被暗娼的第五個姘夫逐出去了。太極陳訪問兇手，曾聽長工老黃和小張都說過的。

太極陳眼望著方子壽，詰問他如何訪問出來的。方子壽把頭髮上的雨水擦了擦，拭乾了手，便向衣兜兒掏摸，摸出一張紙、一個信封來。一時歡喜，倉卒跑來，忘了禦濕，這張信紙也教雨水弄濕了。

太極陳駭然將這張濕信紙、濕信封接取在手，就燈光細看。粗劣的信封，上寫「呈方四師兄子壽玉展」下款是「內詳」二字。再將濕信紙慢慢展開，把酒杯肴碟推了推，將紙鋪在桌上，幾個人都湊過來觀看。

第八章　揭破陰謀

在禿筆劣紙上，寫著一筆顏字，雖不甚好，筆力卻健，只是看著眼生得很。

太極陳低聲誦念道：

「子壽師兄閣下台鑒：此次我兄突遭意外，險被奸人陷害，仰賴師恩鼎力回天，多方救援，幸脫囹圄之災。然殺人兇犯竟逃法網，眾口紛紜，語多影響揣測，究與吾兄清名有玷，亦即師門莫大之辱也。弟也不才，未忍袖手，故連日設法採探，已得個中詭謀。

「殺人者乃妒奸之人，住東旺村，名小蔡三，此人現隱匿於魏家園子。設謀嫁禍，意圖詐害吾兄者，則另有其人，即同夥李崇德是也。請師兄速報同門，稟知恩師，設法將該私娼家中之龜奴謝歪脖子引出，加以威逼利誘，定能吐實。緣弟已訪聞此人意有不忿，稍予賄買，必肯揭穿奸謀。使案情大白，水落石出，一洗吾兄之嫌，更於師門清規盛名，有裨非淺也。事須急圖，遲則殺人兇手俟隙遠颺矣。匆此奉陳，餘不及多，敬問福安。弟，知名不具。」

太極陳念罷，抬頭道：「這是誰給你的信，靠得住麼？哦，這個人管你叫師兄，是哪一個呢？」

方子壽道：「我也不曉得。」

太極陳道：「你也不曉得？這封信怎麼到你手的？」

方子壽道：「就是剛才，弟子還沒睡著呢，有人拍窗戶。弟子追出來一看，人已越房走了，卻留下這封信，從窗眼塞進來的。」

書齋中的人，由太極陳起，不由全都愕然。太極陳取信再看道：「這不是鬧著玩的，萬一這封信又是你仇人的奸計呢？子壽你坐下，我來問問你，剛才你怎麼個情形接到這封信？送信的人說話了沒有……老四，可惜你還練了七年，怎麼竟容人越房進來，又越房走了，你自己連著影子也摸不著？」

方子壽低頭不能答。送信的人叩窗時，方子壽其實已脫了衣服，與他妻子何氏上床睡了。容得他披衣起床，人早走得沒影了。

方子壽也和他老師太極陳一樣，秋夜苦雨，心緒不佳，坐在椅子上，仰頭發怔。他妻何氏問他：「心裡覺得怎麼樣？可是不舒服麼？」
方子壽惡聲答道：「不怎麼樣。」
何氏湊過來，挨肩坐下，款款的慰藉他，滿臉露出憐惜之情，知他好喝一杯白乾酒，便給他燙酒備肴，對他說：「坐著無聊，你可喝一杯酒解悶麼？」
方子壽意不忍卻，夫妻倆對燈小飲了數杯。何氏見他已經微醺，便勸他早些睡覺，收拾了杯盤，夫妻倆雙雙入睡。不一會，何氏已然沉沉的睡熟了，方子壽卻還是輾轉不能成眠。直到三更將近，方才有些朦朧，似睡不睡的，突然聽見窗櫺子有人輕彈了兩下。
方子壽驀然驚醒，霍地翻身坐起來，喝問：「是誰？」
窗外輕輕答道：「師兄，是我。師兄不要驚疑，師兄身蒙不白之冤，於師傅的盛名有累，是小弟略盡寸心，把私娼的奸謀和殺人兇手，訪察明白。師兄請召小弟留的這封信行事，自然一定會得著真相。」
方子壽吃了一驚，聽不出說話的口音是誰，忙道：「你是哪位？」急忙抓起衣衫，跳下床來。外面那人說道：「師兄你不用起了，你一看信，自然明白。」外面語聲一頓，跟著窗紙嗤的一響，從窗洞塞進一封信來。

方子壽越發驚疑，道：「你到底是誰？你可請進來呀！」

外面的人答道：「不用了，咱們再見了。」

這件事來得太突兀，方子壽慌忙竄下地來，撲奔門口，伸手拔門插管，轟隆的一聲響，把門扇拉開，往外就闖。那床上睡著的何氏打了一個呵欠，問道：「你幹什麼，還沒有睡麼？」方子壽早已竄出屋門，撲到階前。

外面冷森森的細雨下著，覺著透體生寒。方子壽披著衣衫，趿著鞋，將眼揉了揉，攏了攏光，瞥見東夾道有一條黑影，只一晃，撲奔東面一道矮牆。他的身形矮小，但身法卻也敏捷。

方子壽喊了一聲：「喂！等會兒！你是哪一位呀？」抬腿將鞋登上，追趕過來。只見那人奔到牆根下，竟一聳身，竄上牆頭，輾轉間，已一偏身翻出牆外。及至方子壽趕到牆下時，那人早已逃出視線以外。方子壽也忙一展身，雙手攀牆，往外尋看；那人已順著一片泥濘的小道，如飛而去，沒入夜影之中了。

方子壽跨在牆頭上，有心要追，卻又猶豫。這時候，他妻何氏已然驚醒，坐了起來，一迭聲叫道：「壽哥，壽哥，你不睡覺，你可要做什麼？」

方子壽想到自己正在晦氣頭上，怔了一回，飄身竄下牆頭，悄然回到屋中。

他妻何氏已將床前的小燈撥亮了，正要穿鞋下地，出來找他，何氏睡眼惺忪的問道：「下著雨，又出去幹什麼？也不穿衣裳，不怕凍著？剛才你是跟誰說話？」方子壽搖頭不答，眼望窗台，急忙尋找，果然在窗紙破處，擺著一封信。方子壽一把抓過來，拆開了信，看了又看，又驚又喜，又是納悶。他皺著眉揣度了半晌，料道這封信分明是份好意。可是送信人管自己叫師兄，自己哪有這麼一個師弟？若說是五師弟幹的把戲？他又素來不會寫顏字；想來真把人搞糊塗死了。

「但是信上指明兇手是小蔡三，這話太對景了。誰都知道小蔡三是個色鬼，好嫖；不錯，行兇的一定是他，那娼婦卻控告我，無非是存心訛詐。信上教我別耽誤，我真得趕緊去找老師去。就便問問五師弟，可是他寫的不是？」

方子壽打好主意，草草告訴了妻子何氏。嚇得何氏攔住他，不叫他去。方子壽發急道：「我又不是去拚命，我不過是拿著信請教老師去，這怕什麼？」鬧了一頓，一定要當夜到陳家溝去。把長工叫醒，備上驢，冒雨而來。

這便是方子壽得信的情形，當下一一對老師說了。

太極陳眼看著這信，搖了搖頭，問三弟子道：「你看這信像是老五寫的麼？」

三弟子道：「不像。」

太極陳道：「而且他得著信，一定會告訴我，何必黑夜雨天玩這把戲呢？」

太極陳沉吟了一陣，覺得這送信的人或者是一個武林後進，路見不平，訪出真相，又不便出名，才露這一手。再不然，便是什麼人又耍手腕，要誘方子壽再上第二回當。太極陳老經練達，不肯魯莽。對方子壽道：「今夜太晚了，你就住在我這裡。你臨來時，可告訴你父母了麼？」

方子壽不敢說私自出來，忙扯謊道：「我告訴家父了，是家父叫我出來請示師傅的。」

太極陳點點頭道：「好了，這封信你就不用管了。明早你回家去，不要告訴人，隨便什麼人也不要告訴。你照舊在家裡待著，不許出門，也不許跟人打聽小蔡三。你只當沒有這回事好了，師傅我自有辦法。」說罷，催著方子壽到客廳搭鋪睡覺。

這一夜，太極陳通宵沒睡，把三徒弟耿永豐留在書齋，秘密的囑咐一些話；又拿出幾張銀票子來交給耿永豐。

到次早，太極陳把照例的野遊晨課停了，吩咐方子壽回家候信：「不叫你，不必來。沉住氣，別出門！」

到第四天，忽然方家屯鬨傳起來：殺人兇手小蔡三已被捕了！被捕的地點是在魏家園子范連升家……

方子壽把接得的匿名信，呈給師傅陳清平之後，就謹遵師命，在家靜候消息。陳清平只諄諄囑咐他不要出門，不要告訴人，此外什麼話也沒說。

方子壽躲在家中，非常的納悶著急，如在熱鍋上的螞蟻一樣。挨到第四天早上，村中忽然鬨傳，私娼家中兇殺案真正的兇手，已然在魏家園子被捕，就是那個荒唐鬼小蔡三。

小蔡三好嫖貪色，人也不見得多麼強橫，但是他竟刀傷三命！方家的長工們很關切這件事，打聽得確確實實，立刻跑回來，向主人報告。方子壽的父母妻子聽見了，一齊喜出望外。「這可一塊石頭落地了！」有錢的人最怕打官司牽連。

方子壽卻有點明白，加倍急躁起來，恨不得立刻出去，向師傅打聽，到底是怎麼辦的？他穿上長衫，叫長工備驢，就要出去打聽。但是沒容他動身，陳家溝已經打發人來請他了，來人正是長工小張。

方子壽歡躍著出來，盤問長工；長工小張只說是三師兄耿永豐打發來的，不曉得有什麼事。方子壽拿出幾百錢來，給長工做辛苦錢，說是自己隨後就到。長工走了，自己趕緊到裡面，稟明了父母，立刻起身，策驢飛奔陳家溝子。

到了陳宅，一逕進了客廳。只見師傅沒在，三師兄耿永豐卻在那裡等著。一會面，耿永豐就拱手道：「師弟，我這可給你道喜！」

方子壽向師兄行過禮，坐在一旁道：「師兄，我近來只有倒楣，哪有喜事？師兄莫非說那小蔡三被捕的事麼？」

耿永豐笑道：「好師弟，你真會猜！你的冤枉官司，到今日才算真相大白。正兇已經捉住了，把你洗刷出來，這豈不是大喜事？我說老弟，你得好好的請請師兄才對。」

方子壽道：「小弟負屈含冤，被人搆陷，帶累得師傅也跟著蒙受不潔之名。如今真能夠把正兇獲案，我豈止請客，我感念師傅一輩子。師傅倒是怎麼把兇手捉獲的？師兄告訴告訴我，也叫我明白明白。」

耿永豐遂把訪拿兇手的經過，向方子壽說了一遍。方子壽這才知道，耿師兄對自己暗中出了許多力。

原來太極陳自從那天方子壽夜雨來謁，以離奇的匿名信，指出了私娼家中兇殺案是因奸妒殺，兇手為小蔡三；陳清平不動聲色，先將方子壽打發走了，立刻把三弟子耿永豐叫到面前，正色說道：「你子壽師弟這次惹下一場禍事，帶累著我太極門清名受玷，所以這些日子來，我寢食難安，總想把這件事訪個水落石出，方才甘心。只是多日一再訪尋，仍覺茫無頭緒。如今幸有這意外之助，我想我們若是單刀直入的去找謝歪脖子，不論威脅利誘，總難免有賄買之嫌。這次我想教你去找周龍九。他在本城人傑地靈，也戳得住，官私兩面也叫得響。你把這件事情的原委向他說明，煩他訊取謝四歪脖子的親供。只要謝四說出真情，再也不敢反覆。」

耿永豐聽了不大明白，遲疑的說道：「那麼誰去找謝四歪脖子呢？」

太極陳道：「你只把周龍九穩住了駕，別的事不用管。到時候，自有人會把謝四歪脖子送到了。」

耿永豐深知師傅的脾氣，他老人家的事是怎麼說了怎麼答應。遂立刻帶著錢票起身，逕奔南關外三里屯周龍九家中。

這周龍九是個很有錢的秀才，素日為人極喜拉攏，官私兩面都叫得響。在地方上排難解紛，是個出頭露臉的紳士，所有商民都頌揚他是個人物。一班泥腿說起周龍九周七爺來，總有點頭疼，不敢去惹他，弄不好的話，他的稟帖就上去了。他雖然是個文墨人，手無縛雞之力，但是利口善辯，有膽有識，做事極有擔當。

周龍九與陳清平兩個人，一文一武，文弱的偏任俠，武勇的反恬退；性格相反，好尚不同，但是兩人卻互相仰慕。太極陳也曾幫過周龍九的忙。

耿永豐提著一點禮物，拿著師傅的名帖，面見周龍九，周龍九把耿永豐讓到內廳，只見滿屋子坐著好些客人。

周龍九挽著小辮，只穿著一件小夾衫，抽著水菸袋，猴似的蹲在太師椅上，跳下來招待耿永豐。耿永豐請他避人密語，將師傅所託的事，從頭到尾說了一遍。

周龍九聽完這話，就將水菸袋一墩道：「好東西，竟訛到咱們自己人的頭上來了，陳老哥怎麼不早說？依著我看，哪有工夫費那麼大事？把這窩子暗娼龜奴打一頓，一趕就完了。謠言算個什麼？值幾文錢一斤？聽那個還有完？」

周龍九這個老秀才，簡直比武夫還豪爽。

耿永豐說：「家師的意思是為洗刷污名，並不為出氣。九爺還請費心，將謝歪脖子的口供擠出來就行了。」

周龍九想了想道：「陳老哥既然不願聽謠言，這樣吩咐我，也好，我就照辦。」吩咐下人：「來呀！弄點吃的，我陪耿老弟喝兩盅。」

耿永豐推辭不掉，於是擺上豐富的酒宴，把別的客人也邀來相陪。飯罷，容那班人陸續散去，泡上一壺香茶來；周龍九陪著耿永豐閒談，靜等著謝四歪脖子到來。

太極陳這次打定了主意，要親臨娼寮。到二更時分，候家人睡了，稍事裝束，不走大門，不驚動家中的長工們，悄悄的從西花牆翻出宅外。

外面黑沉沉的，寂靜異常，只有野犬陣陣的吠聲，跟那巡更的梆鑼之聲，點綴著這深秋夜景。太極陳到了鎮甸外，略展行功身手，只用一盞茶的時刻，已經到了方家屯。

故鄉的里巷，雖在夜間也尋找不難，逕來到了這私娼家門口。陳清平收住腳步，看了看左近無人，抬頭一打量，這全是土草房。

太極陳微聳身軀，竄到屋頂上，往院裡張望，是前後兩層院落。前院只有南北房，四間屋子，有一道屏門；後面是三間東上房，南北一邊一間廂房。

前院的屋舍，昏暗暗的沒有亮光；後面卻燈光照滿窗紙。娼寮究竟是娼寮，鄉間雖然習慣早睡，他們這裡還是明燈輝煌。

太極陳伏身輕竄，逕奔後面。來到上房窗下，還沒有貼近窗櫺，已聽見屋內笑語之聲。想是幾個男女在裡面賭博，摔牌罵點，喝雉呼盧的吵，夾雜著猥言褻語。

太極陳是光明磊落的技擊名家，像這種齷齪地方，絕不肯涉足的；如今為懼自家清名的失墜，不得不來一究真相。但是太極陳雖望見滿窗的燈光，究竟還不肯暗中窺視，於是轉身撲到北廂房。

北廂房燈光仍明，人聲卻不甚雜亂。略傾耳一聽，微聞一個女人的聲音，妖聲嬈氣的發出呻吟之聲道：「我說你怎麼還這麼損啊？我的傷還沒有收口呢，哪裡搪得住你這麼鬧！」跟著聽見一個男子猥暱聲音，嘻嘻的笑道：「還沒有收口，誰信啊？我來摸摸。」那女人罵道：「該死的短命鬼！人家越哀告，你越來勁。你鬧吧！回頭這個主兒又來了，沒的嚇得你個屎蛋又叫親娘祖奶奶了。」

太極陳聽到此處，眉峰一皺，拔步要走；忽然聽那男的賴聲賴氣的說：「你別拿小蔡三嚇唬我，我才不怕呢！他小子早滾得遠遠的了。他還來找死不成？」

只聽那女的急口說道：「臭魚！你娘的爛嘴嚼舌頭，又胡噴糞了。他們賭局還沒散呢，你再嚼蛆，給我滾你娘的蛋吧！」忽然那女的哎喲哎喲的連聲低叫道：「你缺德，你該死！滾開，滾開！」那男子笑了起來。

隔了一會，那男的忽然大聲叫道：「謝老四，謝老四！」

那女子忙道：「你叫什麼？歪脖那小子早睡了，你要幹什麼？」

男子道：「我肚子有點發空，有點心什麼的，叫他給我拿過來。」

那女的從鼻孔裡哼了一聲道：「點心啊！你倒想得到哇，歪脖子這小子近來支使不動啦！我從昨天教他進城買東西，他寧可坐著，也不給去。稍微說他兩句立刻瞪著眼跟你發橫，整天說閒話。自從鬧了那場事，就算在他手裡有了短處啦！你看歪脖子這小子，把他那間狗窩似的南屋收拾得乾乾淨淨，整天躺在那屋裡，仰面朝天的裝大爺。都是李崇德狗養的出的好主意，訛不了人，反倒留下了把柄。方子壽是出來了，我還提著個心。方子壽肯輕饒麼？說不定哪一天，就教謝歪脖子咬一口。前怕狼，後怕虎，想起來，我恨不得宰了他，可惜我不是個爺們。」

太極陳聽到這裡，已得要領。他再想不到此行不虛，只一趟便已摸得眉目。謝歪脖子果然意有不忿，而且又聽出謝歪脖子是住在南屋，這當然是前院的南房了。這說話的女人，推想來定是這個被砍受傷的娼婦，男子名叫臭魚，卻不知是誰，因點破窗紙，向內張了一眼，認明了此人的貌相，然後踅身要走。

這時候上房門扇一開，從中出來兩個人。太極陳耳目靈敏，早已聽見，倏然一聳身，捷如飛鳥，掠到外院；又一挪身，竄到上房，將身形隱起。

只聽這個賭徒罵罵咧咧，到茅房解手，口中鬧著：「不好了，不好了！」可是依然轉回上房睹下去。跟著上房有人喊叫「老謝」，連喊數聲，謝四歪脖子只是不答腔，反倒打起了鼾聲。這人罵了幾句，不再喊了。

太極陳容得了一點動靜都沒有了，重複竄下房來，到外院南屋窗前，外院各屋悄然無聲，南屋裡歪脖子鼾聲大起。

太極陳聽了片刻，輕輕的彈窗格，連彈數下；屋中人鼾聲略住，跟著聽一個啞嗓的聲音喪聲喪氣的說：「誰呀?半夜三更的存心攪我麼！」

太極陳變著嗓音，低低說道：「老謝，好朋友來了，你怎麼不出來?」

謝歪脖子迷迷糊糊的，一面披衣服，一面說道：「你是哪位?」

屋門一開，太極陳輕舒猿臂，稍一用力，已將謝四歪脖子拖出門外，用左手抓定，右手駢食中二指，向謝四歪脖子啞門穴點去；謝歪脖子吭了聲，想嚷卻嚷不出來了。

太極陳立刻把謝四歪脖子攔腰提起，好像鷹抓燕雀似的；略展身手，已竄到那臨街的矮牆上，然後翻到街心。可憐這謝四歪脖子被人這樣擺弄，連捉弄他的是什麼人全沒辨出來。

太極陳藏在暗處，掏出繩來，把謝四捆好，鴨子似的提起來，如飛的趕到南關外三里屯，不過剛交三更三點。

到了周龍九的門外，陳清平先把謝歪脖子放在地上，隨即解縛推拿，用推血過宮的手法，把閉住的穴道給推開。可是不容謝四歪脖子十分清醒，趕緊又把他往肋下一挾，繞到了周龍九住宅的東牆下，立刻又一翻，翻進牆去。周宅外客廳黑沉沉沒有燈光，忙轉奔內客廳。

內客廳燈火亮如白晝，正有兩人高談闊論地講著閒話。

陳清平挾定毛夥謝四歪脖子，到了客廳門首，仗著院中黑暗，突然把門拉開，將這謝四歪脖子往屋裡輕輕一摔，立刻說了聲：「有力的人證送到，龍九兄，你多偏勞吧。」說罷，轉身仍趨東牆下，聳身竄上牆頭，輕飄飄的落在牆外，轉回陳家溝子，靜候佳音。

第九章　娼奴嫁禍

周龍九性情最急，這時候早等得不耐煩了，直問耿永豐：「到底怎麼定規的？可是由令師親去找那毛夥嗎？」

正在猜疑，忽聽房門一開，從外面摔進一個人來，耿永豐忙趕到門外探望，太極陳早走得沒影了。曉得太極陳暫時不欲露面，忙翻身進來，把謝四歪脖子扶起。

謝四歪脖子被摔得暈頭轉向，哎喲了一聲，睜開一看，眼前是座很講究的客廳，客廳裡燈火輝煌耀目。謝四歪脖子糊塗得如入夢境，用手撫著歪脖子，翻著駭疑的眼光，看了看周龍九，又看了看耿永豐。這是一個五十多歲的人，身量高大，赤紅臉，劍眉長髯，兩眼很有威嚴。那一個年輕的，約有二十七歲，精神壯旺，似曾相識。

謝歪脖子不曉得自己被什麼人弄到這裡來，但揣情度勢，這一定凶多吉少，嚇得他顫抖起來，半晌，哼道：「二位老爺，這是哪裡呀？」

周龍九和顏悅色的說道：「老謝，你不用害怕，你可知誰把你帶到這裡來的麼？」

謝歪脖子道：「我睡得迷迷糊糊的，教人誆出屋來，抓了我一把，我就暈過去了，我不知是教什麼人架到這裡來的。我沒有得罪過人，我也沒有為非作歹，你老放我回去吧！」

周龍九笑了笑，令耿永豐把他扶坐在凳子上，將桌上一盞茶給他喝了，遂問道：「老謝，你認識我麼？」

謝歪脖子又看了看周龍九，愣了片刻，說道：「我看你老很面熟，我腦袋直發暈，一時想不起來。」

周龍九道：「我姓周，城鄉一帶全管我叫周九，你大概有個耳聞吧？」

謝歪脖子一聽，渾身哆嗦，在凳子上更坐不住了，往地上一溜，就勢跪下來，說道：「原來你老是九爺。小人沒見過九爺，九爺的大名，小的早知道……九爺，小人幹著下三濫的事，就夠現眼的了，小人再不敢在九爺眼皮底下惹事。九爺，小人可真不知怎麼得罪了你老。你老就要辦我，也得教我明白明白。」

耿永豐一旁聽著不禁微笑，謝歪脖子這麼害怕，想見周龍九名不虛傳了。這時周龍九向謝歪脖子道：「老謝，你起來，不用害怕。我把你請來，絕無惡意。起來，請坐。我也沒有別的話，我不過是向你打聽一點閒事，怕你不肯來，又怕你當著外人，說著不方便，所以才把你請到這邊來，你只要好好的說，把實底都告訴我，咱們就是好朋友，我還要酬謝你哩。」

謝歪脖子眼珠一閃，一塊石頭落地了，可是還有一點惴惴，忙說道：「九爺，你老可別這麼說，小人不敢當。你老有什麼話，只管問我，我什麼都說。我瞞別人，還瞞九爺你老麼？你老大概是要打聽……」

周龍九把身子一探，眼睛一張道：「你猜我要打聽什麼？」

謝歪脖子倒抽了一口涼氣，道：「小人可猜不著，你老明白吩咐出來吧。」

周龍九兩眼看定了老謝，忽然滿臉泛起了一層怒氣，一字一頓的說：「老謝，我要問你，不是別事。你可曉得本城那個小蔡三嗎？」

謝歪脖子渾身一震，不禁一縮脖頸，果然是這件事發作了，他站在客廳裡，畢恭畢敬的聽著。

只見周龍九向耿永豐瞥了一眼，隨即說道：「這小蔡三膽敢欺負到我頭上來了。我也沒有別的，只不過打算管教管教他，教他認識認識我周老九，還不是容易受人訛詐的人。我訪聞上月你們那裡，出了一點小事，這件事我就聽說跟小蔡三有關。可是這小子真有種，他居然逍遙法外，差點沒把姓方的填了餡。哈哈，我聽說他的軍師就是李崇德，哼，算他會出主意，可是瞞不了我周老九！如今這小子得意洋洋的，要在懷慶府挺腰板，充好漢。莫說我還跟他有仇，就沒有仇，我也容他不得。謝大哥……」

謝歪脖子毛骨悚然的說：「咦，小人不敢當。」

周龍九哈哈笑道：「謝大哥，這件事我就拜託給你了。沒有別的，我只煩你把上月那檔子事，原原本本告訴我，此外沒有你的事，可是你若不說呢，或者是說來不符呢，謝大哥，我可要對不起你了。好朋友，你就請講吧。」

周龍九的凛威，把龜奴謝歪脖子懾住了。謝歪脖子心想：「這真是想不到的事，這玩藝竟惹得這位爺出頭！這位爺出頭，竟會找到我頭上來……可是這麼著也好，有周九爺在裡頭，我還怕什麼？他們爭風行兇，陰謀嫁禍，我早晚想跟那臭娘們鬧一場事。這一來好……說！說！說！我就全給他們抖露出來！」

謝歪脖子心神略定，把利害禍福反覆籌劃明白，決計要說了，把腰一彎，叫了聲：「九爺！」

周龍九吸著水菸袋，瞑目等著，用紙媒子一指道：「不用麻煩，你就有什麼說什麼。」

在周龍九對面坐著太極陳的三弟子耿永豐，伸紙拈筆，做出錄口供的架式。

謝歪脖子又從頭想了一遍，惴惴的說道：「九爺，要提這檔命案，事實是我親自眼見的。不過九爺您聖明不過，俗語說，寧打賊情盜案，不打人命牽連。這裡頭關連著好幾條人命，要不是九爺您問，我真不敢提一字。可是我把這件事告訴了九爺您，往後的事，九爺您行好，可得給我托著點。不是小人我怕事，這事一挑明了，他們知道是我洩的底，準有拿刀子找我的。」

周龍九把胸口一拍道：「老謝，有天大的事，九爺一個人接著，決不能把你埋在裡頭。你放心，趁早說吧。」

謝歪脖子道：「說，小人一定一字不漏，說給九爺聽，若說方家屯這回命案，可真應了那句俗話了：『賭博出竊盜，奸情出人命。』一點也不假。澄沙包這個娘兒們，她也不是本地人，是跟著她男人逃難來的。他們本是成幫的難民，流落到這裡，沒法子過活，就偷著賣。她男人外號臭倭瓜，也就睜一個眼，閉一個眼，就來靠著她吃了。這些事情，想必你也有點耳聞。澄沙包這娘兒們可壞透了，她又愛錢，又愛俏，有時候翻臉不認人。她姘靠了好幾個野男人，都是說踹就踹。這一回是她把小蔡三擠兌急了，才惹得他刀傷三命。偏偏澄沙包挨了好幾刀也沒死；她的男人臭倭瓜奪刀喊救，可就叫小蔡三一刀致命，給豁開了膛。她的養女冒冒失失一喊，也叫小蔡三給剁了！她的姪兒想要跑，也被他趕上砍死……」

謝歪脖子滔滔的說，那邊耿永豐持筆錄寫。寫到此處，不由問道：「小蔡三究竟為什麼要行兇殺人呢？」

謝歪脖子道：「總不過是一半吃醋，一半窮急罷了。事情是這樣，小蔡三和澄沙包姘靠了差不多一年多；她這女人是抓住了一個就死啃，啃得沒油水了，一腳就踢開，一向是不肯零賣的。這一年多，她把小蔡三迷得頭暈眼花，弄得傾家敗產，臨了幾場腥賭，把個小蔡三活剝了皮。末後小蔡三輸得急了，跟他本家大伯吵了一架，偷了家裡的地契文書，又賭，又輸了。小蔡三再沒有撈本的力量了，就找澄沙包要那兩副首飾，又要找澄沙包的男人借二百串錢，許下重利。澄沙包的男人臭倭瓜倒答應了，澄沙包卻翻白眼。首飾固然不肯借，就是她男人放帳給小蔡三，她也給打破水，說是小蔡三輸斷筋了，借出去，包準不回來。

「這就夠激火的了，澄沙包又來個緊三點。她本來常背著姘頭，偷偷摸摸，找點零食；這一回看透小蔡三下了架了，她就明目張膽的把小竇留宿了。小竇這小子本來年輕，長得又俊，可是他家裡大人管得很嚴，沒有多餘錢報效她，她也沒有給他動真個的。偏偏出事的兩個月裡頭，這小竇也不知哪裡發了一筆邪財，一副金鐲子、五十兩銀子，還有幾件女人皮襖，都一包提了來，把澄沙包給包下了，並且說：再不許她招小蔡三進門才行。

「澄沙包、臭倭瓜兩口子正因為小蔡三輸得一身債，常來起膩發煩、罵閒話，兩口子本就夠受的了。這時候，可就抓了個邪碴，澄沙包翻臉大鬧，把小蔡三臭罵了一頓，一刀兩斷，從此不許窮種進門。

「小蔡三人雖然乏，可也擱不住硬擠，被罵得臉都黃了。他一惱，奔到澄沙包屋裡，大摔大砸，說是：『姓蔡的為你這臭娘們弄得傾家敗產，老婆住了娘家，親娘一氣病死，把個有錢的大伯也鬧得不許我進門了，我沒有活路了。澄沙包咱倆一塊上吊吧。你那工夫，不是跟我說了好些割不斷，扯不開的交情嗎？大爺剛剛輸了點錢，臭娘們你就變了臉。咱們就陰世間打夥計去吧！』

「他這一摔砸，按說是真急了，就該來軟的便對了。誰想臭倭瓜這活王八頭，打他，罵他，都不要緊，可就別動他的錢。一捽他這些東西，他可就火了！抄起門閂，就給了小蔡三一槓子。兩個人招呼起來，臭倭瓜挨了揍喊人，澄沙包也嚷，李崇德他們都出來幫拳。三個人打一個，把小蔡三打了一頓。打完了，就趕出去，再不許進門了……」

周龍九笑道：「打小蔡三的時候，一定也有你吧？」

謝歪脖子道：「九爺，真沒有，我可不敢。」

周龍九道：「你還瞞著九爺，九爺不用看，就能猜著，往下說吧。」

謝歪脖子道：「這可真應了那句話了：『狗急了跳牆』。小蔡三本來螳螂似的，四根骨頭架子，可是他一份家業，全消耗到澄沙包手裡，臨了落個趕出來，還挨了一頓打，把鼻子嘴唇全給打破了，還打掉了兩隻牙，本來也太窩心了。大家都想這小子窩囊，不意這小子挨完了打，爬起來拍拍土，一聲也沒哼，只對著大夥翻翻眼珠子，怔了一會兒就走了。大夥尋思著，這小子吃了個啞巴虧也就算了，沒想了他竟要拚命！」

周龍九道：「哦，這小子還有種。以後呢？」

謝歪脖子道：「這可就到了出事那一天了。那天晚上，也就是二更多天，一場雨澆得賭局散了。李崇德和我收拾完了屋子，也就是剛剛睡下，就聽見北屋一陣慘號，這小蔡三竟翻牆跳進來了，凶神附體似的闖進院來，澄沙包的姪兒剛喊了聲誰？就教小蔡三一刀剁在門外了。小寶剛跟澄沙包睡下了，小蔡三一闖進屋，小寶這小子抄起一床棉被，把小蔡三的刀摀住，奪門跑出來，喊了一聲：『殺人啦，有賊啦！』這小子就跑了。小蔡三趕出來，本來要追著剁小寶，不想澄沙包嚇糊塗了，她反在屋裡大喊『救命啦，殺人啦！』這一來把小蔡三叫回去了；澄沙包的養女剛往外跑，碰了個對頭，一刀抹在脖子上，『咯』的死了。

「這一鬧騰，我們全起來了，可是誰也不敢上前來。偏偏臭倭瓜喝了酒，睡得迷迷糊糊的，一聽見喊，他糊里糊塗就跑出來了。他冒冒失失的光著膀子，往屋裡一鑽，剛邁進一條腿，就教小蔡三戳了一刀，整扎在胸口上，直豁了下來，差點大開膛，栽在門上了。澄沙包起初還喊，後來她男人被剁，這女人可就害了怕，衝著小蔡跪著叫饒命，叫祖宗叫爺。

「小蔡三這傢伙真狠，一聲也不哼，順手就把她扎了一刀，這女人光著身子，竟會把小蔡三抱住了，鬼號著掙命奪刀，一隻手竟把刀奪住。教小蔡三踹了一腳，一抽刀把她的手心也豁了，就臉搶地，栽躺下了。小蔡三連剁她好幾刀，都剁在女人脊梁上。這時候我們都害怕，不敢出來。」

周龍九道：「那麼小蔡三是怎麼走的呢？」

謝歪脖子咽了咽唾沫，說道：「後來那女人已剁得死過去了，小蔡三拿著刀又找臭魚，我和李崇德都嚇得爬到屋頂上，眼看著小蔡開門走了，我們才敢出來。澄沙包的養女一刀致命，當場就死了。臭倭瓜只哼了哼，我們往床上一搭他，他就斷了氣了，血流了一地。只有澄沙包這女人，頂她挨的刀多，光著個屁股，赤身露體的，後脊梁上七八刀，兩手上全有奪刀的割傷；肩膀上，屁股上，剁成爛桃子了。她是斜肩帶背先挨了一刀，就勢栽在裡屋了。大概小蔡三連殺三命，手頭勁軟了，澄沙包竟沒有死。只是失血太多了，經我們救了她過來。

「小蔡三是跑了，還有廚子老羅也嚇跑了；院子裡只剩下我跟李崇德。我們知道這場人命案太大了，我們都怕牽連；可是我們誰也不敢溜走，那倒無私反有弊了。我和李崇德說：『趁早報官。』誰知道李崇德在澄沙包屋裡嘀咕了半夜，回頭來告訴我：『這兇手是方子壽方少爺。』

「我說：『我明明看見是小蔡三嘛。』

「這個女人躺在床上，哼哼著說：『不，不是小蔡。是小方！他砍的，我還不知道麼？』

「這一來倒把我鬧糊塗了。我本來沒看見兇手的頭臉，只是我明明聽見澄沙包挨刀時，沒口的央告：『蔡大爺，蔡大爺！』又說：『你饒了我！我再不跟你變心。王八頭死了，我準嫁你！』

「那兇手就說：『臭婊子，你害苦我了，今天不宰了你，我不姓蔡！』

「那說話的腔調雖然岔了聲，可是我也聽得出來，明明是小蔡三，怎的會是方子壽呢？兇手臨走，把兇刀和血衣全脫下來，還在臉盆裡洗了手……」

周龍九立刻攔問道：「現在兇刀和血衣呢？」

謝歪脖子道：「血衣早教李崇德給燒了，刀也擱在爐火膛燒了，只剩下鐵片了。」

周龍九道：「這麼說來，他們是定計嫁禍給方子壽了。他們究竟為什麼要害姓方的呢？」

謝歪脖子道：「這個，小人可就不知道了！」

周龍九把水菸袋往桌上一墩，厲聲道：「你怎會不知道？」

謝歪脖子嚇得一哆嗦，忙道：「小人實不知他們安的什麼心。可是九爺你最聖明，您老想，他們這無非是因為小蔡三是個窮光蛋，拚命的人；他哥哥蔡二又是個耍胳臂的，不大好惹；方子壽可是家裡很有錢。小人雖不知他們到底是怎麼回事；可是聽他們話裡話外的意思，大概一來為報仇，方子壽曾經帶人來，大打大砸過，李崇德就吃過虧，挨過方子壽的嘴巴；二來呢，方家是個富戶，李崇德跟地保勾著，想借這場命案訛詐一下子，那知方子壽不吃，只得弄假成真，李崇德這才慫恿澄沙包告狀。

「自從貪上這檔事，李崇德就跟澄沙包湊對上了。李崇德簡直成了她的軍師。這場官司，方子壽老太爺許了五百串錢，李崇德調唆澄沙包別答應，一口咬定要一千串。沒想到方子壽竟把一場罣誤官司打出來。小人知道方少爺冤枉，曾跟這個臭女人鬧過好幾回。」

周龍九把握已得，便又問道：「現在你可知道小蔡三住在那裡麼？還有小竇，出事後還常來麼？」

謝歪脖子說：「小蔡三的住處，小人倒不曉得，我想他還跑得遠麼？至於小竇出了兇殺案以後，早嚇得不敢來了。現在倒是于連川外號叫臭魚的那小子，跟澄沙包勾搭上了，因此李崇德還很不願意呢。」

周龍九等謝歪脖子說完，把大拇指一挑道：「罷了！老謝，你算看得起九爺。不過我還想再託你一點露臉的事，不知你有膽子沒有？」

謝歪脖子道：「九爺，你老先說什麼事吧？我的膽子太小，全看是衝什麼人，為什麼事。只要是為九爺，我準賣一下子，為別人我可犯不上。」

周龍九道：「我想教你出頭告發。老謝，你可聽明白了，我卻不是借刀殺人，不過我想拿這件案子收拾他們。我就是不能出頭；因為我是局外人，你是在場的。你可以說先前受他們威脅，不敢聲張，連門全不教你出；近來你把他們穩住了，你才出頭告發。衙門口的事全由我辦，你我是前後臉。老謝，你替九爺把這口氣出了，咱們什麼事心照不宣。往後你不必再幹這種下三濫的事了，反正九爺準教你有碗飯吃。你要不願意呢？我也不能勉強，我自然另想別法。」

謝四心裡一打轉，想到無論如何，這位周九爺萬萬得罪不得，遂慨然說道：「九爺你望安，我一定能給九爺充回光棍。咱們這次不把他們按到底，那算我老謝沒有人情味了。九爺你只要接著我，官司打到那去，我準不能含糊了。可是你老得把衙門裡安置好了，只要我一告發，就得立刻把小蔡三撈來才行。他是正兇，若把他放走了，官司就不好打了。」

周龍九道：「他住在什麼地方？」

謝歪脖子道：「就是他窩藏的地方，我說不清。」

周龍九皺眉說道：「這還得細訪。」

這時坐在一旁的耿永豐接聲道：「九爺，這個我知道，小蔡三現時隱匿在魏家園子，要想掏弄他不難。他是藏在他親戚范連升家裡。」

周龍九道：「那麼，老弟你就辛苦一趟，這就動身到魏家園子，千萬把小蔡三絆住了。他要是一離開那裡，你不拘用什麼法子，總要把他扣住了才好。等到我們在縣衙告了下來，就派人抓他去；把他抓著了，老弟你再回來。」

耿永豐應聲而起。周龍九又道：「老弟你聽我說，他要是沒有逃走的神氣，老弟你就不要跟他照面，只暗中綴著他，省得教他見了面，胡亂攀扯人。」

於是耿永豐立刻動身，到魏家園子去了。

周龍九把謝歪脖子留下，教給他一套控詞。挨到天明，周龍九暗遣謝歪脖子，到縣衙告發命案，先把謝歪脖子擱在班房，周龍九一逕到稿案師爺那裡，把案情說了一回，隨即稟告縣官。

縣官正因方家屯這場血案緝兇未得，縣案未結，心中著急，現在既有人指控真兇，立刻看了謝歪脖子的狀子標發籤票，撥派幹捕，立拘蔡廣慶（即小蔡三）到案，又拘毛夥李崇德，和在場的嫖客竇文升（即小竇）火速到案，不得徇情賣放。

這件事，刀傷三命，關係縣官的考成，辦起來真是雷厲風行。還沒到晌午，全案人犯人證，一齊提到。

人犯已到，縣官立刻親自過堂開審。謝歪脖子把當日小蔡三砍死娼婦的本夫，和養女、姪兒，又砍傷娼婦的情形，說得歷歷如繪，又供出兇案發生時，李崇德和小竇均皆在場。

那小蔡三本想狡辯，但是搪不住謝歪脖子的處處指證。又經縣官把李崇德、小竇隔開，各別套問，縣官察言觀色，又綜合過去的供錄文卷，曉得謝歪脖子並非挾嫌誣告。

縣官和顏悅色，單訊小蔡三，對他說道：「你年輕無知，一時迷於女色，致落得傾家敗產，又被趕逐毆辱。你負氣行兇，倒也情殊可憫。你老老實實的供出來，本縣念你受害情急，還可以從輕發落。不要落得受刑招供，那可就晚了。」

小蔡三起初還倔強不認，但是禁不起縣官刑嚇軟誘，先把小竇的口供逼訊出來，再命堂吏念給小蔡三聽。又將搜出來的已經火銷的兇刀，拿來做證。小蔡三本非窮兇極惡之人，只經了幾堂，便支吾不過，把實情吐露出來，痛哭流涕的直喊冤枉。

縣官把小蔡三的實供取到，更來嚴訊娼婦澄沙包和李崇德，因何嫁禍扳誣方子壽？是誰出的主意？李崇德尚在矢口否認，無奈澄沙包只受兩拶子，便將記念前仇，誣告方子壽，意在詐財洩忿的陰謀，全招認出來；供的是李崇德出的主意。

於是全案到此，已然完全訊明了。各科以應得之罪，殺人的償命，誣告的反坐，方子壽的冤誣這才徹底昭雪。

方子壽經耿永豐把這件事的真相，詳細告訴明白。他自然深切的感激老師太極陳，並感激推情仗義的周龍九，這都登門謝過了。但是那個半夜叩窗，匿名投信的恩人——首先訪得真兇、揭發冤獄的人，方子壽師徒都很感謝他，卻是到底沒有訪出他的姓名來歷。

第十章　雪漫寒街

這時候已入冬令了。人事無常，天象也變幻無常。忽一日氣候驟變，陳家溝那條小河，竟封凍成冰了，比尋常時候，好像早了半個多月；而且天色陰霾，濃雲密佈，到夜間竟下起雪來。

太極陳早晨起來，推門一看，這一整夜的大雪，已將陳家溝妝成一個銀鑲世界。風已停，雪稍住，卻是天上灰雲猶濃。太極陳精神壯旺，不因雪阻，停止野遊。照樣的用冷水洗臉漱口，只穿著一件羊裘，光著頭，也不戴帽子，走出內宅。

長工老黃畏寒未起，太極陳咳了一聲，落了門閂，把大門一開，只見門道簷下隅角一個草薦上，躺著一個乞丐。曲肱代枕，抱頭蜷臥，並不能看清他的面孔；身上鶉衣百結，一件棉袍缺了底襟，露出敗絮，哪能禦寒？下身倒穿著一件較為囫圇的褲子，卻又是夾的。被那旋風颳來的雪打入門道內，乞丐身上也蓋了一層浮雪。

太極陳心想：這大概是那個天天給掃階的乞兒吧？想起昨夜寒風料峭，這乞丐露宿無衣，真夠他受的了，此時蜷伏不動，莫非凍死了？太極陳忙走過去。

在往日，這寄宿門道的乞丐起得很早；就有時太極陳出來過早，這乞兒每聽門扇一響，必然慌慌張張的起來，趕緊收拾了就走，怕人討厭他。今日卻不然，太極陳已然出來，這乞丐只渾身微微顫抖，勉強的抬頭，往起一掙，微哼了一聲，又閉上眼了。

太極陳站在乞兒身前，低頭注視，心說道：「還好。」便用腳略略一撥乞丐的腿，說道：「這麼冷的天！我說，喂，別睡了，你快起來！」

太極陳的意思，恐怕這乞丐凍死在自己的家門。那乞丐以為是太極陳驅逐他，強睜著迷離的倦眼，抬頭看了一看，將身子一動，胳膊拄地，往上一起；但是肢體已經半僵，竟掙扎不動，又委頓在那裡了。

太極陳道：「不好！」忙回頭向內喊道：「老黃，老黃！」

長工老黃口頭答應著，挨了一會，方才出來道：「老當家的，這大雪你還出去呀……咦！我說你這要飯的，什麼時候了，怎麼還不走？起來，起來！」

老黃一眼看見了乞丐，就走到跟前，用腳踢了這啞巴，一疊聲逐他。當著主人的面，做出加倍小心來，厲聲說：「你這東西怎麼越來越討厭！在這裡借光還不早早起來，閃開這門口，你這是找打呀！」

太極陳叱道：「不用多廢話！來，快把老張叫出來，把這人架進去，到門房教他暖和暖和。你不看他都快凍死了！」

長工老黃把乞丐看了一眼，心想：「他倒走運了！」快快的走過去，道：「我一個人就行。」一架起乞丐的胳膊，往上就拖。那乞丐掙扎著，借勁坐起來，可是兩腿直挺挺的，好像凍僵了，已不能站立，臉上氣色很是難看。老黃不禁嚇了一跳，把惱怒忘了，忙一鬆手，把乞丐放下，對太極陳說道：「當家的，你老可斟酌著，這不是鬧著玩的事！人命關天，惹出麻煩來……」

太極陳不悅的說：「少說話，多行好，這也是一條性命。你教我見死不救麼？」俯身過來，把乞丐胸口脈門略一捫試，對老黃道：「趕快叫老張去。我救得過來，這個人死不了。」

老黃不敢多言了，忙把長工老張叫了出來，兩個人協力，把乞丐搭到門房。這老黃心存顧忌，把這乞兒竟放在廚子的鋪上。太極陳跟進來，吩咐老黃，把乞丐遷到暖坑上，給蓋上了被。催著長工，泡來一碗淡薑湯，慢慢的給這乞丐喝下去；乞丐漸漸的醒過來。

太極陳問道：「這個乞丐可就是天天給咱們掃街那個啞巴吧？」

老黃道：「就是他。」

太極陳細察乞丐的面容，見他正方少年，面容憔悴，衣服蔽污；此時在暖屋蓋著厚被，寒冷已祛，神智漸清，他睜開了眼看了看，不禁有兩行熱淚從臉上流落下來。

太極陳點頭嘆息道：「他是又冷又餓，多虧年輕力壯，要不然，這一夜就凍死了。你們看他這不是緩過來了麼？救人一命，勝造七級浮屠，怕什麼？老張，你到廚房看看，有剩粥給他熱一碗來……什麼，沒有？沒有剩粥，就給他趕快煮，聽見了沒有？你們不要偷懶，這是救命行好的事！不要教他多吃，也不要給他吃硬東西。等他緩過來的時候，把他帶上來，我還要問他話。」

老黃插言道：「他是個啞巴！」

太極陳恍然道：「但是啞巴也可以問問。」又叫著老黃道：「你可耐著點煩，你們也照樣能行好呀，行好不在貧富。聽見了沒有？」說罷，出了門房，太極陳還想到野外作功課去。可是才走到門口，一想，這些長工最會做眼前活，教他們伺候乞丐，他們說不出肚裡怎麼不高興呢。於是竟轉回來，要親眼看著長工們救治這個乞丐。

太極陳坐在門房一個鋪上。這少年乞丐服下薑湯以後，精神漸已緩轉，眼向太極陳等看了一轉，臉上現出一種不安的神色，向太極陳頷首點頭，做出感激的神氣，掙扎著要下地叩謝。

太極陳大聲說道：「你躺著吧，不要心裡不安。給你煮粥呢；喝了粥，慢慢的就緩過來了，不要害怕。」

不一刻，長工老張從裡面端出粥來，叫那乞丐道：「喂，喝粥！」

那乞丐似不肯教長工餵他，兩手顫顫的伸出來，接著粥碗，一口一口的往下嚥。老黃在旁插言道：「慢著點，別燙了嘴，別吃嗆了！」

那乞丐吃了一頭熱汗，臉色也轉變過來了，口中呵呵的，意思又要掙著下地。

太極陳說道：「你不用忙著下地。」又轉面對長工們皺著眉說道：「年紀輕輕的落到這步田地，又是個殘廢人，少衣無食，這一冬就夠他受的！」再轉臉來對乞丐說：「你只管躺下，在這裡睡一覺，不要緊的，少時我還有話對你說呢。你放心，我救了你，我必有一番安排。……老黃，你們不要嫌他髒，等他十分緩過來的時候，把他帶到內宅來見我。」

太極陳直看著乞丐吃完了粥，又躺下了；方才站起來，回到內宅。

此時狂風大作，雪花亂飛，氣候顯得格外冷冽。太極陳用完晨餐，讀書消遣。因為這雪太大了，徒弟們除了三弟子耿永豐外，誰也沒來。太極陳閒著沒事，想起那個乞丐，把老黃叫來詢問。

老黃說：「這個乞丐沒有別的病，只是連餓帶凍，才差點死了。這時候好多了，已經能在門房裡走動了。」

太極陳道：「怎麼樣，我說他死不了是不是！」

這個乞丐真是不討人厭，剛剛緩過來，就不肯躺在床上裝病。自己掙扎下地，向老黃、老張拜謝；又比著手勢，求老張領他進來，叩謝主人。

太極陳遂命老黃把啞巴領了進來。

這個啞巴進了門，向太極陳看了一眼，立即叩拜下去，用手一指戶外，又用手指了指嘴，又指了指心，叩頭，復又叩頭。

太極陳嘆息了一聲道：「起來，不要叩頭。」

那乞丐畏畏縮縮的，立在一旁，把頭低下來。

太極陳端詳這個啞巴，滿臉帶著慚惶，低頭不敢仰視，又見他上下身衣服非常單薄，雖在暖室，猶有寒意，藹然問道：「我聽說你不是本省人，你家住在那裡呢？你是從小時要飯，還是新近才流落到這裡的？」

那乞丐口不能言，用手一指北方，做了許多手勢，表示他家離此很遠，家裡沒有人了，飄流在異鄉。又比畫著因為身上無衣，肚裡無食，昨夜大雪，才凍倒不能起來，好像說：若不是太極陳救他，他就凍死了。

太極陳把三弟子耿永豐招呼過來，一同反覆盤問乞丐，猜謎似的揣摩乞丐的手勢。問了一晌，太極陳對耿永豐說道：「就像今早，若不是我把他救來，只怕他也就凍死了。現在嚴冬未過，來日方長，幸而遇上我這個好管閒事的人；若不幸遇見怕事的人，誰也不願冒著命運牽連，來救一個殘廢乞丐的。我打算給他一條飯路，可惜他又是個來歷不明的殘廢人，恐怕沒人肯用他。我想，還是我把他容留下，先叫他給咱們掃掃地，挑挑水，這卻是啞子幹得了的。」

耿永豐答道：「師傅肯收留他，這真是好事。這個人倒不是來歷不明的人，弟子在街上見過他，確實是討飯的啞巴。師傅不是說咱們把式場子裡，收拾打掃，擦磨兵刃，這些不吃力的活，打算僱一個小孩嗎？這不如就教這麼啞巴幹，倒是兩全其美。」

太極陳說道：「是的，我也這麼想。看他年輕可憐，打算留他過這一冬，給咱們做些瑣事，免得他在外面忍飢受凍。等到來年天暖了，他願意走時，我就給他點盤費；他也好回他的家鄉，投奔他的親友。」

師徒正說著，那啞巴恭恭敬敬立在門口，忽然搶上一步，撲的跪下來，口中呵呵的，連連叩頭不已。

太極陳道：「你可願意在這裡嗎？我們的話你都聽明白了嗎？」

啞丐張了嘴，忽又低下頭來，復向太極陳下拜，那個意思分明是求之不得的。

太極陳知道啞丐願意，因為他不能說話，就不再多說，命人取了一套棉衣，又取了兩三串錢，教老黃領他到城裡洗澡，給他換上新棉衣，買了鞋襪。

等到老黃領著啞丐回來的時候，「人是衣服馬是鞍」，這個啞丐幾乎另換了一個人一樣。先見了太極陳，謝過了，太極陳把啞丐逐日應做的活計教派下來，是打掃院子，挑水，收拾把式場子，另囑咐老黃：「他現在飢寒勞碌，體氣大虧，你們先不要教他做累活。挑水的事眼下不要交給他，趕明天先教他收拾把式場子好了。打掃院子，掃地掃雪，這也看著來。別把他累壞了，救人反倒害了人了。」

老黃應命，先把啞丐領到把式場中，教他看了看把式場中的情形，告訴他怎樣收拾。這啞丐從此倖免飢寒，在陳宅作了啞僕了。

啞丐在陳宅休息了幾天，得到飽食暖衣，精神氣力大見恢復。在門房中寄住，非常的老實勤懇，一點也不討厭。老黃應該做的活，他都搶著做。雖然一樣的都是僱工，可是啞丐自視謙卑，彷彿是奴中奴一樣，給老黃打下手，很聽話，很卑遜，老黃們也都喜歡他，大聲的對他說話：「啞巴，掃地來！」「啞巴，拿開水壺來！」雖然不能聲叫聲應，可是每呼必至。陳宅上下都可憐他，說他安分守己。

老黃是個直性人，只要投了他的脾氣，他格外會體恤人，便又對主人說：「老當家的，啞巴還沒有蓋的呢。是我把一床褥子借給他蓋，他只是不肯，瞧著怪疼人的。」

太極陳道：「他這個人倒很知好歹。」吩咐家人，把舊被給了啞巴一床，另給他幾吊錢，叫老黃給啞巴買一床褥子。

連日大雪，把式場子漫成了銀田，太極陳和他的門徒們多日未得下場子。一日雪住天晴，老黃們奉命打掃把式場。全家的長工短工一齊動手，老黃領著啞巴，一同掃雪抬雪。太極陳的門徒們也來幫忙。

太極陳對弟子講說這個啞巴的來由，並且說：「把式場本該有一個人經營，不過長工們太粗心，他們也忙著別的事，我也不願意教他們進場子來。這個啞巴倒可以放心支使他，你們該著分派他收拾的，就只管支使他，像刨沙土，擦兵刃，不拘什麼活，只要是場子裡的事，估量他做得出來的，都可以交給他。他是個殘廢人，啞巴，你們在他身上要存點惻隱心。這個啞巴倒不像個要飯的，一點懶惰習氣也沒有。」遂將風雪中救收啞丐的話，對眾人說了一遍。太極陳捻著鬍鬚，一半也是心裡高興，以為做了一件好事。

眾弟子聽著老師的話，都注目打量這個啞巴，見他雖然流落到乞丐隊裡，可是骨格體貌並不見得猥瑣，只不過身材矮小，面色枯黃些。

方子壽（自從遭事以後，感謝師恩，這些日子總在老師家裡盤桓）看了這啞巴一眼。這啞巴只顧低著頭掃雪，掃滿一籮筐，趕緊就往外抬。

收拾了好久的工夫，把場子的雪掃除盡淨，太極陳便下場子，與徒弟們練起拳來。啞巴往不礙事的地方一站，收拾收拾這個，掃著掃著那個，人雖有殘疾，眼力是很有的。

太極陳師徒數人練了一場，一回頭看見啞巴，太極陳過來說道：「沒你的事了，出去吧！」

啞巴呶了呶嘴，擠了擠眼，似乎沒有聽明白。太極陳便大聲說道：「你出去吧，沒你的事了。」啞巴點點頭，這才轉身慢慢退去。

太極陳下場練武的時候，一向不許任何人旁觀偷竊的，啞巴雖然是啞巴，可是收拾完場子之後，太極陳還是照例把他打發出去。

啞巴並不偷懶，不收拾把式場子了，就忙著掃場院，清除庭階。太極陳看他年輕體弱，不教他挑水，他卻搶著幫別個長工的忙。小矮個兒，挑著一對大水桶，頗為吃力。

過了些日子，啞巴在陳宅越發熟悉了。起初啞巴只敢做外面的活，後來就穿宅入戶；太極陳住的靜室，他也進去收拾。

太極陳性好雅潔，常嫌長工們粗魯骯髒，只知打掃門面。這啞巴雖是出身卑賤，卻也似有潔癖，太極陳的靜室經他掃除，就是牆隅桌後，書架底下，以及棚頂窗欞，角角落落的浮塵積土，他都很細心的，掃的掃，擦的擦。凡是他收拾過的房子，真是纖塵不存。有時收拾桌面，歸著筆硯，也井井有條。太極陳見了，很是喜歡，對三弟子耿永豐道：「這個啞巴出身恐怕不低；你看他很愛乾淨呢。」

耿永豐道：「他收拾桌面的擺設，也擱得很是地方。」

啞巴這時正在打掃客堂，太極陳便問道：「從來十啞九聾，他的耳音還不算太壞，你們呼喚他，聲音稍大些，他還能聽得見。這大概不是先天的殘廢，恐怕是小時候因病落的殘疾。」

耿永豐看著啞巴的背影，對老師說：「老師說他的不錯……啞巴！」

啞巴照舊俯著腰做活，耿永豐提高了聲調叫道：「喂，啞巴！」

啞巴直起腰來，回頭看著陳、耿二人，雙手垂下來，靜聽吩咐。

太極陳道：「是不是？他並不是全聾吧。我說，喂！你是從小就啞的麼？」

啞巴搖搖頭，做了個手勢，表示他不是胎裡啞。太極陳道：「看你的樣子很聰明的，你自己的姓名，你可會寫麼？」

啞巴怔了一怔，好像不解其意。太極陳一指筆硯道：「你會寫字嗎？」

啞巴搖搖頭。

耿永豐道：「啞巴哪會知書識字？」

太極陳道：「不然。凡是啞巴，十九就會寫他自己的姓名歲數，有時還能寫他的家鄉住處呢。」

太極陳把紙筆放在桌上，叫過啞巴來道：「喂，啞巴，你會寫字嗎？你會寫的話，把你的名字寫出來，往後好叫你。」

這啞巴望著紙筆，遲疑了一會，看了看太極陳，又看了看耿永豐。耿永豐當是他沒有明白老師的意思，遂又大聲說了一遍。這啞巴嘴動了動，走過來，拈起了筆，像拿小槓子似的，滿把握著，抖抖的寫了個「路」字。

耿永豐見所未見，看著很希罕的說道：「你是姓路？」

啞巴點了點頭。

耿永豐對老師說道：「師傅，弟子倒真沒見過啞巴寫字。」

太極陳笑道：「這有的是，你們年輕，沒看見過罷了。」

耿永豐遂又大聲說道：「啞巴，你叫什麼名字，你再寫出來。」

啞巴看了看耿永豐，遂又寫了一個「四」字。

耿永豐道：「你叫路四？」

啞巴點點頭，放下筆，又要拾掃帚。

耿永豐道：「你別忙，你多大歲數了？」

啞巴寫道：「二十五。」

又問：「你是哪裡人？」這回啞巴卻寫不出來了，拈著筆，復又一指北方。

自此，啞丐就在太極陳門下，做了個「短工」，雖然問出他的名字來，叫做路四，可是大家還是管他叫啞巴。

啞巴做事很勤苦，似乎深感陳老救命之恩。派給他做的活，頭一樣就是收拾把式場；這就囑咐了一次，他便按時做起來。而且做得很得法，場中的兵器，不用人說，隔三兩天，就擦拭一回；擦得溜光錚亮，一點也不生鏽。其次是打掃庭園，啞巴似有潔癖，收拾得極其乾淨。再其次是挑水，這個啞巴矮矮的小個兒，挑著兩大桶水，走起來亂晃，好像這種負苦的事，他沒做過似的。他的肩膀也似乎怕扁擔磨，他用雙手托著扁擔挑水。老黃們都笑他，說啞巴幹什麼都行，就是不會挑水。

但是老黃、老張們很懶，私底下叫啞巴挑水，啞巴就挑。一日被太極陳看見了，見他被兩個大桶搖晃得幾乎邁不開步，便叫道：「啞巴，你不會挑水，不要挑了。」又告訴老黃：「啞巴受盡飢寒勞碌，身上沒勁，你不要把累活教給他。我上回不是告訴你們了，專教他打掃院子、屋子嗎？」

教啞巴打掃屋子，乃是救了他半個月以後的事了。以前，總因為他是個流浪的人，當家人不敢過於大意，啞巴也很小心，不叫他，他是不敢進屋的。但是半個月以後，已看出啞巴的為人來，確乎是當得起「老實可靠」四字，於是穿宅入院，以至於打掃太極陳的靜室和前院客廳，都交給啞巴了。可是他應辦的要緊的活，還是收拾把式場子。

太極陳的練武場子，乃是宅內一個跨院，不練武就鎖上門；鑰匙本由老黃管著，如今就交給啞巴了。

啞巴這個人實在值得可憐；不止於太極陳，連那一班弟子，以及下人們，都很憐憫他。做活的時候，他做活；閒著的時候，他就在門房屋角一待。見了人，口不能言，就滿臉陪笑的站起來，彷彿自入陳宅，已登天堂，非常的知足趁願。這情形看在太極陳眼裡，心上很覺慰快，自以為做了一件善舉，救了一條人命。

太極陳每晨到野外迎暉散步，做吐納日課，回來便率門下弟子下場子習武。當太極陳指授拳技之時，照例不許外人旁觀；就是家中人也不許進入。啞巴剛來時自然不曉得這些規矩，有時候還在武場逗留。但是每逢師徒齊集武場時，太極陳就把閒人遣出，啞巴自然也不在例外。

啞巴也很知趣，每到太極陳下場子教招時，不再等著太極陳師徒發話，便悄悄退出把式場。將跨院門一帶，到前邊忙著做別的事去了。至於太極陳這些門徒們隨便演習拳技時，也許一個人下場子獨練，也許兩個人對招，那時候或早或晚，就不一定了，所以也就不禁人出入。

一晃度過了殘冬，到了春暖的時候，太極陳把啞巴叫來，問道：「現在天暖了，你在這裡整整四個月。你雖然沒要工錢，可是我也一樣的給你。你現在想回老家嗎？你要回家，我可以把工錢算給你，另外我給你十兩銀子做盤川。這是使不了的，你到家還可以剩下幾兩；拿著這錢，投奔親友，你也可以做個小生意，比如擺個小攤，賣個糖兒豆兒……」

那啞巴一聽這話，臉上很著急，他比手畫腳的做了許多手勢，立刻又跪在太極陳面前，那意思是說：「我不回家，家裡沒有人了，情願吃白飯，給恩人做活。」

太極陳看了，面對三弟子耿永豐道：「你看他，還不願意走呢。」

耿永豐陪笑道：「本來師傅救了他一命，他是感激你老，願意在宅裡效勞。」

太極陳笑道：「他倒有良心。喂，路四，我問你，你是不願意回家嗎？」啞巴點點頭。又問：「你願意長久在我這裡嗎？」啞巴又點點頭。太極陳又道：「不給你工錢，你也願意麼？」啞巴指指嘴，做了個手勢，表示管他飯，他就很知足了。

耿永豐在旁說道：「啞巴很有良心！」

太極陳道：「那麼我就留下你，我這裡倒是用得著你。不過，你雖然不要工錢，可是穿個鞋啦，襪子啦，剃個頭，洗洗澡，總得用幾個零錢，我不能白支使人。這麼辦吧，我一年就給你十串錢，給你零花，穿衣服你倒不用愁，我自然按時按節，給你整套的單棉衣裳……」說到這裡，啞巴臉上殊露喜色，口中呵呵不已。

耿永豐道：「啞巴，老當家的話你都聽明白了麼？你要曉得，這是我們老師恩典你。你一個殘廢人，上那裡掙十串錢去？你知道老黃麼？他一年才掙得十五串錢，還是宅裡的舊人。快謝謝老當家吧！」

啞巴趕忙跪下來，叩了個頭。

自此，啞巴就在太極陳門下，做了「長工」。

啞巴路四在陳宅，一晃數年。太極陳待啞巴和別的長工不同，很有憐憫他，扶救他的意思。他年紀輕，身量小，太極陳彷彿把他當作一個殘廢小孩看待，許多累活仍然不教啞巴做。

太極陳獨居靜室，一切服侍，都是老黃們這些長工，宅中女僕，他一向是不教近前的。而老黃、老張之流，正是活活一個村僕，眼色上差多了。啞巴卻很聰明，又很老實，自在陳宅做了內活之後，不久便已摸透太極陳的脾氣，和他日常起居的習慣，雖然不能說話，卻漸漸服侍得熨貼如意。啞巴在太極陳面前，成了貼身服侍的人了。老黃、老張之流都生著嘴，免不了饒舌多話；而啞巴卻只知低頭服侍，一言不發。

啞巴雖不說話，卻會哄小孩，太極陳的孫兒們又常叫啞巴照顧。小孩子們專愛跟啞巴一塊玩，聽他那呵呵的傻笑，跑跑，鬧鬧，玩起來像小孩一樣，做起活來又很勤奮；在陳宅當然頗受上下人喜愛了。

這一年夏末秋初，懷慶府一帶疫癘流行，農村死亡枕藉。

這本是當然的，鄉下人最怕傳染病，求醫既難，又捨不得錢，大抵一有病，便不求醫而求巫，燒香許願、喝香灰、吃偏方，結果，葬送了許多性命。更不懂得隔離預防，常常一個村莊，東鄰病，西鄰就逃不開。每每一鬧時疫，一個村莊竟會抬出許多口棺材。這時，陳家溝子這地方竟也被瘟神所襲。太極陳家人口很多，竟一下子病倒了三個人；是一個徒弟，兩個長工。

太極陳素不信醫巫，到這時也不敢忽視，極力的給救治。僥倖沒出大錯，病人都慢慢好了。太極陳是精於武術，兼擅內功的人，自然調攝身心，較旁人勝強得多。雖在大疫之年，依然康強非常，很覺自慰。卻不料就在忙著給徒弟長工治療瘟疫時，他已經潛被傳染上。只不過仗著他內功好，抗力強，當時沒有顯出病形來。

直到八月節後，天時失序，本該涼爽了，可是依然燥熱，只在晚間戌亥之交，才稍有涼意。太極陳靜室裡的紗窗依然未換，雖到夜晚，照舊開著。

太極陳這天做完功夫，調息過了，便在靜室看書消遣，卻是天氣悶熱，太極陳有些不耐。直到晚上，月亮出來，餘熱猶存。

太極陳在庭院中設竹床藤几，飲茶賞月，直到二更，方才歸寢。斜月照窗，清輝入目，這才覺得精神清爽，沉沉的睡去了。

到四更天以後，天氣驟變，清風朗月，一轉而為驟雨狂風。太極陳驀然驚醒，把火具摸到手中，很費了一回事，將火打著，點上燈一看，這暴雨隨風直打入紗窗之內，把窗前案上許多書卷淋濕了。

太極陳忙起來收拾。被涼風一吹，不覺打了個寒噤。他想找件夾襖穿，偏偏一件小夾襖掛在窗前板壁上也被淋濕了。太極陳遂拖著鞋，披著件大衫，開了屋門，把支著的窗扇放下來。這時候雨勢正猛，滿身淋了好些雨水。有許多日子沒有下雨了，太極陳屋中沒有雨傘雨具。他回轉屋來，用手巾把頭上的雨水拭盡，濕衣也脫了。到了這時，漸覺得身上有些發冷。太極陳便想上床，蓋上棉被暖一暖。忽又一想，前幾天新收的糧食，還在後院堆著，只怕他們忘了蓋席子，必被雨淋壞了。

太極陳是當家人，立刻的又把濕長衫穿上，拿一塊布巾蒙上頭，開門重復出來，到後院一看，果然是新收棉花、糧食，全被雨打了，他們並沒有用蘆蓆蓋嚴。

太極陳忙喚家中人起來，把長工們也叫起來，督促家人，把這怕雨之物，該搬的搬，該蓋的蓋，一陣亂搶；正趕上雨下得很大，勢如傾盆地倒起來。眾人只顧忙亂，可就忘了太極陳穿的衣服最少，教雨澆的工夫最久。

後來還是太極陳的兒媳婦看見了，忙說：「爺爺，你老沒打傘，也沒穿雨衣呀！」趕緊的將一把雨傘遞給太極陳。太極陳打著傘，提著燈，到前院後院，都尋看了一遍；眼看家人把院中各物都遮蓋好，方才回屋。

這時候已到五更天了，卻是陰沉得很。雨還是一勁地下。

太極陳家中人說：「老當家的教雨淋著了。」張羅著給老當家的榨綠豆汁，又要找發汗藥。

太極陳自恃體健，說道：「不要緊。」只換了乾衣服，吩咐家人道：「我這時只覺有點冷，你們給我弄碗薑湯好了。」遂拉開被蓋上床，打算睡一覺，回頭再用一會功夫，把丹田之氣提起來，也就可以好了，教家人不要驚動他，上了床，蓋好被，就睡著了。卻是直睡到將近午時，還是迷迷忽忽的，覺著發倦。

家人們才耽了心，以為老當家上了年紀了，打算請醫生去。太極陳還是不以為意，他精於拳技，復諳內功，多少年來不知病痛為何物，就是被雨激著，受點寒，自己調息運氣一回，便可將風邪驅去，因對家人說：「你們不要亂，這不要緊。」

但是大凡體質強健的人，是不輕易害病的，等到一旦真有病，就一定很沉重。當日太極陳一覺醒來，已到傍晚。自己下了床，打算照平常的日課，練一練氣功。卻不想稍一運動，頓覺氣浮心搖，連呼吸都調停不好，而且口乾舌燥，鼻息悶塞，渾身覺得隱隱的酸疼起來。勉強的練了幾個式子，只是不耐煩，回轉來，竟自個躺在椅上，吩咐僕人泡茶。連喝了兩壺茶，還覺口渴，這是太極陳從來沒有的現象。家人們忙給買來一些鮮果，太極陳連吃了幾個梨子，方覺得好些，又躺在床上了。

太極陳的病勢眼見來得不輕。到第二天，數十年如一日的晨課，竟不得已而停止。

第十一章　義奴侍藥

那啞巴路四，每天到微明時候便早早起來，先到把式場，收拾打掃。打掃完，再到太極陳靜室裡，洒掃屋地。那時候，太極陳早就出門，到野外做吐納功夫了。

今天卻不然；啞巴見武場泥濘，很不好打掃，就把兵刃擦拭了一回。擦好了，便取過掃帚簸箕，來到靜室。出乎意外的，老當家今天依然擁被偃臥，並沒有起床。這是啞巴自入陳宅，兩年沒見過的事。

啞巴以為太極陳是阻雨不出去的，遂輕著腳步，不敢驚動，悄悄的收拾几案，打掃屋地。不意太極陳雖滯戀衾褥，可是並未睡熟，將眼微睜，看見啞巴來了，就叫道：「喂！拿點水來給我。」

啞巴慌忙回頭，走過來，站在太極陳面前。太極陳重說一句道：「拿開水來，我口渴。」

啞巴俯身一看，太極陳面色紅脹，頗異尋常，並且呼吸很粗。啞巴趕緊的點頭作勢，轉身出來，直到廚房，向做飯的長工討開水，又找到三弟子耿永豐，比著手勢，向靜室一指，做出病臥在床的姿勢來，把耿永豐一拉，又一指水壺，往嘴上一比。

耿永豐不甚明白，因向啞巴道：「你是說老當家的要水麼？」

啞巴連連點頭，導引耿永豐到了靜室。他把開水斟酌得不很熱了，獻給太極陳。太極陳口渴非常，一口氣喝了三大碗開水。

三弟子耿永豐一到靜室，見師傅竟滯留床榻，逾時未起，暗暗疑訝，忙上前問道：「師傅，今天起晚了？」

太極陳搖搖頭道：「我不大對勁。」

耿永豐俯身一摸太極陳的手腕，覺得觸手很熱，脈搏很急；又見倦眼難睜，兩顴燒紅，不覺十分駭異，忙柔聲問道：「師傅，你老昨天還好好的，今天怎地病得這麼猛？」

太極陳這時頭面作燒，渾身作冷，蓋著棉被，還有些發抖，強自支持道：「沒有病，就是昨天快天亮的時候，忙著搶蓋糧食，教雨激著了。」

耿永豐道：「你老這病不輕，你老覺著怎樣？趕快請位醫生看看吧。」

太極陳笑道：「不要緊，只不過受了點寒氣。等我躺一會，燒過這一陣去，做一做功夫就好了。稍微受點涼，那還算病？」

太極陳素厭醫藥，他常說：「人當善自攝生。有病求醫，把自己一條性命，寄託給當大夫的三個手指頭上，這是太懸虛的事。」但是三弟子關切恩師，遂不再與病人商量，竟自退出來，到了內宅，面見師母，把老師病情說了。便要親自套車，進城去請名醫莊慶來大夫。

陳老奶奶皺眉道：「你不曉得老當家的脾氣麼？他那靜室不教女眷去，他的病是輕是重，我就不知道，要說請醫生，更麻煩了；不但他自己，就是我們有了病，他也不喜歡給請醫生抓藥。上回大兒媳婦有病，差點教老當家給耽誤了。我教人套車請大夫，他就攔著不教去。他說庸醫、名醫、時醫，究竟誰有手段？咱們就斷不了，治病簡直是撞彩，灌一些苦水保不定是治了病，還是要了命。後來媳婦娘家的人把醫生請來，老當家的才沒法了。你說他就是這種古怪脾氣，我哪敢給他請醫生？他仗著他那點功夫，就不許人說他老，更不許人說他病。他昨天教雨激著了，我叫兒媳婦看看他去，他都不讓進門。還是昨天晚上，教二孫子出去看了看，給他買了點水果。」

不過，三弟子耿永豐已看出師傅的病分明很重，這不能任著病人的性子了。自恃是師傅的愛徒，便硬作主張，把車套好，親自出城，去請名醫莊慶來大夫。

陳老奶奶還是耽著心，恐怕陳清平發起脾氣來，就許給醫生一個下不來。於是耿永豐到午飯以後，親自把醫生陪來，果然太極陳勃然不悅，拒不受診。三弟子、四弟子、大孫兒、二孫兒，一齊聚在病榻之前，再三央告，說：「你老吃藥不吃藥，還在其次；大夫老遠的請來了，就給他診一診，給詳一詳病象，咱們聽聽，也好明白。」

四弟子方子壽說話最婉轉，會哄師傅，就說道：「我知道老師體質很好，不會害病，這不過受一點小小的寒氣。這不是大夫來了麼？你老人家就把他請進來，咱們全別說出病源來，也別告訴他病狀，咱們聽他斷斷，看看這位極出名的大夫到底有兩下子沒有？師傅，你老人家看好不好？」

五弟子談永年也陪笑說：「四師兄說的很對，老師練了這些年功夫，哪會有病，這不過發點燒就是了。回頭你老別言語，聽聽這位大夫說什麼，說得對，你老就吃他的藥，不對就不吃。」

太極陳以為他們太虛嚇了，但見眾人慇慇相勸，這才點頭說：「我知道你們看見我幾十年沒喝苦水了，你們覺得不對勁。總得教我喝點，你們就放心了，天下就太平了。瞧病就瞧病，我不瞧病，你們也不會饒我。」然後由弟子把莊慶來大夫，從客廳陪到靜室。

莊大夫素聞太極陳之名，盡心盡意的給診視了一回，看脈息，驗舌苔，然後退出來，到客廳落坐，然後向三弟子耿永豐道：「老先生這病可不輕呀！你們不要把這病看成尋常感冒。診得此症，陽明肝旺，暑瘟內蘊，猛受風邪內襲，傷寒之象已呈。法宜定平肝熱，清暑濕，祛風散寒，試投營養脾胃之劑。能否奏效尚不敢定，最好是另請高明評斷一下，才不致誤事。」

耿永豐一聽這話，驀地心驚。自己也倒看得出師傅的病象很重，可是驟聞醫師莊慶來的口氣，居然有拒不覆診的意味，心上不由格外的著急。陳宅的內眷更是吃不住勁，驚慌的問道：「先生，我們老當家的病要緊嗎？」

莊慶來摘下墨鏡來，捻著很長的鬍鬚，慢條斯理的說：「醫生給人看病，向來不願意嚇唬病人；陳老先生這病實在不輕。」

陳老奶奶揣著僥倖的心理，問道：「可是，莊先生，我們老當家的別看上了年紀，他素常很結實呢，從來也不鬧個什麼病的。」又眼望兒媳道：「我還記得，前十一、二年，他病過一次，是受了暑，只病了那麼一兩天。這十年來，就連個頭疼腦熱也沒有。莊先生，我說他不礙事的吧?他身子很好呢。」

莊大夫笑了笑，對耿永豐說道：「耿爺，你必曉得這個道理。越是像老先生這種人，才越害不得病，小病不能侵，一病必定很重。你看見患不足症的人沒有?今天凍著了，明天熱著了，天天離不了病，倒決不會得暴病。尤其是傷寒這種病，弱人得了，好得很容易；結實人一病倒，倒費事了。」

陳宅上下越發驚慌，道：「先生，我們老當家的真是傷寒病嗎?」

莊慶來道：「病勢很像。耿爺，費心拿紙筆，我先開方子看。依我想，老先生這病，諸位不要疏忽了，最好再請一位名醫評評。彼此都不是外人，我決不願耽誤了病人。」

但是，懷慶府的好醫生，就屬莊慶來了，更往何處請名醫去?耿永豐忙將紙筆墨硯取來，磨好了墨，莊大夫就提筆仔細斟酌方劑。

眾人再三向莊慶來說：「務必請莊大夫費心。」又諄諄懇請莊大夫下次務必覆診，千萬不要謝絕。

「因為莊大夫醫理高明，我們很佩服的，請別人更不放心了。」

莊慶來一面開著方，一面說道：「且看，等吃下這副藥，看情形。府上儘管放心，晚生一向口直，話雖這麼說，我一定盡力而為。這就是那話，我們要看醫緣了。」當下開好藥方，又囑咐了飲食禁忌，用過茶，戴上墨鏡，告辭登車而去。

當醫生在這裡時，大家苦苦求方求藥，唯恐醫生下次不來。但等到大夫一走，大家都很著急的商量怎麼能教病人情願吃藥了。

耿永豐看著方子壽道：「四師弟，你的嘴最能哄老師，你怎麼想法子勸說勸說呢？」

陳宅立刻打發長工進城抓來藥，立刻用火炭把藥煎上。眾人一起來到靜室，宛轉請太極陳吃藥。

方子壽一向能言，說的話最投合老師的心思，獨有這一次，卻說崩了。太極陳病象已現，兩顴燒得通紅，雖蓋著棉被，身上還冷，但是神智還清，一見眾人，便問道：「莊大夫走了麼?他說什麼?」

方子壽藹聲說道：「莊大夫說你老這病很重。他說得很有道理，他說你老這是傷寒病。」

太極陳微微一笑道：「他說我是傷寒？」

方子壽道：「是的。這莊大夫醫道實在高明，剛一診，就知道你老身體很壯實。他說得這種病，就怕病人身體壯實，越壯實，病越重。」遂將莊大夫的話學說了一遍，又把莊大夫敬重老師，用心診治的話，描述一番。以為師傅既知病重，必然樂於服藥；大夫誇他康強，敬他為人，必然教他聽著順心。

不意太極陳不耐煩起來，從鼻孔哼了一聲道：「胡說！就憑我會得傷寒？常言說：『氣惱得傷寒。』我哪裡來的氣呢？別聽他胡說了。我這不過是凍著點，重傷風罷了，酸懶兩天，自然會好。家裡還有紅靈丹，我聞上點，打幾個噴嚏就好了。」

等到啞巴把藥煎好，又斟一杯漱口水，小心在意的端了進來，太極陳眉頭一皺說道：「快端出去，我不喝這苦水！」

太極陳執意不肯服藥！在跟前的幾個弟子束手無計，家眷們出來進去的著急。越著急越勸，而太極陳越不耐煩。太極陳的妻室陳老奶奶更不放心，帶著兒媳，前來視疾。太極陳的靜室一向不准女眷入內的例竟被打破。

太極陳惱了，竟把身邊的一隻水碗摔在地上，厲聲說：「你們要怎麼樣？我還沒死呢。你們老娘們擦眼抹淚的來做什麼？」

陳老奶奶不敢惹太極陳生氣，只得囑咐孫兒和徒弟們輪流侍護，勉強帶著兒媳出去。

這個老婆婆也是有脾氣的人，不由恨得拭淚罵道：「這個老橛把棍子，實在氣人，有病不吃藥，該死！死了也不多！」

可是夫妻情重，到底不放心，每於太極陳睡熟的時候，偷偷溜進來，摸一摸頭，按一按脈，汪著眼淚，向服侍人打聽病情。

太極陳的兒子沒在家，孫兒年紀小，女眷不准進病室，服侍他的，只有委之於門徒和長工們。太極陳的病一天比一天重，又把莊大夫請來。莊大夫聽說上次的藥沒肯服用，便不甚高興，當下就辭不開方。好不容易的經耿永豐再三央告，方才處了一個方，告辭而去。

太極陳臥病在床，燒得很厲害，自然心虛怕驚，服侍的人動靜稍大，就驀地把他驚醒。而且病人氣大，看著人個個都不順眼，幾個門徒都挨了罵。

太極陳最怕他們虛嚇，最不愛聽病重，而他們不知不覺帶出擔憂的話來，太極陳聽見了更討厭。而且有病的人不耐煩，耳邊喜歡清靜，這些服侍人好像得了話癆似的，噓寒問暖，不時在耳邊絮聒。氣得太極陳嚷道：「你們不說話行不行？我還沒病得人事不懂，用不著你們瞎嘀咕，瞎小心！」又罵方子壽道：「看你很機靈，怎麼也蹶蹶螫螫的！」又罵耿永豐道：「我渴我會要水，我冷我會蓋被，你們就不許教我歇一會兒麼？怎地我剛剛閉上眼，歇一會，你們的事就來了。」

太極陳嫌他們服侍得太瑣碎了。罵得耿永豐、方子壽，相視無言。

太極陳翻了個身，身子向裡道：「你們這叫服侍病人，還是給病人添病？一個一個的都這麼虛喝，你們就不會裝啞巴嗎？」

太極陳性本孤僻，他一有病，又不肯吃藥，性情越發古怪了。門徒們、家人們，都被罵得亂迸，不知如何是好。然而那個啞巴路四卻服侍得很對勁。太極陳最怕人問長問短，而啞巴不會說話，自然也不會問了。太極陳最怕人勸他吃藥，啞巴不會說話，自然也不會勸他。

老黃、小張這幾個長工們輪流守了兩夜，全是氣粗手笨，睡熟時鼾聲大振，反把病人吵得不能安靜，被太極陳驅逐出來，不准再進屋，白天太極陳由徒弟們照應，晚間只有啞巴路四服侍，啞巴並且非常的驚醒，夜間不論什麼時候，太極陳只稍微一轉側，啞巴立刻起來，看一看，聽一聽，用什麼，立刻遞過來，有時不用指使，只看意思行事，頗有眉聽目語的機靈，太極陳被他照應得很舒服。

耿永豐、方子壽到內宅，告訴陳老奶奶，說道：「師傅教啞巴侍候得很好，師母放心吧。」

陳老奶奶道：「哦，啞巴很有良心！」

耿永豐道：「可不是，師傅沒白救了他，他盡心盡意的侍候著。你老沒留神嗎？這幾夜把啞巴的眼都熬紅了。小張這東西總怕老師把傷寒病傳上他，教他服侍，他總躲躲閃閃的。這啞巴卻不怕，真算難得。」

陳老奶奶一聽，很是感動，把啞巴叫來，勉勵了幾句，又吩咐白天由大家照應病人，只晚上教啞巴值夜侍候。又告訴長工老黃，不要叫啞巴做別的事了。

太極陳這三間靜室，是兩間通的，只有一個暗間。太極陳性喜敞朗，便住在這兩間通連的，屋內靠南放著長榻。那暗間雖設床榻，他卻不在那裡睡。啞巴終夜侍候，只把一張圓椅放在屋隅，前面放一張方凳，半躺半坐的閉眼歇息。耳邊只一聽太極陳轉側有聲，立刻就過來看看。

太極陳這一場病，把啞巴熬得面無人色，可是依然不厭不倦，盡心服侍起來，比太極陳的子孫、門人，以至別的僕人要強得多。

太極陳已經有數十年的功夫，暗中調停氣功，以禦病魔，滿想以自己的靜功殺力，一定可袪去外邪。無奈尋常感冒好辦，這回卻是傷寒症，最厲害的傳染病！他又拒不服藥，病勢來得又凶猛，太極陳運氣功以鬥病魔，兩相抵抗，支持了幾天，到底支持不住，氣一餒，終於病得起不了床了。

家人、門弟子哀求他服藥，太極陳昏睡中，依然搖頭。太極陳的孫兒捧著藥碗，三弟子耿永豐拿著一杯漱口水，啞巴端著痰盂，眾人環繞在病榻之側。陳老奶奶藏在人背後，暗暗抹淚，太極陳還是不肯喝藥。弟子們不敢再勸，一勸就罵。

陳老奶奶暗命兒媳上前哀告公公。太極陳對兒媳是很有禮的，當然不好罵，可是他迷迷糊糊的還是說：「別麻煩我，你們出去！我心上亂得慌。」

此時太極陳身上不斷發燒，兩耳有時發聾，面目已見枯瘦了，急得陳老奶奶說：「他還不吃藥！這可沒法了，我們只好灌他了！你們瞧，他都改了模樣了。偌大年紀，怎地還耍年輕脾氣！」

不想太極陳到底與常人不同，就到此時，他還聽得出來，嘶聲說道：「又是你在搗亂，給我出去！」伸手把枕頭抓過來，要砸陳老奶奶。眾人趕忙勸阻。

大家走出來，來到內宅，紛紛議論，人人著急。

陳老奶奶回頭對耿永豐道：「老三你看看，你師傅這病到底怎麼樣？我瞧著很不好。」說時又掉下淚來。

耿永豐皺眉道：「不吃藥，反正不易好。想什麼法子呢？」

方子壽道：「師母別著急，我想了一個法子，可以把這藥煎成大半碗，混在茶飯裡，一點一點的給他老人家喝。」

耿永豐搖搖頭道：「藥味很濃，哪能嘗不出來？」

方子壽道：「咱們想法子呀。」

太極陳曾經自己點名要吃清瘟解毒湯，他說成藥穩當。於是大家要騙病人，把治傷寒的藥假作清瘟解毒湯，教啞巴給太極陳端來。趁著太極陳迷糊的時候，給他服下去。但是太極陳只嘸了一口，就說：「這是什麼藥，味不對呀！」

啞巴比手畫腳，作了一個手勢，卻將清瘟解毒湯的藥單拿來，給太極陳看了。太極陳勉強喝下去，卻疑疑忽忽的躺下了。

太極陳的病勢毫不見輕，到後來竟神智一陣陣迷惘起來。眾人只得把藥滲在粥內和茶水內，教啞巴一點點的給太極陳喝。太極陳昏昏沉沉，舌苔很厚，只覺口苦，不能辨味，竟有三四天昏迷不醒。

陳老奶奶越發著急道：「病得這麼重，你們灌他罷！」耿永豐再把莊大夫懇請來了，偷診了脈息，對症下藥，陳家上下人人著慌，最後只好用羹匙盛著藥，一口一口的灌。太極陳堅持不肯吃藥，到了這時，他也不能自主了。

這病直害了半個多月，太極陳才漸漸緩轉過來，知道要水喝了。啞巴忙把水碗端來，太極陳連呷了數口，抬頭看見耿永豐、方子壽立在床前，陳老奶奶坐在腳後，眾人環視著自己。

太極陳明白過來，呻吟著說：「我覺得不要緊了，你們不要圍著我了。你們看到底不吃藥，也能好了不是？」

眾人聽了都不言語，但是太極陳卻覺出茶味不對來，問眾人道：「這是什麼茶？怎麼這個味？」

眾人相視示意。太極陳皺眉想了想道：「你們灌我了嗎……咳！這一場病，我已經整整躺了四天。」

眾人不由笑了起來。陳老奶奶道：「老當家的，你才躺四天嗎？告訴你吧，你差點把人嚇死，到今天整整躺了十八天了！」

太極陳的病，險關倖已渡過，精神氣力卻都差多了。邪熱一退，病人便清醒過來，跟著就是極度的疲倦，躺在床上歇息著。家人過來省視，太極陳也能耐著煩答對了。家人便把啞巴路四感恩侍候，十幾天通夜沒睡的話，對太極陳說了。

太極陳抬頭看了看啞巴，果然啞巴眼圈都熬青了，眼皮也睜不開似的，聽見大家議論他，他只把頭點點，微笑示意，好像說：「老當家的病好了，真是好極了。」

太極陳很是欣慰，點點頭道：「他這人別看是殘廢，倒很有血性。」跟著向眾人發話道：「你們知道嗎？別看我發著燒，懶怠言語，可是我心裡明白。啞巴侍候我，不一定就只他能細心，他第一件長處，是不會麻煩我。誰像你們，病人越不願說話，你們越圍在跟前，像問口供似的審問我，好像我小小有點不舒服，連吃喝我都不知道了。告訴你們，是病人就喜歡耳根清淨，最怕人瑣碎。」說得大家禁不住微笑。

又休息了幾天，太極陳覺得十分輕鬆了。可是他到底不肯承認是吃藥治好了的，他說都是他四十年的修養功夫，把病魔逼退的。他便想坐起來，試著要運一回靜功。方子壽等勸他多歇兩天，太極陳不以為然。不意他剛剛坐起來，才覺得周身依然痠痛，頭目依然昏沉，一陣陣暈眩；試一用功，只覺丹田之氣不甚順調，這才咳了一聲，又躺下了。

過了幾天，太極陳自覺好多了。夜將二更，靜室無人，只有啞巴睡在椅子上。太極陳久臥生倦，自己坐了起來，默運內功，試調呼吸，覺得還是不能持久。於是摸著黑，又試著要下地，可是想不到竟如此軟弱，單腿才著地，好像腳下踏了棉花似的，一點勁也沒有，不禁喟然嘆了口氣道：「這場病可不輕，莫非真是傷寒病嗎？」

忽然，聽到外面似有異聲……

起初，太極陳還疑心是秋風吹殘葉的聲音。細一聽，忽覺得不對，而且這聲音很可疑，似有人搬挪什麼物件，簌簌的，沙沙的，還有腳步聲音。這聲隨風一蕩，忽然聽得見，忽然聽不見了。

太極陳坐在床上暗想：「是誰不放心我，要過來瞧看我來吧？這大概是老婆子？我只裝睡熟，她就放心回去了。」遂一倒身，躺在床上。

那知過了好一會，並沒有人進來。而且細聽足音，很輕很小，似躡足而行。那刷刷拉拉的聲音，又似有人搬動枯柴。

太極陳詫異起來：「唵？」轉想病中體弱，也許是自己耳鳴，也未可知。但這聲音竟連接不斷，未免太古怪了。

聲音越來越近，後窗也響起來了。

太極陳暗想道：「這到底是怎地一回事？」好在距床不遠，就是窗戶。太極陳提起一口氣，又坐起來，往床下一站，打算走過去看看。噫！那曉得病久了，這全身一落地，只不過才走了一兩步，渾身虛飄飄的，兩腿居然哆嗦起來。

這病魔竟如此厲害，不論你內功多麼強健，也招架不住二十多天的病折磨。太極陳自己嘆息道：「總是功夫沒有練到爐火純青的功候吧，區區一場病，竟走不上道來了麼？」

太極陳一面嘆息著，一面強支病體，扶著床，一晃一晃的往前移步。猛然聽得劈拍一聲響，立刻前窗閃起一道火光，跟著後窗外也閃起火光。

太極陳吃了一驚，驚出一身冷汗，急急的撲到床前，吁吁的喘著，更不遑仔細，伸手嘩地一下，把紙窗抓破了一把。極目努力往外察看，還未容看清，早有一團濃煙，夾著火焰撲捲過來。濃煙從紙窗抓破處竄入屋中，跟著轟的一聲，後邊的紙窗已經燃著。

太極陳大叫：「不好！有火！」他頓時精神奮張，倏然一竄，倒退回來。

太極陳腦海如電光石火的一轉，立刻想到這是賊來放火！

太極陳神威一振，雖在病後，虎似的搶近屋門，要奪門救火拿賊。但是空有雄心，兩腿抖抖的打絆，太極陳急怒交加，用力一推門，門扇嚴扃，順著門縫往裡竄煙。原來門扇竟被倒鎖了！

他一吼，聲如洪鐘，道：「有賊，嗐，你們快來！」腳下一軟，急急的退到床上，喘個不住。

當此時，危急萬分，那侍疾兼旬、疲極睡熟的啞巴路四，猛可驚醒過來。屋門口，前後窗，火光照得通紅，濃煙捲到屋中，前後窗的紙烘烘的早全燒著了。忙亂中，太極陳叫道：「啞巴，快去叫三徒弟，有歹人放火！」

第十二章　沉痾初起

啞巴路四失聲「哎呀」的叫了一聲，突然竄起來，把倦眼睜開，向四面張皇的一看。火焰燎亮，屋中隨風刮進來濃煙。

啞巴忽地跑到屋門口，把門扇狠狠一踢，竟沒有踢動。門口外堵著許多乾柴，鼻中嗅得一股子硫磺油蠟的濃臭。啞巴旋風似的在屋中一轉，煙影中，只聽太極陳又叫道：「啞巴，趕快叫人去，有歹人放火！」

當這時，前後窗欞都燒著了。啞巴猛然一拉太極陳的右臂，又急急一伏身，把太極陳背起來。

外面的火劈劈拍拍的暴響，陣陣濃煙隨風發出呼呼之聲。大廳上睡著的太極陳門下眾弟子一齊驚動。三弟子耿永豐虎似的跳到院中一看，煙火是從跨院湧來的。耿永豐大驚，狂呼長工們快起來：「不好了，老當家養病的跨院失火啦！」

陳宅上下全都驚醒。

耿永豐、太極陳的次孫陳世鶴非常惶急，齊撲到跨院來，聚在靜室門前，靜室為乾柴烈火所圍，恍如窯煙火窟，耿永豐、陳世鶴繞圈大叫，急得兩人齊要突火入援，就在伏身作勢之時，猛聽屋門克察一倒，黑忽忽飛出一物，是一隻木凳，直拋出來，一落地，「啪嚓！」摔得粉碎。跟著火焰略一煞，倏地從屋門內竄出一個人來。

眾人忙看，正是啞巴路四，背著師傅陳清平，衝火而出，從屋內往院心一竄，落下來，踩著碎凳，啞巴踉踉蹌蹌往前栽過去。耿永豐縱步趕過來，一把扶住啞巴，陳世鶴抱住太極陳。

眾人在驚慌中，見宅主得救出來，一齊大喜，都圍過來，攙架問訊。太極陳喘吁吁道：「好孩子們，難為你們，全不看看這火是怎麼起的！我死不了，房子不過燒這三間，連不到別處去。你們還不快去尋拿放火的人嗎？」

一句話提醒三弟子耿永豐，急率長工們救火。撲救甚速，火未成災。家人們攙著太極陳奔客屋。

耿永豐和五師弟談永年，急往前庭、後院、內宅，查看失火的原因，搜尋放火的歹人。他們各施展輕功提縱術，先後竄上了房，攏目光往四面察看，四面絕沒有人影。

耿永豐從跨院房上，竄繞到西南面，突見西南角一帶牆頭上，灰土剝落一大片。五弟子談永年從前院繞過來，踩著平地上，也在西南角院牆外發現了疑跡。

兩人相會，揣測這火確是歹人放的，並且這放火的人準是個笨貨，很有幾處留下明顯的腳印。前前後後查看一遍，已斷定放火賊人至少當有兩個，一個賊人進院，另一個賊人在外巡風。大概是放火報仇，不是縱火打劫。

兩人又到街上搜了一遍。此時天色已經發亮，左右鄰也全驚動起來，紛紛慰災問狀。耿永豐回答說：「是長工不小心，把柴灶引著了。」一向鄰人敷衍了幾句話，暗對五師弟說：「放火的賊手腳很笨，必然跑不遠，可惜咱們延遲了一步。依我推測，後鄰張老拴家太可疑了。」

談永年詫異道：「張老拴難道敢放火不成？老師跟他也沒有仇啊？」

耿永豐道：「不是他放火。就我查勘的情形來看，賊人帶著火種，是由張老拴家上的房，跳到咱們老師後院來的。火一起，賊人又從後院翻到張老拴家。可惜我們見火心慌，若是火一起來，就上房查看，可以登時把賊捉住。你看吧，回頭老師準得責備咱們粗心。」

耿永豐心中嘀咕，果然太極陳經這一場火災，非常的憤怒，一迭聲的找耿、談二弟子，瞪著眼對眾人說：「想不到我這場病，竟教人欺負到門口來了。要不是啞巴，看這樣子，我要燒死在屋裡，你們也許還不知道呢！火怎麼樣了？」

家人忙答道：「早潑滅了。」

太極陳忿然坐起來，看見耿永豐悄悄溜進屋，冷笑了幾聲道：「老三，你查勘得怎樣了？」

耿永豐惴惴的回答：「查明確是歹人放的火，大概是從西南角爬牆進來的。」

太極陳怒道：「看見人沒有？」

耿永豐低頭道：「沒有。」

太極陳哼了一聲，半晌說道：「豈有此理！我們爺們在這陳家溝子，一向安分守己，從沒有恃強凌弱人的地方。陳家溝子的一草一木，從來沒人敢動；就是綠林道，也沒有敢來在我眼前灑砂子的；至於老鄰舊居，我更沒有得罪過誰，如今竟有人找上門來，堵著屋門放火，想把我活活燒死！我太極陳創業這四十多年，兒孫滿堂，徒弟一大堆，臨了落個教仇人燒死，也死得太現世了吧！要是讓放火的人逃出掌握，我還有什麼臉面，在陳家溝活著……」因又拍枕嘆道：「可嘆我這幾個高徒，到了師傅危難的時候，哪個有點用！若不是啞巴揹我出來，我就活活燒成灰燼！難為你們兩三個人，查勘了半天，竟會讓賊人逃脫了！」

耿永豐、談永年，全都慚愧無地，沒話可答。

太極陳盛怒之下，連家人帶門徒，一個不饒，挨個申斥一頓，忽一看見啞巴路四，不由點了點頭。又看了看門徒們，唉了一聲，遂躺在床上，不言語了。

耿永豐等深知師傅家門失火，有損威名，當然是很著急，又很抱歉。直等得太極陳稍微氣平，耿永豐這才把查勘所得的情形，一一說明。

但是張老拴是個老實人，若說他放火，這決不近情理。耿永豐又低聲說：「師傅歇歇吧，弟子過幾天，一定要把賊人的底細訪出來。當初弟子們不是不知道拿賊，因為當時想救人救火要緊……」

太極陳哼了一聲道：「你們好幾個人，就不會分開來做嗎？再遇上事，千萬記著：別往一處擠，務必分途辦事。救火、救人、護家眷、搶抬財物、捉賊，各認定一件事下手，賊人焉能逃出掌握！」

耿永豐連忙引咎認過，順著太極陳的意思，極力慰哄了一陣。見太極陳閉上眼，這才悄悄的退出來，忙和五師弟談永年，密商探訪縱火歹人之計。也不敢再向太極陳多說，只暗地用心鉤稽。因想太極陳在鄉里間，雖然並沒有得罪過人，可是就為吝惜拳術，不輕易授徒，他就頗招武林後進的妒忌。這放火的人或許是拜師見拒的人，訪實了太極陳身在病中，特意縱火，以快私怨，也未可知。

耿永豐想張老拴家中並不見有可疑的人出入。五弟子談永年，次日把七弟子屈金壽找來，兩人偕往各處暗訪，也沒有頭緒。

太極陳身在病後，更經這番驚急氣惱，病勢又加重起來，喃喃自語道：「竟會有仇人大膽來我家放火！」他恨不得立時病癒，親手追究此事。急得唉聲嘆氣，心中卻是暗暗感激啞巴路四，此次多虧他捨命背救，才得逃出火窟。他倒沒有白救他！這個小啞巴居然知恩知德！但是他又想：那天啞巴如不在跟前，憑自己一身功夫，也會逃出屋來。人老不服氣，太極陳更甚。

雖然這樣想，到底吩咐家人，此後好好看待啞巴，給他加月錢，不許再教他挑水了，也不必做別的活了。

「只教他服侍我，他倒會侍候人。」

陳老奶奶更感念啞巴，當天便賞了十兩銀子，又給了一套衣服。然而，啞巴也病了。

這一回捨命救主，啞巴不但驚嚇過度，又用過了力。他經月侍疾，早熬得眼紅力疲。仇火突發，屋門口有歹人堆著的柴禾，門又倒鎖著，煙薰火燎，被他破死力砸開門，又恐歹人暗算，把一隻小凳拋出去，背著太極陳，拚命往外一竄，登時失腳栽倒。雖經耿永豐扶起，經這一跌，吁吁狂喘，幾乎軟癱在那裡，第二天他便病倒。陳宅上下慰勞有加，忙給他治病，第三天早上也就好了。

這一回火災，太極陳的靜室門窗都已燒燬。當時潑水澆救，屋中什物全被水漬壞了，因此移到客堂養息。

人們都存著賊走關門的心情，一到夜裡，弟子們輪流值夜。太極陳一覺醒來，看見耿永豐、方子壽、談永年等，竊竊私議，聚在客堂。

方子壽是隔日才聽見老師家裡發生火警，今天才買了點心，跑來探問。三師兄告訴他，師傅因為捉不住放火的賊人，正在著急。兩人正說著，忽然七師弟屈金壽慌慌張張走進來，向四面看了看，悄聲對耿永豐說：「三師哥、四師哥，方才在村外土圍子東邊，亂葬崗裡，發現了一具死屍，情形很可疑……」

耿永豐聳然道：「有什麼可疑？」

屈金壽低言道：「這具死屍年約三十多歲，短衣襟，小打扮，腿上帶著凶器，是一把一尺二的匕首。在他右肋任督二脈的脈眼上，插入一把八寸長的刀子，連把插入，並未拔出來。看屍體，也就是昨天才死的。」

方子壽悚然道：「這像是仇殺。」

七弟子道：「這是無疑的了。最可怪的是死人身上帶著夜行人的用物。而且還有一張房圖，畫的是咱們老師的家！」

耿、方二人聞言愕然，道：「真的麼？」

七弟子道：「一點也不差，三層院，三十七間房。」卻又低聲說道：「師哥，你猜這死的人是誰？」

二人齊問：「是誰？」

屈金壽悄然道：「蝴蝶蔡二！」

客堂中人一齊大驚。沉默了半晌，耿永豐看看方子壽，方子壽也看看耿永豐，隔了一會，二人率直說道：「這蔡小二就是小蔡三的親哥，一個耍胳膊的漢子。他怎會死在土圍子那邊呢？七師弟，你怎麼看見的？」

七師弟道：「四哥，你不在這裡，你自然不知道。前天有人到師傅這裡放火，撲救很快，幸未成災；但師傅卻非常動怒，責備我們無能。我和三師兄、五師兄這些天急壞了，天天出去查訪。當天失火時，要是留神，或許當場抓住放火的賊，如今隔了日子，哪裡訪得出影子來？老師罵我們廢物，我們沒法子，只好出去瞎碰。我剛才偶爾溜到亂葬崗子，看見一群野狗打架，過去一看，才看見這具新死屍教狗給刨出來了。新刨的坑又很淺，我就趕開了狗，過去仔細一看。」

耿永豐哼了一聲道：「老七！你好大膽子，竟不怕叫人看見？鬧著玩的嗎，人命牽連！」

屈金壽說道：「巧極了，四面一個人沒有，我就把死屍搜檢了一遍。這小子，我可以武斷的說，他一定是放火的人。三哥你說我膽大，你看我做的事更玄呢，我把死屍的鞋剝來了。三哥你試比一比，準跟後房牆根那個泥腳印一樣。」打開手中小手巾包，拿出一隻鞋來。

正說著，太極陳已然聽見語聲，便問道：「子壽來了嗎？你看，竟有人堵著我屋門口放火來了。若不是我自己發覺得早，就糊里糊塗的教火燒死，還沒人知道。你們哥幾個，可惜跟我這幾年，沒有一個能成的。咳！你們大師兄還算罷了，武功可以，人也細心，他要是在這裡，一定能替我出這口氣。你們又講些什麼？」

耿永豐看了看太極陳的神色，忙低聲告訴道：「七師弟在咱們村外，查看一具死屍。」
太極陳道：「死屍怎麼樣？」
七弟子道：「是被人刺死的，這個死屍帶著夜行用具呢。」
太極陳道：「什麼……」抬頭看見那隻鞋，登時憬然若有所悟，道：「難道是放火的？」
群弟子一齊頌揚道：「老師明鑒，你老料得一點不差，大概是放火的歹人！」
牆根下的泥腳印早經用紙摹下；太極陳立刻吩咐三弟子，那這鞋底，互相比勘一下，果與紙上畫的腳印吻合，一定是放火的無疑了。
「卻是被誰殺的呢？」太極陳眼望眾弟子，眉峰眼皺，面現嚴重之色。愣了一晌，忽隻眉一挑，向方子壽說道：「難道是你……」
方子壽嚇得急忙站起來，道：「弟子可沒那大膽子，我可不敢胡為！」
太極陳盯了方子壽兩眼，點頭不語，又轉而看定七弟子。
七弟子屈金壽忙說：「老師你老可別錯疑！弟子只會這麼一點功夫，我可絕不敢那麼做，你老放心！」

太極陳又點頭，道：「你們坐下。」雙眉又皺起來，道：「誰呢？」

耿永豐拿著鞋，比量過來，比量過去，忽然發話道：「老師！你老可記得給四師弟匿名投信的那人不？」

太極陳矍然道：「哦！不要胡猜！」心想：「登門放火的暗中有人，捉賊加誅的暗中也有人；上回揭破奸謀，也有這麼一個匿名人物。這兩件事，是不是出於一人之手？我反倒暗中教人保護起來了？」雖不教弟子胡猜，自己卻反覆揣測良久。當下暗囑眾弟子不要聲張，把這鞋也燒了，打算候自己病癒，定要訪一訪這匿名的能人。放火的賊人已然伏誅，究竟是件痛快事情。太極陳的病一天比一天減輕，不久也就好了。

地面上鬨傳亂葬崗發現無頭男屍，官驗後標埋了，就飭捕訪兇。地方上紛紛議論，但是再也猜不到這死者與陳宅放火案有關。這就因為死屍經屈金壽發現時，本來有頭；等到再被地保發現時，忽又憑空被人把頭割去。沒有頭的死屍，人們就不曉得死者是誰了。

第十三章　月下說劍

太極陳在中秋節後得病，直到九月中才痊癒。又養息了十多天，這一日太極陳精神爽快，對群徒說：「你們只顧服侍病人，把功夫也耽誤了。等明天叫啞巴把場子打掃打掃，兵刃也摩擦摩擦。」

太極陳性情嚴冷，卻是尋常也不是總鬧脾氣的，何況這一場病，弟子們盡心侍疾，他儘管口不言謝，心上到底感激的，坐在太師椅子上，捻鬚含笑而談。眾弟子侍坐左右，見師傅今天高興，各人遂將自己所練的技業，和內功調息之法，有不明瞭處一一說出來，請師傅指正。

太極陳給眾人指點一二，隨即欣然說道：「今天天氣很好，晚上月亮一出我就下場子。一來我自己也該練習練習，二來也可驗看驗看你們近來的功夫。」

耿永豐、談永年一聽此言，很高興的答應了，忙著到方家屯，給方子壽送信，又到隔巷，把屈金壽找來。即刻開了跨院的門，吩咐啞巴路四，把場子快快收拾乾淨。

耿永豐大聲告訴路四：「老當家的今天是病後第一天下場子，非常高興，你把兵器架子全打磨淨了。老當家的今天一痛快，也許把太極門的絕招，傾囊抖露出來。」

啞巴聽了，趕快打掃把式場子，擦磨兵器，用細磚末蘸油，把架上兵刃擦得錚亮。耿永豐、談永年、屈金壽，也跟著一齊動手。雖然老師傅才病了一個來月，可是沒正經練武，差不多快半年了。

不一刻，方子壽也已趕了來，欣然說道：「師傅今天高興？」

耿永豐道：「老師今天高興極了，要在月亮地練拳。老四你趕到了很好，今天老師不知要教多少路呢。你不用回去了，今晚就住在這裡吧。」

四個徒弟聚在武場，未到申刻，已經忙著把練武的罩棚和露天場子都收拾好了，又將以前學過的招數私自演習了一遍。晚飯後，師徒喝了幾杯茶，又閒談一回，太極陳這才率領群徒，來到跨院。

這時碧藍的晴空，萬里無雲，星河耿耿，新月初升，那兵器架上的長短兵刃，被皎月的清輝照耀著，反射出來閃閃的青光，顯露出兵刃的鋒芒銳利。

在練武場四角，本有四架戳燈，不過光亮很小。等到太極陳師徒齊集把式場罩棚前，啞巴路四走過去，要把燈焰全撥大了。太極陳迎面說道：「啞巴，把燈全熄了罷。這麼亮的月光，豈不比那昏黃的燈光還強？」又隨口說道：「我們練功夫，你可以隨便歇著去吧。」

眼看著啞巴熄了燈退出去，又把跨院門掩了，太極陳轉臉來向耿永豐、方子壽、談永年、屈金壽等說道：「你們這幾個月，自己練得怎麼樣了？覺得有進境麼？」

耿永豐見師傅今日的神氣，聲色藹然，遂向五弟等看了一眼。談永年忙說：「頭些日子，師傅欠安，我們人人心上慌慌的，也沒顧得考究。這些天倒是早晚用功，不敢稍懈，有了疑惑的地方，我們就請教三師兄。不過這裡頭，三師兄也有說不上來的。」

太極陳轉看耿永豐。耿永豐陪笑道：「太極拳的奧義，弟子領略的不多，五弟、七弟他們不知道了就問我，有時就把我問住了，師傅常說，牽動四兩撥千金，弟子倒是明白，只是運用起來，手法上總覺得夠不上得心應手。五弟擺出式子來，教我給他矯正，我還不知巧勁怎麼使呢。」

太極陳微微一笑道：「初步門徑，常常會覺得有這樣的。有的好像明白了，細一斟酌，又全不明白；有的心裡明白的，可是口上說不出來。這就是功夫上還隔著一層，點破這一層，就到了升堂入室的地步了。可是欲速則不達，太極拳的精義，是隨著個人功夫的進境漸漸領悟，不是靠著講解指示，就能速成的。」

太極陳又微咳了一聲，徐徐說道：「太極拳的拳法，微妙處就在這一圜中。」說著做了一個手勢。

「這拳法本於太極圖說。有人說，太極圖是從道家推演來的，並非易學正宗，這個不去管它；我們只說太極拳的運用，不管太極圖的來源。太極拳依太極圖的學理，由無極而太極，即由無相而生有相，由靜而生動。

「太極十三式，崩、履、擠、按、採、挒、肘、靠，是為八卦，亦即四方四隅；進、退、顧、盼、定，是為五行。合五行八方，統為十三式，就是太極拳的拳訣。每一字訣，有一字訣的運用；那一訣功夫不到的話，就運用不靈。

「初學常覺顧此失彼，又被玄談奧義所迷，就以為太極拳不易學了，卻也是的。太極十三式變化不測，式式相生，運用起來是一貫的。包括起來是由動至靜的，拳術練成，便能靜以制動，攻暇抵隙。練拳的時候，還要一心存想，英華內斂，抱元守一，這就是煉氣凝神；必要氣貫丹田，持重不搖，使得靜如山岳，動若河決。人剛我柔為『走』，人順我背為『黏』；能得走字訣，休為黏字累。敵未動，我不動；敵動，我先動。只爭一著先，便是守為攻。」

太極陳講到這裡，向眾弟子臉上一看，看看他們領悟了沒有，隨向三弟子發話道：「永豐，你解說一遍，給他們聽聽。我問你，什麼叫敵未動，我不動；敵一動，我先動？這為的是什麼？攻敵致勝的要者，是早動手，先發招好？還是容得敵人的招術發動出來，我們以逸待勞的好？」

耿永豐從師有年，這些理論早都耳熟能詳了，遂答道：「我們這太極拳，要訣在以柔克剛，以巧降力，能制先機。敵不動，我當然不動，這就是『靜以制動』。可是身雖未動，精氣神早貫於四肢，正是暗寓先發制敵之意。容到敵人已經把招發出來，這決不是一味的以逸待勞，正是使敵人的力量發洩出來，敵人就外強中乾，身心失了平衡。

「此時我們運用太極拳，可就決不許慢了；我們應該乘虛疾入，攻敵不備。要借勁打勁，以敵之力攻敵之力，這就是『敵動，我先動』。『我先動』不是我先動手，乃是說『得佔先著』，應付靈活的意思。『四兩撥千金』，巧妙全在這裡。師傳，是這樣的嗎？」

太極陳道：「子壽、永年、金壽，你們說對嗎？」眾人一齊答道：「是的。」

太極陳今天下場子，雖然未脫長袍，可是口講指劃，且說且練；把太極拳的一招一式，頗講出不少來。眾弟子認為機會難得，頭一個是耿永豐，他心中懷藏著疑而未決的地方很多很多，正要請師傅逐式表演指撥，不意五師弟談永年也趁師傅高興，搶先湊過來，問道：「師傅，太極拳第七式『摟膝拗步』，第九式『手揮琵琶』，還有十六式『海底針』，二十七式『野馬分鬃』，是這麼練麼？弟子運用起來，總覺著這幾招不能得心應手，曾聽師傅說，這幾招的功用能置敵人於不能用武之地，展開太極拳封閉攔切之力，用好了，不僅能把敵人的招拆散了，還能趁勢取勝。可是我直到現在，這幾個式子的訣竅，一點也沒有得著。」一面說，一面把這幾套拳式演出來，請師傅指正。

太極陳微微含笑道：「你說的『摟膝拗步』這一式，如遇敵人用『鐵腿掃椿』，或用『擺蓮腿』，來踹我們的下盤，我們就可以用這式來破他。用的得當不但可將敵人的招術給拆了，敵人招術變化稍遲，我們還能把他的身勢制住，更令他不能立即換招。然後我們趁勢變式發招，使敵人難逃太極拳下。這一招在太極拳訣上是運用『履』字訣，重在下盤之力。」

說到這裡，太極陳把這招的功用以及打招的訣要，都以身作則的擺出架勢來。隨著又表演第九式「手揮琵琶」。

「這一式太極拳中非常重要。敵人走中宮直進，用『黑虎掏心』、『烏龍出洞』等招術來攻，我便可運用此招破他。在拳訣上重在『擠』、『按』之力，按卦象是離宮，論方向是正東；雖中虛，由無極生有極；這地方既不能閉，又不能走，全靠著靜以制動，虛中有實，借力打力。」

太極陳隨又把第十六式「海底針」，二十七式「野馬分鬃」全演了一遍。講完這幾招的訣要，然後又教談永年重練了一遍，別的弟子也全都隨著看。談永年經師傅這番指點，立刻心領神會。四弟子方子壽看著師弟談永年那種高興的神氣，如膺九錫，不禁偷笑。

五弟子搶先領教，飽載而歸。耿永豐叫了一聲「師傅」，剛要請教，四弟子方子壽卻又搶先上來，乘著師傅轉臉的功夫，將一柄純鋼劍提了過來，笑嘻嘻的捧到師傅面前，說道：「師傅，你老看這把劍……」

太極陳轉身一看，接過來，就月光細細端詳。劍長三尺八寸，綠紗皮鞘已然破壞，吞口銅什件卻很精緻。

方子壽笑道：「這是弟子新從懷慶府一家古董攤上買來的，倒是一口古劍。師傅你瞧瞧，使得過嗎？」

月光下，太極陳一按崩簧，崩簧鬆了，用不著按，信手便錚的拔出鞘來。劍才出鞘，一縷青光映月爭輝，脊厚刃薄，鞘雖殘舊，柄雖活動，用指甲彈了彈，劍身卻錚然有聲，恍似龍吟。太極陳掂了掂，又驗了驗刃口，立刻對方子壽道：「哪裡買來的？」

方子壽答道：「在府城古董攤上。」

太極陳道：「你倒識貨，花了多少錢？」

答道：「才五吊九六串，買來剛六七天。」

太極陳就月色下細賞此劍。群弟子聚過來一同看劍。太極陳對眾弟子道：「這把劍也可說是無價之寶。你們看，這是精鋼所鑄，剛中有柔，比我那把劍還強。」

方子壽欣然道：「師傅那把劍，不是三十五兩銀子買來的嗎？這個便宜貨，倒教弟子瞎撞上了。」

太極陳手提著劍柄，顫了顫，連聲說：「好劍！不過零件必須收拾，劍把劍托也都搖晃了。」

太極陳提劍走到武場當中一站，向眾弟子道：「我這些日子一病累月，功夫也都擱荒了；子壽這把劍，倒很值得試一試。子壽，你拿這把劍給我看，你是繞著彎子，要究一究奇門十三劍劍點嗎？」

方子壽見師傅臉上隱含笑意，忙順著口氣應承道：「師傅，你老人家栽培我們。不過師傅病剛好了，我怕你老過於勞神。」

太極陳含笑道：「子壽，我不是捨不得教給你，無奈你天資有限。」

耿永豐、談永年等，都一齊慫恿道：「師傅，你老人家精神要是好，你老就費心練一套吧。我們幾個人巴不得你老人家練一趟，我們看看哩。」

太極陳哼了一聲，卻又笑道：「我就知道子壽專好耍這小心眼。想要學劍，就弄一把好劍來給我看看。」

但是太極陳這回卻把方子壽的本意猜斷錯了。方子壽深感師傅救命洗冤之恩，無以為報，他花了五十六兩銀子，尋來這把好劍，意思是看準了師傅愛的話，他就裝配好了，奉獻給師傅，聊盡孝心。他的酬恩微忱，可以借劍掬示了。不道意外的師傅錯疑他要學劍，這又是求之不得。

太極陳對群徒道：「連你們也誤會我了，我何嘗把太極門的武功秘惜不傳？我只恨你們悟性太慢，耐心不足，教我費了多少唇舌，把拳訣劍點給你們講解了一遍又一遍，你們還是瞪著眼珠子發楞。你們總覺得我說的這些理論近乎空談，你們只盼望我不講玄理，只演實式把一招一式從頭到尾都傳給你們，你們比葫蘆畫瓢，就算是學會了。告訴你，那不成！

「人人都是這樣，最怕我逼著練死式子，一個式子練二三十天，你們都嫌我太麻煩。『人家會了，還這麼瑣碎！』殊不知太極拳這一門差之毫釐，失之千里，築根基一點也不許躐等含糊。子壽的脾氣就是沒耐心，又沒悟性，練個粗枝大葉還行，一到細處，你就嫌麻煩了。我不肯教你，不是捨不得，乃是看準你要半途而廢。你還記得嗎？我教你『盤馬彎弓』那一招時，只教你站半個月，你就受不住了，那可怎麼能行？現在你哥們幾個都盼望我把太極十三劍演一套，我就演一套，你們好好看著。自己哪點不對，就勢改正過來。其實光看我練，不聽我掰開了細講，那只不過是看熱鬧而已，除非是你們自己有點根基，看我練還有點用。」

這時月到中天，清輝匝地，令人倍覺爽快。

太極陳立身於月光之下，眼望清空，精神一提，立刻目攏英光，左手倒提劍把，右手掐劍訣，把門戶一立，雙臂一圈，立刻將劍換交右手，左手掐劍訣，指尖指到左額，劍尖上指天空，亮「舉火燒天」式。一變招，身隨劍走，「青龍探爪」、「白鶴抖翎」，把身法劍式倏然展開，說道：「你們留神看！」

登時，劍光閃閃，泛起一團青光，進退起落，身劍合一。身法是迅若風飄，劍法是疾若電掣，果然不愧為技擊名家。

施展到「龍門三擊浪」，身隨劍起，颼的一縱，縱出兩丈多遠，跟著一收勢，立刻仍回到原起式的地方，連半步也不差，把劍重交左手，雖在病後，仍然攝得住氣。弟子們不禁歡呼：「今夜竟得觀太極十三劍的全套！」

忽然間，牆隅那邊人影一閃。眾人齊叫道：「誰？」

太極陳扭頭一看，原來是那個啞傭路四。太極陳提劍走過兩步，大聲的叫道：「是路四嗎？你還沒出去，你難道也想看我們的劍術嗎？」

啞巴轉身要走，忽又過來，呵呵了半晌，才用手一指兵刃，又一指跨院門口。太極陳這才想起來，啞巴大概是等著師徒練完了，好進來收拾兵刃，關門上鎖，他一天的差事才算交代完。然而這個啞僕的興頭卻也不小，他竟不去下房假寐等候，卻跑到這裡，看練劍演拳。太極陳不禁失笑道：「你也喜好這個嗎？你一個殘廢人，也要練太極拳嗎？」

啞巴比手劃腳，向太極陳做手勢。耿永豐說：「這可糟糕了，好不容易師傅才高高興興的講著武功，傳著劍術，卻叫啞巴打岔了！」走到啞巴面前說道：「你忘了規矩了吧？師傅上武場，不許閒人出入……」

啞巴一低頭，急忙轉身退出去了。

果然不出耿永豐所料，太極陳覺得多少有點疲累了，遂向門人說道：「天不早了，明天再練吧。」

自此太極陳督促群徒，逐日的下場子，練功夫。不過有時不高興，還是教徒弟們自己練。

光陰荏苒，轉瞬又是一年。太極陳的大弟子傅劍南，十年受業，深領師恩，藝成出師，跌涉江湖，雖然魚雁常通，書璧時至，卻是師徒久違，已經七年沒見面了。這一日傅劍南忽然帶著許多禮物來到陳家溝，給師傅請安祝壽，順便還打聽一點別的事情。

第十四章　武林談奇

十月十七日，是太極陳的生日。耿永豐、方子壽、談永年、屈金壽、祝瑞符、齊集師門，商量著要給師傅設筵祝壽。而久別師門的大弟子傅劍南卻於此時趕到了，大家越發興高采烈。

傅劍南精研掌技，在外浪遊，自己也經營了一個鏢局子。這一次趕到陳家溝，帶來不少土物，獻給師傅。

傅劍南身高體健，紫棠色面孔，濃眉方口，年約四十一、二，久歷風塵，氣魄沉雄，帶著一種精明練達的神情。見了師傅，頂禮問安，並請見師母。太極陳含笑讓坐。傅劍南見師傅年事已高，精神如舊，只兩頰稍微瘦些，忙又敬問了起居。

太極陳笑道：「你在外面混了這些年，可還得意？」

傅劍南欠身說道：「託師傅的福。」將自己的近況約略說了說。退下來，又與師弟們相見，問了問師弟的武功，都還可以成就，傅劍南心中高興，單找到三師弟，兩人私談了一會，打聽太極陳近來的脾性。耿永豐告訴他，師傅近來一個徒弟也沒有收，脾氣比舊年好多了。

隨後於十月十六這天，傅劍南拿出錢來，叫了幾桌酒筵，為師尊祝壽，又宴請師弟。太極陳宅中頓形熱鬧起來。就在把式場上設筵暖壽，師徒不拘形跡，開懷暢飲，對月歡談。傅劍南親給師傅把盞，談起七年來江湖上所聞所見的異聞奇事，和近來新出的武林能手，又談到各門各派傑出的人材，和專擅的技業。

傅劍南道：「近來我們太極門，仗著師傅的英名絕技，武林中都很見重。外面的人邀請弟子傳授太極拳的很多，弟子造次也不敢輕傳。一開頭弟子還鋪過場子，自接到老師的手諭以後，弟子就收起來了。這幾年弟子是給長安永勝鏢店幫忙。那總鏢頭武晉英，是武當派的名手，雖然他和我們派別不同，倒是彼此相欽相敬。在永勝鏢局一連四年。

「由前年起，弟子攢了幾個錢，自己也幹了個鏢局，字號是清遠鏢局，以太極圖的鏢旗子鎮鏢。弟子擅自用師傅名諱起的字號，還算給老人家爭氣，居然挑簾紅，沒栽跟頭。弟子可明白，全仗著師傅的萬兒正（名頭大），鎮得住江湖道上的朋友。鏢局子雖沒栽跟頭，內裡可險些鬧出人命來。」

太極陳聽了傅劍南居然當了鏢頭，並且不忘本，還把師傅的名字嵌在鏢局字號上，足見這個徒弟有心。太極陳皺眉笑道：「你胡鬧！」口頭上這麼說，心上卻很慰快。因聽得鏢局子幾乎出了人命，即擎杯問道：「什麼事，致於鬧出人命？」

傅劍南道：「就是師傅所說，武林中最易起爭的那話了。弟子鏢局中有一位山左譚門鐵腿楚林和形意派的戚萬勝，兩個人互相誇耀，互相譏貶，越鬧意見越深，各不相讓，終致動手較量起來。兩人都帶了傷，又互勾黨羽，竟要拚命群毆，一決雌雄。幸經弟子多方開解，把他們二位全轉荐到別處去，這場是非才算揭過去了。

「這種門戶之爭，比結私仇還厲害，弟子這些年在外頭，很見過幾位武術名家，因派別之爭，鬧得身敗名裂。一班少年弟子更是好勇喜事，藉著保全本派威名為辭，往往演成仇殺報復，說來真是可憐可惱……」

太極陳聽了，喟然一嘆，向在座弟子說道：「你們聽見沒有？這都是見識。」

傅劍南跟著又道：「近來又聽說山東邊界上紅花埠地方，出了一位武術名家，名叫什麼虎爪馬維良，以八卦遊身掌，創立一派。此人年紀不大，據說功夫很強。師傅可聽說這人沒有？他的師傅，人說就是襄陽梁振青。」

太極陳傾聽至此，又復慨然說道：「長江後浪催前浪，一輩新人換舊人；你說的這幾個人，我全不認識。像我這大年歲，就不能夠再講什麼武功了。自古英雄出少年，我今年五十九，老了！」

弟子齊聲說道：「師傅可不算老。」

傅劍南慇慇敬酒，向師傅陪笑道：「老師怎麼說起這話來？虎老雄心在，論武功還是老成人。江湖道上，這些後起的少年不管他功夫多麼可觀，總免不了一隅之見，自恃太深，鋒芒太露，火候不足。一遇上勁敵，立刻不知道怎麼應付了。這還得靠閱歷。」

太極陳啞然一笑，不覺的點了點頭。傅劍南一見，歡然說道：「歷來咱們武林中，敬重的是前輩老師傅，正因為功夫鍛鍊到了火候，畢竟有精深獨到之處，而且識多見廣，斷無狂傲之態，儘有虛心之時。弟子自出師門，跋涉江湖，深領師傅的訓誡，從不敢挾技凌人，所以這幾年，也時常遇見險難，總是容易的對付過去。

「看起來我們武術之王不能全恃手底下的本領，還得靠著長眼睛、有禮貌、有人緣，這樣才不致到處吃虧。然而說起來也有真氣人的時候，就有那死渾的妄狂小子，說起大話來，目無敵手；較起長短來，稀鬆平常。你只和他講究起功夫，說的話全是神乎其神，道聽塗說，閉著眼瞎嚼。當著大庭廣眾，又不好駁他，這可真有些教人忍耐不住……」

群弟子全不覺的停杯看著傅劍南的嘴。傅劍南說：「弟子在濟南一家紳士家裡，就遇見這麼一個荒唐鬼。打扮起來，像個戲臺上的武丑；說起功夫來，簡直要騰雲駕霧，王禪老祖是他師爺，教行家聽了，幾乎笑掉大牙，他卻恬不知恥。你猜怎麼樣？他倒把本宅矇信了，敬重得了不得。」說到此，眼望幾個師弟道：「老弟，遇上這種人，你們幾位該怎麼辦？」

方子壽率爾說道：「給他小子開個玩笑，『真真假假，就怕比量』，一下場子，還不把他的謊揍出來麼？」

太極陳哼了一聲道：「所以這才是你。」

傅劍南笑道：「四師弟還是那樣。」

太極陳道：「老脾氣還改得掉？」

傅劍南接著道：「四師弟總是年輕。弟子那時可就想起師傅的話了。我也開玩笑似的，跟著把他一路大捧，捧得他也糊塗了，竟和個武當派新進嘔起氣來了，當著許多人動了手。只過了兩招，教人家摔得出了聲，捂著屁股叫哎喲。」眾弟子嘩然失笑起來。

太極陳道：「近來武林中門戶紛歧，互相標榜。不過越是真有造詣的，越不輕炫露；好炫己的，定是武無根基的人。即以太極、八卦、形意、少林四家拳技而論，門戶已很紛雜。這四家更南轅北轍，派中分派，自行分裂起來。少林神拳的正支，原本是福建蒲田、河南登封兩處，不意推衍至今，竟又有南海少林、峨嵋少林。同室操戈，互相非議。看人家儒家，哪有這些事！」

談永年笑道：「文人儒士也有派別，什麼桐城、陽湖文派，什麼江西詩派，什麼盛唐、晚唐、中唐……」

未等到談永年說完，小師弟祝瑞符聽得什麼糖啊糖的，覺得好笑，不由站起來說道：「他們也要比試比試麼?他們也要下場子？」

七弟子屈金壽忙搶著說：「把筆桿較量，亂打一陣，飛墨盒扔倣圈，倒也有趣！」

太極陳哈哈大笑起來，說道：「年輕人什麼不懂，肚子裡半瓶醋也沒有，你又笑話人了，你懂得什麼！」

眾弟子也不禁臉青起來。祝瑞符臉一紅，又坐下道：「我就懂得刀槍棍棒，黑墨嘴子的玩藝，我一竅不通。」

太極陳道：「你懂得吃！武術二字，你也敢說準懂？」

太極陳說完，看看眼前這幾個弟子，個個都很有精神，只是說到真實功夫，大弟子資質性行都不壞，卻是家境欠佳，不得不出師尋生活去；四弟子家境最好，天賦太不濟。三弟子、五弟子都還罷了，可是悟性上就嫌差些。七弟子穎悟，八弟子粗豪，可惜沒有魄力，缺乏耐性。二弟子最可人意，家資富有，人又愛練，性也沉靜；但是他雙親衰老多病，早早的拜辭師門，回家侍親務農去了。人材難得，擇徒不易。太極陳心想：「是誰可承我的衣缽呢？」

只聽大弟子說道：「師傅，少林一派雖然門戶紛歧，互相訾議，但仗著福建山和嵩山兩派代出名手，把神拳和十八羅漢手越演越精，發揚光大，到底聲聞南北。八卦、形意兩家近來就漸漸的沒人提起了，當年何嘗不彪炳一時？看起來，這也像各走一步運似的。」

八弟子祝瑞符道：「大師兄，你老在外這些年，識多見廣，何不把江湖上所遇的異人奇事，講一講，我們也開開竅。」

傅劍南笑道：「要講究武林中的奇聞，差不多是老師告訴我的。少林四派如今很盛行，咱們太極門近來在北方也流行了。」

太極陳精神一振道：「咱們太極門在北方也有了傳人了嗎？出名的人物是誰？」

傳劍南道：「出名的人倒沒有，講究的人卻一天比一天多。我們太極門，自從老師開派授拳，威名日盛。有別派中無知之流，以及想得這種絕技，未能如願的人，生了嫉妒的心，聲言河南的太極拳，決不是當年太極派的真傳，不過是把武當拳拆解開，添改招式，楞說是不傳之秘。」

太極陳道：「哦！竟有這等流言，從誰那裡傳出來的呢？」

傳劍南道：「竟是那山東登州府，截竿立場子的武師，黑牤牛米坦放出來的風話。」

太極陳及弟子聽到這裡一齊眼看著傳劍南，究問道：「黑牤牛又是何許人？」

傳劍南看了看太極陳的神色，接著說：「弟子親到登州府，訪過這位名師，果然他竟以太極真傳，標榜門戶。弟子拿定主意，不露本來面目，只裝作登門訪藝的。即至一見面，略微談吐，已看出此人就是那江湖上指著收徒授藝混飯碗的拳師一流。這種人本不應該跟他認真，無奈乍見面，弟子不過略微拿話點了點他，他便把弟子恨入骨髓，認定弟子是踢場子來的，反倒逼著弟子下場比試。和他講起太極拳的招術來，也著實教人聽不入耳，果然與江湖上的傳言吻合無二。江湖上的謠言，確實是他放出來的無疑。弟子跟他下場子，請教他的手法，他竟敢拿長拳的招術來，改頭換面，欺騙外行。只不過把第一式變為太極起式『攬雀尾』，把第四式『大鵬展翅』變為太極拳的『白鶴抖翎』，把收式變為太極拳的收勢『太極圖』，行拳完全是長拳的路子，他卻狂傲得教人喘不出氣來，居然敢把我們太極拳信口褒貶得半文不值，說是溝子裡頭的玩藝，莊家把式，不要在外頭現眼，倒把我管教了一頓。」

太極陳聽了冷笑。

傅劍南又道：「這種無恥之徒，弟子只好給他個教訓，先用大洪拳來誘他，容他把自己的本領全施展出來，弟子才把太極拳的招術展開，一面跟他動手，一面點撥他，教他嘗嘗太極拳的手法。只跟他用了一手『如封似閉』，把他整個的摔在地上，弟子這才揭開了真面目，告訴他，這就是太極拳莊家把式，溝子裡的陳家拳。有工夫，可以到陳家溝子走走。太極陳如今年老退休，他還有幾個徒弟，願意請米老師指教指教。」

傅劍南說到這裡，群弟子全重重吁了一口氣道：「摔得好，他說什麼了沒有？」

傅劍南道：「他自然有一番遮羞的話，什麼『青山不改，綠水長流，三年之後，再圖相見。』強顏胡扯了一陣。不過最後我還警告他，只要米老師還把這太極派的長拳在登、萊、青、濟、兌、東六府號召，弟子一定還拿溝子裡的莊家把式陳家拳來領教。又在登州府探聽些日子，那米老師果然因為場子被踢，無顏在那裡立足，聽說散場子的時候，他曾對人說，定要到陳家溝子找老師來。料想他是一時扯臊的話，但是也不可不防，所以弟子這才離開登州，一路回轉陳家溝子，想給老師送個信。

「弟子一入河南，逢人打聽，咱們中原一帶，倒真沒有敢拿太極拳冒名號召的，只是聽鏢行同道說，在直魯豫三省交界的一個偏僻鎮甸，叫做黑龍潭的地方，那裡鋪著一座場子。那個教師，聽說是北五省有名的武師鐵拳盧五。他教出來不少的徒弟，凡是出師後踏入江湖的，也全能走得開。他的拳法據說得自異人傳授，名叫『先天無極拳』。但是這鐵掌盧五師傅，倒不是故意跟咱們過不去，他也知道陳家溝太極拳，中原武林獨步。他說他那先天無極拳和河南陳家太極拳是一個來源，不過所傳不同，手法也就各異了。

「據說他那先天無極拳，以練精，練氣，練神為主，而技術之功在其次。他的說法，以純柔為工，以先天之氣調後天純陽之精，使他返本還元，凝神反虛，至於無人無我、無象無跡地步；與我們剛柔相濟，內外兼修的拳義相差頗多。據他說，他這拳完全是一派至柔。弟子也曾親自拜訪過盧五師傅，這人的談吐就與眾不同，雖是武師，卻神情謙退。弟子領教他的手法，果然招術微妙，和弟子較量了幾招，彼此也不相上下。只不過弟子的功夫火候，覺得不如人家穩練；若說手法，他還似乎略遜一籌。弟子為此很是疑悶，越發的要求拜見老師，一詢究竟了。到底咱們這太極拳以柔克剛，是『純柔』呢？還是『剛柔相濟』呢？」

太極陳捻鬚沉思，傾耳諦聽。聽到深處，把頭微微一點，半晌，忽然抬頭道：「你所說的這盧五師傅，你跟他當面領教過了？」

傅劍南道：「是的，他的手法，弟子大致都看到了。」

太極陳道：「你還記得嗎？」

傅劍南道：「大概還記得。不過人家的拳招變化不測，弟子怕遺漏了不少，未必能連貫得下來。」

太極陳道：「不妨事，你只將記得的招術演出來，我只看個大概就是了。」

於是傅劍南起身離席，出罩棚，來到了空場。

第十五章　筵前試手

一聽傅劍南要試演先天無極拳。眾弟子忙站起來，要出去點燈。太極陳擺手道：「不用，月亮地練拳更好。」

傅劍南離開筵前，來到廣場。這時候明月清輝，照如白晝，群弟子鴉雀無聲，靜觀大師兄試演這同派異出的名拳。

傅劍南面向太極陳一站，兩手往下一垂，說道：「我們太極拳以無極生太極，所以挺身而立，面向前方，兩眼平視前面，腳下不踩『丁字』，也不踩『八字』，腳趾微向外展，腳踵略向內併，沉肩下氣，氣納丹田，舌尖微舐上顎，兩手順下，掌心向內，指尖下垂，指掌不許聚攏；此乃無極含一炁，先天的本源；由無極而太極，由無形而有形；這是我們的手法。他們這先天無極拳，卻是拳式一立，一切運式用力，雙掌都附在兩髀上，十指緊緊攏著。這一開頭便跟我們太極拳不一樣，不過若不細心看察，卻也彼此很易相混。」說罷，目視太極陳。

太極陳只微笑點頭，向傅劍南道：「太極拳的手法拳理，豈容別派混淆？你再把這拳式演來我看，看他到底是怎麼個源流？」

傅劍南應聲道：「我就練兩招請師傅看，只苦我也記不很真。」遂將先天無極拳的招術，按著自己記憶所得的，擺出架勢來。他果然記不很清楚，略練了幾招，有的忘記了，就默想一回再練；實在想不起，就跳過去，用口舌來形容，來補助。

這先天無極拳也是本於太極兩儀生剋之理，只不過把拳術原理歸於陰柔。行招分六十四式，是八卦的定式，雖本先天自然之理，卻是有往無復，有正無反，有柔無剛，有生剋卻沒有剋而復生，生而復剋，有先天而無後天；似於循環往復之理，生生不息之道，知其一而不知其二，所以沒有太極拳的變化不測。

傅劍南將這先天無極拳演到第十一式，是「金龍探爪」，這一式卻和太極拳的三十一式「劈面掌」似乎一樣。三弟子耿永豐首先竊竊私議起來。

太極陳也看到這一式，也就向眾弟子說道：「你們看，這一招跟我們的『劈面掌』是一樣的吧？」

七弟子應道：「好像差不多。」

太極陳道：「可是，這兩招看著是一樣的招式，一樣的發招，不過打法卻有不同。太極拳、無極拳，兩家的拳法不同之點，這就因為太極拳走的是離宮，趨生門，雖屬亢陽之力，用的是上盤之功。『金龍探爪』取象亢龍，有飛騰之兆。太極拳中的『劈面掌』和『金龍探爪』手勢雖同，精神運用實異。這手『劈面掌』是反注到太極拳訣的履字，反顧下盤，變卦入坎宮，則坎離交媾，生剋相濟之意，這正是太極拳微妙之處。至於這先天無極拳，卻只是八卦奇門掌中的手法，由『金龍探爪』變式為『鐵鎖橫舟』，招術上是變實為虛，化敵人的掌力，拆敵人的攻勢。這樣拳術，不能盡得變化靈活，虛實莫測之妙。」

太極陳講到這裡，推杯離席，走到場子來笑道：「口說無憑，你瞧我拆給你們看。」教大弟子傅劍南重演這一招，太極陳一面口講，一面比畫，仍用原式，把傅劍南的先天無極拳，舉手破了。群弟子不禁同聲喝采。

太極陳酒酣耳熱，一時技癢，對傅劍南說：「我索性再跟你對拆幾招，教你師弟們看看我們太極門的手法，是否有勝過他派之處。」

傅劍南欣然得意，卻又遜辭道：「師傅，弟子手頭上荒疏得很，你老就教我拿本門的拳法給你接招，我也怕招架不來。這先天無極拳又是我看來的，偷記下來的，只怕接不住……」

五弟子談永年忙說道：「大師哥怕什麼，老師還真揍你不成？」群弟子也一齊慫恿。

傅劍南也怕打破了老師的高興，只不過口頭上謙遜了這一句，早不待太極陳吩咐，自己就脫去長衫，方子壽忙接過來。

傅劍南笑嘻嘻的說：「師弟們，瞧著我挨打吧！我快有十年沒挨老師打了。」

八師弟祝瑞符也過來，到太極陳身旁說道：「師傅，你老寬一寬大衣不？」

太極陳搖手道：「不用。」

師徒二人擺好架式，傅劍南陪笑道：「老師可把掌勢勒住點，別往外撤，弟子可是接不住。」

太極陳笑道：「難為這個鏢頭怎麼當了，這麼膽小嗎？」

群弟子笑道：「大師哥在師傅面前自然膽小，在外人面前可就不然了。」

說著，傅劍南把鐵掌盧五所創的「先天無極拳」一亮，請師傅先發招。太極陳道：「劍南，你幾時見過我們太極拳與人動手，先發招式的？」

傅劍南道：「弟子知道。」這才將掌勢往外一展，頭一招「仙人照掌」直奔太極陳的華蓋穴打來。

太極陳微微一笑，道：「好！這是『仙人照掌』，你被盧五騙了。他大概是怕你偷藝，他這先天無極掌沒有從頭施展，他這是拆開了，從半路開招的。」

太極陳一邊說，手底下鬆鬆散散，用太極掌第四式「斜掛單鞭」往外一攔，輕輕把這招拆開。傅劍南隨又變招為「順水推舟」，向太極陳攔腰便打。太極陳依然原式不動，容得傅劍南的掌勢已到，悠然的將「斜掛單鞭」的掌勢往裡一收，變招為「七星掌」。這一掌不只把傅劍南的掌勢拆開，反倒轉守為攻，把掌力逼過了，說道：「還不撤招！」

傅劍南頓覺著自己的右掌被太極陳罩住，撒掌也撒不出去，撤招也撤不回來，不由一窘。太極陳哈哈一笑道：「換招吧。」

傅劍南這才把手撤回來，面含愧色道：「師傅，這不行，咱們爺倆不用比劃了。這先天無極拳看起來，實在難與我們太極拳爭長短了。我看我還是獨自個兒演給你老看，你老再把咱本派的拳法演一遍，互相比對一對，也就印證出來了。」

太極陳把笑容一斂，正色說道：「劍南，你這麼說，就錯了，並且也容易誤人誤己。這先天無極拳決非矇人混飯的那一派的江湖拳。他這門功夫練到了火候，也自有他的妙處，斷乎不可輕視。不過你得來的無非是倉卒之間偷記下的，哪能得著他的精華要訣？況且這鐵掌盧五必然還提防著你，既知你是訪藝而來，他一定不肯把要招都擺出來給你看。這還是你武術上有了根基，要換你這幾個師弟，恐怕一點也記不下來；你這就很難得了。再說你我師生關上門演武術，本著實事求是的心，把兩派功夫互相印證一下，並不是較量長短。我告訴你，學問上的事不怕虧輸，才能成功；不怕丟人，才能露臉。」

於是，傅劍南整了整身法，把鐵掌盧五的先天無極拳，一招一式的繼續施展。太極陳不慌不忙，隨招應式，用太極拳接架。

傅劍南天資不壞，兩家拳路又極相近，居然把無極拳一招招的貫穿下去。群弟子一聲不響的觀看。太極陳的武功已臻爐火純青之候，就是不經意，不著力，只一伸手，便異尋常。

傅劍南把先天無極拳運用到第十九手以下「降龍伏虎」、「千斤掌」、「反正生剋」、「連環四式」，太極陳用太極拳的第十九式「雲手」，不變招就把「千斤掌」給拆開了。

本是師徒試掌，兩人發招都慢。傅劍南一招一式的演下去，太極陳毫不費力的招架。不一時，傳劍南已將先天無極拳施展完畢，師徒含笑歸坐。

三弟子耿永豐獻上一杯熱酒來，太極陳一飲而盡，歡然說道：「難為你，能有這麼好的記性。」對群弟子說：「你們別把這先天無極拳看平凡了，這不是沒有來歷的拳法。當年我未出師門，就聽說有這一派。這拳法也深含陰陽造化之機，若是練好了，偏鋒取勝，也足稱雄。只不過他們這一派偏執一隅之見，總以為至柔純陰可制一切。他們這一派要肯再參酌我們太極派剛柔相濟之功，必然更至臻至善。我將來有工夫，還要訪一訪這獨創一派的盧五師傳去，我們互相對證一下。」

陳清平此時興致勃勃，餘勇可賈，大弟子傅劍南乘機請益道：「剛才老師用『雲手』一招，連折弟子連環四式，一點也不費勁。弟子覺得這一招最是可異，請老師給我們講究講究。」

三弟子耿永豐也道：「還有『彎弓射虎』、『高探馬』、『野馬分鬃』這三式，老師運用起來，既不費力又很靈巧，怎麼我們一施展起來，就覺著不對勁？老師再演一遍，教我們瞧瞧。」

太極陳哈哈的笑了，說道：「什麼叫功夫火候？你們難道說我藏奸不成麼？」

方子壽連忙說道：「不是那話，老師平常教我們的時候，運起招來太快，我們稍微不留神，就趕不上了。我們瞧著你老練，顧得了姿式，就顧不來手勁；顧得來發，就顧不來變招，總是眼睛不夠使的。若是老師也像剛才那樣慢法，我們就容易記住了。」

大弟子傅劍南一聽到四師弟這話，回想當年，不禁微笑。太極陳功夫精熟，當著弟子傳習起技功來，儘管自以為很慢，弟子們還是追不及。他每嫌弟子們記性不好，悟性不強，其實他疏忽了學者的心理。只想到自己當年學藝時，一點就透，以為門徒們也該這樣才是。他卻忘了人的天資不同，像他那樣專心神悟的能有幾人？太極陳實在是個好拳家，卻不是個好教師。

弟子們幾乎一鬨而上，紛紛的請求師傅，也像剛才與傅劍南對招那樣，把本派太極拳使得越慢越好，從頭到尾，給試演一回。

太極陳眉峰微皺，忽然笑了，對傅劍南說：「你聽聽，他們不說自己笨，只說我教得不得法。劍南你來一套，給他們看看。」

傅劍南做出小學生頑皮樣子道：「不，不，我大老遠的瞧師傅來，哪能白來？你老人家總得練一套，給弟子矯正矯正。這些年弟子每天自己瞎練，難免有錯了的地方。師傅，你老賞弟子一個臉。」

傅劍南走過來，到陳清平面前，請了一個安。三弟子耿永豐也走過來，請了一個安。

太極陳忽然大笑道：「你們是串好了的把戲，要逼我老頭子給你們練一套？你們這是給我祝壽？」師徒們喧笑成一片。

太極陳今日特別高興，居然站起來，長衫不脫，厚底鞋不換，重復走到場心一站，先向群弟子一看，說道：「練慢點是不？好，咱就越慢越好。」群弟子欣幸極了，都湊了過來。

太極陳面對著皓月清空，氣舒神暢，把雙手一垂，腳下不「丁」不「八」，口微閉，齒微叩，舌尖舐上顎，眼看鼻，口問心，氣納丹田，神凝太虛，掌心貼兩髀，指尖向下，十指微分；於是立好了太極起式「無極含一炁」。精氣神調攝歸一，這才把身形一移，右腳往前微伸，左手立掌，指尖上斜，右掌心微扣，指尖附貼左臂曲池穴，擺成「攬雀尾」式。身軀微動，已變為「斜掛單鞭」；步轉拳收，第四式「提手上勢」。這一亮拳招三式，加上太極拳起首的「無極圖」起式，便是太極拳「起手四式」。凡是初窺門徑的，無不練得很熟。

及至一換到第五式「白鶴展翅」，太極陳兩掌斜分，颼溜溜掌勢劈出去，立刻從劈出去的掌風和衣袖一甩的聲音，顯露出功夫的深淺、力量的大小來。群弟子十幾隻眼睛隨著太極陳的身手而轉。演到第十一手「如封似閉」，倏然一個旋身跨步，「抱虎歸山」，身形未見用力，太極陳卻已箭似的飛身橫竄出一丈五六。眼看變招為「肘底錘」、「倒輦猴」、「斜飛式」、「海底針」、「扇通臂」、「撇身錘」……但是太極陳於不知不覺中，招式越走越快。方子壽首先叫道：「師傅，慢點呀！師傅慢著點呀！」

太極陳微笑道：「這招術有的能慢，有的就不能慢。」

徒弟們已有許多時候，沒見師傅把整套的拳練給他們看了，此時都聚精會神的看。

太極陳依著弟子們的請求，能慢處把招術極力放慢，同時把太極拳的拳訣，崩、履、擠、按、採、挒、肘、靠、進、退、顧、盼、定，十三字訣表現得精微透穩之極。拳風走開了，雖然慢，依舊是掌發出來劈空凌虛，帶得出銳利的風聲，這便是所謂掌力。

傅劍南低聲告訴三師弟耿永豐：「三師弟留神老師落腳的部位。你看一落一落，一進一退，都敢說可以拿尺量，連半寸都不許差。」

只見太極陳將這整套的太極拳，走到「野馬分鬃」、「玉女穿梭」，隨招進步，矯若游龍；作勢蓄力，猛若伏獅。忽然一個「下式」，身形不落，猛往上一起，竟用「金雞獨立」式，挺身騰空縱起五尺多高，繼續練下去，演到三十二式「十字擺蓮」，這一招尤見下盤的功夫。雖則是輕描淡寫，慢慢的演來，可是腿勁異常的沉著有力，可以踢斷柏木樁。跟著變式為「進步栽錘」、「退步跨虎」，跟著又是一招下盤的功夫，「轉腳擺蓮」，運身形，一個「臥地旋身」，腿力橫掃，把招式一變，依然用「彎弓射虎」，就著收勢，立刻把身形還原，重歸「太極式」。然後藹然發言道：「練完了，夠了吧！唵？」看臉上的丰采，神光煥發，無老態，無疲容。

群弟子歡然喝采，深深感謝大師兄提起了老師的高興。

太極陳笑吟吟的隨即在場子上轉了半圈，略舒了舒行拳後全身僨張的血脈。抬頭看了看天空，皓月凝輝，清光瀉地，兵器架上的兵刃全被啞傭擦得錚亮，月光照射，透出縷縷青光。

太極陳忽然向三弟子耿永豐說道：「本門的拳術，你們倒能這麼認真考究，還有本門兵刃，你們也不要漠視了。我當著你們說一句狂語吧！我太極派的奇門十三劍、太極槍，若跟現今武林中的槍劍比較起來，還足以抗衡得過；你們也要好好的鑽究，不要只顧一面。永豐、永年，你兩人把奇門十三劍的『劍點』全弄透徹了？」

耿永豐、談永年等同聲答道：「弟子沒敢忘下，也不過多少得著些門徑罷了。」

太極陳笑了笑，道：「真的嗎？」扭頭向傅劍南說道：「你的劍術已經把握著訣要了，不過這些年你在太極槍上，可曾悟澈出他與前派不同的所在嗎？」

傅劍南忙答道：「弟子年來雖然奔走衣食，可是功夫從不敢荒疏。弟子覺得這趟槍與楊家槍相近，可又不像楊家槍只以巧快圓活為功，似乎兼擅十三家槍法之長。弟子在外面，輕易不用槍，所以也不知道自己的功夫究竟怎樣，不過內中『烏龍穿塔』一式，用起來我總覺著不大得力，是不是弟子把槍點解錯了？還得求老師指教……」

太極陳聽了，向耿永豐等一班弟子道：「我今天索性把這太極槍的精華所在，以及這趟裡最難練的『烏龍穿塔』、『十面埋伏』、『撒手三槍』的運用訣要，重給你們比劃一下。你們要牢牢記住，可不要教我傻練一回了，你們白看熱鬧。」

眾弟子一聽，這分明又是借了大師兄的光，遂齊聲說道：「師傅這麼諄諄教誨我們，我們再不好好記著，太辜負你老的心了。」立刻由四弟子方子壽到兵器架上，把師傅用的一桿長槍遞過來。

太極陳提槍走至場中，丁字步一站。眾弟子把地勢給亮開，也各自捻了一根槍，以便依式揣摹。

太極陳將槍的前後把一合，一抖槍桿，朱紅槍纓亂擺，槍頭嚕嚕顫成一個大紅圈子。只這腕力，就須有十年八年的功夫。

太極陳把門戶一立，步眼移動，一開招，就展開四式。眾弟子全神貫注，看師傅把槍招一撒，刷刷刷，頭三招施展出來，「撥雲見日」、「倒提金爐」、「獅子搖頭」；順勢而下，到「倒提金爐」這一招，身隨槍勢，往下一殺，斜身塌地；槍上用的是拿、鎖、坐之力。等到一換勢，身隨槍起，往上一長身，左把撇開，全憑單把往上一送；那槍上的血擋被前式坐槍之力一抖，槍纓倒捲上去，緊貼著槍尖，這時突往外一送，往上一穿，那血擋竟撲的被抖回來。

這槍筆直的往上一穿，尺許方圓的一團紅影，夾著槍尖的一點寒光，穿空一刺。太極陳「金雞獨立」式，單臂探出去，身形如同塑的一尊像一般。

群弟子目瞪舌結，嘩然喝采。然而就在這喝采聲中，突然左邊牆頭高處，也有人叫了一聲：「好槍法！」

「這是誰？」太極陳「哦」的一聲，倏往回一收式。但見得大弟子傅劍南眼光一閃，舌綻春雷：「什麼人？」早一聳身，提槍竄上牆頭；牆頭上一條人影，只見一閃不見。

第十六章　綽槍捕蟬

月下試技，牆頭竟有人窺探，太極陳勃然張目，亢聲斥問：「是誰？」

傅劍南到底比師弟們機警，不待師命，颼的躍過去，一伏腰上了牆。但牆頭上人影一竄不見，已然溜下去了。

三弟子耿永豐一時恍然大悟，急忙一聳身，也飛躍上牆頭。登時之間，這些弟子們個個大聲喊著追趕。太極陳厲聲喝道：「你們不要全趕。」急命談永年、屈金壽，火速到內院守護眷屬，又命祝瑞符出把式場，抄道奔後院柴垛糧倉。才要命令方子壽，方子壽已跟隨耿永豐，跳出牆外，趕過去了。

太極陳張眼一看，自己也右手提槍，左手略把長衫一提，腳尖點地，騰身躍上牆頭，翻到房上，從高處要察看這喝采人的來蹤去影。

此時月影正明，隱約見那條黑影從把式場外，向外院的一條夾道奔去。傅劍南挺槍急追，回頭一看，三師弟、四師弟已然趕來，連忙喝道：「你們快抄著東西兩面搜一搜看，看還有別的賊沒有？」

方子壽還在飛跑，耿永豐聞言止步，急忙往別處搜堵下去。耿永豐還記得師傅病中，歹人放火的那場凶險，急急的又搶奔柴垛糧倉。糧倉後，談永年已奉師命先到。耿永豐駁轉頭來，又奔前院。方子壽卻打了一個旋，略一遲疑，復又順夾道追過去，大聲吆喝著，好教宅中人都曉得。

傅劍南捷足先登，已然看出前面是一個身形矮小的人影，身法輕快，順夾道如飛的逃去。傅劍南腳下攢力，喝道：「好賊，天剛黑，你就橫行？」撲到那人背後，手中槍一顫，奔那人後影便扎。就在這槍尖往外一遞時，突覺頭上一股勁風一掠，並沒看見對面的人回手翻身，卻黑忽忽當頭飛來一物。

傅劍南一驚，隨往後一縮身，那人影又一晃，轉過牆角不見了。旁邊門口卻橫竄出來耿永豐，背後又趕過來方子壽。三個人立刻各將手中槍一擺，分頭緊逼過去。那人影只一回頭，翻身又跑。

這一回前後堵截，這賊再想逃奔前院，已不可得。這賊人好像熟悉陳宅的地勢，竟抹轉身，撞開一道角門，似欲從斜刺裡，穿跨院，走遊廊，趨奔後宅糧倉柴垛空場。從那裡越牆逃出後層院落，便可以循牆急走，逃奔後街小巷。但是傅劍南哪裡容他逃走！三個人分三面兜抄。

那保護糧倉的八弟子正站在牆上，傅劍南吆喝道：「喂！截住他！這個小矮個是賊！」

八弟子飛身跳下平地來，挺搶把賊人擋住，口中罵道：「好賊子，這是那兒，你敢來窺伺！」

那矮小的人影瞻前顧後，抱頭疾馳，身形一轉，似欲另覓逃路，卻一聲不哼，陡然憑空一竄，竟橫躍上近身處的一道牆。想是看見牆那邊有什麼厲害，只見他略一游移，不敢下跳。儘著眾人噪罵，飛似的登牆又跑。

傅劍南大怒，正要追上去，忽然背後刷的一聲，傅劍南急一閃身，那耿永豐已經把手中槍直標出來，黑忽忽一條長影，照牆頭賊人投去。眼看著長槍正中賊人上三路，猛然聽得一聲：「還不下去！」聲若洪鐘。

再看時，槍已投到賊人背後，賊人輕輕一側身，一揚手，把槍抄住，一換把，槍鋒掠空一轉。群弟子大喝道：「好大膽的賊，還敢動手？」

陡聽吧達一聲響，那人影把手一鬆，長槍墜落在牆根下。更見他身形一晃，低頭下看，忽然一翻身，撲登的一聲，直掉下來，竟摔到內宅牆那邊。傅劍南、耿永豐立刻趕過去，竄上西牆頭。

這矮小的人身才落地，猛又一骨碌跳起來，伏腰便跑。忽然又聽見師傅喝道：「哪裡跑？」這才看見對面房頂上人影一長，巍然站著太極陳。

大弟子、三弟子以及四弟子，先後竄落到內宅。內宅台階上，站著太極陳的次孫陳世鶴，一頓足竄入屋內，忽隆的關上堂屋門，又忽隆的把門拉開。門再開時，陳世鶴提著一口劍搶出來，躍下台階，把上房門和東角門扼住。這賊登時陷入重圍，前後左右，沒有了逃路。

搜尋追喝聲中，五弟子從跨院奔過來，七弟子從前院繞過來，八弟子從糧倉那邊也尋過來。

那人影逡巡著猶欲逃生，卻已無及，路口都被人把住了。陳世鶴專守上房，七弟子屈金壽、八弟子祝瑞符繞過來，分堵東西兩角門。四弟子方子壽、五弟子談永年就把通前門的屏門擋住。三弟子耿永豐拾起一桿槍，奔到跨院的月亮門下，迎門站住。

太極陳從房頂飄身下落，拄槍站在月亮門的牆上，雙眸炯炯，不住觀察這賊，復借月光往四面尋望。這矮小的賊正被圈在內庭院心。

大弟子傅劍南見賊人逃路已斷，立刻把槍鋒調轉，趕上前，刷的盤打過去。這賊急急一伏腰，閃開了。五弟子談永年跳過來，刷近地面一槍。傅劍南急喊：「扎腿！扎腿！」談永年就一領槍鋒，擰把往外一按，往外一送，槍鋒直取賊人下三路。賊人雙臂一張，騰地掠起五尺多高，斜著往左一探，落下來，撥頭就跑。群弟子嘩然叫道：「哈哈，這賊是高手？捉住他！」六弟子，五枝槍，登時往上一圍。

那賊窘急，忽張皇一望，颼的一竄，又一伏腰，從屈金壽肘下衝過去，似奔搶月亮門。屈金壽大怒，掄槍打去。耿永豐急回身，把月亮門擋住。那賊倏一轉身，竄到太極陳立身處牆根下，雙膝一曲，撲的跪下來，叫道：「師傅！饒命吧！」

大弟子傅劍南喝道：「捆上他！」

群弟子一齊趕過來就要動手，太極陳詫異道：「等等，這是誰？」輕輕一縱，竄落平地。他的話卻說慢了，談永年早奔上來，刷的一腳踢去，直奔那賊的後肩背。那賊貼地一伏身，談永年竟從他身上跨過去，並未踢著。那賊就勢又一跪，連連喊叫道：「老師，老師，是我！」

太極陳拄槍低頭看視，愕然道：「你是誰？……你們慢動手。」

五個弟子紛紛圍上來，五枝槍鋒一齊指住這個賊的身手。這賊鼠似的蜷伏在地上，連連頓首，俯首不敢仰視。

屈金壽、方子壽掉槍桿便打，傅劍南喝道：「師弟別打，先捆上他！」

傅劍南湊過來一看，只見師傅太極陳滿面驚詫，指著這人叱問道：「你你你，你是誰！」忽然話聲一縱，厲聲道：「哈哈，原來是你！你不用裝模作樣，你給我抬起頭來！」

地上跪伏的人顫聲說道：「老師，你老饒恕我！」

眾人駭然，這個人被太極陳催逼著，把頭抬起來了。通鼻瘦頰，秀目疏眉，瘦小的身軀。頭一個詫異的是方子壽，第二個是耿永豐，和談永年……

耿永豐挨到跟前，提槍比畫著，俯身細看，方看出這個人的全貌，不禁失聲道：「咦！原來是啞巴他呀！」

「好麼，鬧個半天，是你！」

啞巴窺垣不足異，就是啞巴做賊也可恕，獨獨這個啞巴被圍，竟說了話，這可就震駭了太極陳師徒的心！

太極陳剛剛看清了這個偷兒的面貌，竟是自己義救恩收的雪中啞丐，不禁勃然震怒，厲聲呼叱道：「好大膽，你！你是什麼人？竟敢喬裝啞巴，混跡到我家來？好好，你小小的人，好大的狗膽！你居心叵測，情理難容！」手中槍一動，便要下刺，嚇得這蜷伏如鼠的啞傭路四，就地一旋。師徒六枝槍指著他，他立刻又收膝跪倒，急急的說：「老師饒命！我我我……有下情！」

群弟子駭然注視這意外的變局。自然他們都曉得這個啞巴進入師門，收為傭僕的來由。這裡面最不曉得前情的，自是大師兄傅劍南，急忙把師傅一攔道：「師傅慢動手，你老要問問他，他到底是怎麼個來路，安著什麼心。」

太極陳面如鐵青，仰天大笑道：「他安著什麼心？那還用問！哈哈，好東西，難為你用這大苦心，裝啞巴來臥底！我在江湖上四十多年，居然被你矇住，我太極陳想不到栽到你手裡！小伙子，你有膽，你有能耐！劍南，我告訴你，這東西裝啞巴，裝討飯的，在我們前弄鬼裝死，是我一時可憐他，怕他凍死，把他從雪天地裡救轉，收留下他兩年、三年，哦，前後足有三年。原想他年紀輕輕殘廢，救活他一命，哪裡想到，他原來暗藏著奸謀詭計，跑到我家來臥底偷藝，我老頭子竟瞎了眼！」

太極陳恨得牙咬得吱吱亂響。群徒無不駭然，一齊喝問道：「啞巴！」他們已叫慣了啞巴。「你還不說實話麼?你到底安著什麼心?」

四條槍的槍桿齊往假啞巴身上亂抽亂打，假啞巴縮成刺蝟似的，一味死挨，一點不敢動，不住的叩頭求饒。

傅劍南阻住師弟們，又勸穩住師傅，把手中槍輕輕向假啞巴身上一撥，道：「喂，起來，這不是磕頭饒命的事，你趁早實話實說，你是哪一門的?你小伙子事到今日，還不快說實話麼?你到這裡來，究竟安的什麼心?你是為臥底，你是為偷招?你還是偷了招，學好了能耐，出去殺人報仇?」

假啞巴從槍林中爬起來，映著月光，他的臉都青了，向太極陳瞥了一眼，囁嚅道：「老師，我實在有不得已的苦衷，你老人家救過我一命，我絕沒有稍存惡念。皇天在上，我有一分一毫不軌的心，教我碎屍萬段。」

耿永豐突然揚起槍來，刷刷的照啞巴身上連抽幾下，唾罵道：「狗賊，你住了口吧!你也知道師傅待你有救命之恩，你竟存心欺騙!你好好一個人，無緣無故，咬著舌頭，裝啞巴做什麼?你若不安著壞心眼，誰肯下這麼大的苦心啊!不用說，上次失火，一定也是你玩的把戲。」刷的又一槍，照啞巴抽來。

啞巴不敢躲，只把腰一挺苦挨著，口中卻吃吃說：「三師兄，三師兄，你老可別那麼猜疑，火從外頭燒，我可是整天在屋裡，跟師傅住一塊呢。師傅，你老人家可知道，我背你往外跳火坑，可真不容易呀！我我我真沒安著歹心，師傅、師兄，你老聽我一說，就明白了。現在我的事已破露，我決不隱瞞，我不敢表功買好，可是我一心一意，在暗中報答過師恩。」

啞巴恨不得生百口、口生百舌，來表白自己實無惡意。但是好好一個人，無故箝口裝啞至三年之久，若無苦心陰謀，誰肯這樣？太極陳和耿永豐、方子壽等個個含嗔窮詰，卻又不住手拷打，打得這假啞巴結結巴巴，越發有口難訴。三年裝啞，已經使得這個人口齒鈍訥了。

大弟子傅劍南忙道：「師弟，你們別亂打了。師傅，你老也暫且息怒。這麼問，倒越問不出來。你老看，他光著嘴，說不出話來。還是把他帶到罩棚，消停消停，你老一個人盤問他。再不然，我替你老問。」

太極陳惡狠狠盯著啞巴，喝道：「滾起來！」由傅劍南等押著，往把式場走。

太極陳滿面怒容道：「不要到那裡去，到客廳裡去。我一定要細細的審問他，這東西太可惡了，他竟矇了我兩三年，我不把他的狗腿砸斷，我就對不起他。」

方子壽道：「大師兄，看住了他，別冷不防教他暗算你。」

傅劍南道：「不要緊，四弟你不懂。」回手一拍假啞巴道：「相好的，別害怕。你只要不是綠林惡賊，師傅也不能苦害你，可是你得說實話……三弟、四弟，師傅正在氣頭上，你們別鬧了，小心激出事來。」

第十七章　揮淚陳辭

於是五枝槍前後指著啞巴，耿永豐、方子壽，一邊一個，拖著假啞巴的胳膊，直奔跨院。

此時全宅都轟動了，曉得啞巴說了話，原來是個奸細。婦人孺子，僕婦長工，人人都要看看。太極陳把家人都叱回內宅，只教門人們擁架著啞巴，進了客廳。

客廳中明燈高照，群弟子把啞巴看住，站在一邊。太極陳坐在椅子上，兩隻眼盯著啞巴。啞巴懾於嚴威，不由低下頭來，不敢仰視，渾身抖抖的打顫。

太極陳面挾寒霜，突然把桌子一拍，問道：「路四，你受誰的唆使，到我家來？你到底安著什麼心？」

路四把頭一抬，忽然俯下，兩行熱淚奪眶而出，叫道：「師傅！」

太極陳斷喝道：「誰是你的師傅？」

傅劍南見師傅怒極了，忙斟了一杯茶，捧上來，低聲道：「師傅先消消氣。」對啞巴說：「喂！朋友，你究竟怎麼一回事？」又問眾弟子道：「他叫什麼？」

耿永豐道：「他裝啞巴，自寫姓名叫路四。喂！路四，你到底姓什麼？叫什麼？」

啞巴看了看眾人，眾門徒各拿著兵刃。三弟子耿永豐，和太極陳的次孫陳世鶴，各提著一把劍，把門口堵住。四弟子方子壽拿著一條豹尾鞭，看住了窗戶。五弟子、七弟子、八弟子各仗著一把刀，環列左右。假啞巴如籠中鳥一樣，要想奪門而逃，卻是不易。

耿永豐嘲笑他道：「夥計，也難為你臥底三四年，一點形跡沒露，怎麼今天喊起好來呢？」

啞巴未曾開言，淚如雨下，向眾人拱手道：「諸位師兄！」又面向太極陳道：「師傅息怒！」又向大師兄傅劍南道：「大師兄！」這才轉向太極陳，含淚說道：「師傅，弟子我實在沒存壞心；我這三四年受盡艱辛，非為別故，就只為爭一口氣……」

太極陳道：「什麼，就只為爭一口氣？你這東西一定是賊，你要從我這裡偷高招，為非作歹去，對不對？」

啞巴慘然嘆道：「師傅容稟，弟子也不是綠林之賊，也不是在幫在會的江湖人物。弟子實不相瞞，也是好人家兒女，自幼豐衣足食，家中有幾頃薄田，只不過一心好武，因為好武，曾經吃過許多虧，所以才存心訪求名師。師傅，你老人家還記得八年以前，有一個冀南少年楊露蟬不？」又轉臉對方子壽道：「四師兄，你老總該記得，我跟你老對過招，不是教你老用太極拳第四式，把我打倒的嗎？」

「哦！你是……楊什麼？」

「弟子是楊露蟬，八年前我曾到老師家裡投過帖……」

啞巴說出這話，太極陳早已不記得了，四弟子方子壽才想起來，失聲說道：「可是我的驢踩了盆的那回事嗎？那就是你嗎？」

啞巴登時面呈喜色，這已獲得一個證人了。接著啞巴又說道：「老師，弟子當年志訪絕技，竭誠獻贄，不意老師不肯輕予收留。嚮往有心，受業無緣；是弟子萬般無奈，出離陳家溝，才又北訪冀魯，南遊皖豫，下了五年功夫，另求名師。不意弟子遍遊武林，歷訪各家，竟無一人堪稱良師。這其間吃虧、上當、被累，簡直一言難盡。

「弟子當年曾發大願，又受過層層打擊，一定要學得絕藝才罷。實在無法，弟子這才改裝易貌，重返陳家溝。弟子當時想，獲列老師門牆，已成夢想，只盼望但能輾轉投到那位師兄門下，做個徒孫，弟子也就萬幸。不意弟子到此以後，才知各位師兄奉師命都不准收徒。弟子至今心灰望斷，不知如何是好。後來才拔去眉毛，裝作乞丐，天天給老師掃階，忍飢受凍，苦挨了半年。

「弟子這時是自己給自己嘔上氣，也不承望準能換得絕技，只不過卯上了勁，就是凍死餓死，我也要從陳家溝得點什麼再走。不想又苦挨數月，機緣湊巧，一場大雪，得邀老師垂憐，竟把弟子收錄為傭。弟子在老師府上，一心服役，除了竊學絕藝，別無他意。老師若拿偷藝之罪來懲罰我、處置我，我罪無可逃，情甘領受。若說弟子還懷藏著別樣心腸，有什麼歹意，皇天在上，弟子敢告神明。」

太極陳聽了，搖頭怒喝道：「你只為偷學拳技，就下這大苦心，誰肯信你！裝乞丐差點凍死，裝啞巴幾年不說話，你必是有什麼不可告人的陰謀。你必是哪一派的叛徒，犯了規逃出來，上我這裡偷學拳藝，好來對付舊日師門。再不然，你就是奸淫邪盜，被江湖俠客追尋，不能抵敵，無地容身，才跑到我這裡裝啞巴，避禍偷拳。我看好好問你，你也不肯實說。來吧！」把手一伸道：「我先把你廢了再說！

好好問你，你不會實招。」突然站起來，伸出兩個手指頭，就要點假啞巴的要穴，並道：「廢了你，也算成全你，省得你充好漢，為非作歹。」太極陳的手指竟向楊露蟬乳下「丘墟穴」伸來。

楊露蟬嚇得逃無處逃，避無處避，不禁失聲痛哭，連連叩頭道：「師傅，師傅，你老人家饒命，我我我實說呀！」

太極陳冷笑道：「你還是怕死麼？說，快說！」

楊露蟬既窘且懼，不禁失聲哭訴道：「師傅，我實實在在不是綠林，也不是匪類，更不是哪一派的叛徒，我是廣平府的世家，老師只管派人去打聽我。」

太極陳怒道：「你還支吾？」

楊露蟬窘得以頭叩地，吃吃的哀告道：「師傅，我說，我說。師傅，我說什麼呢？我實在沒安壞心！你老不肯饒恕我，實怪我不該假扮偷拳。但是老師，這三四年我在師門，竭誠盡意，服侍你老，我一點壞心沒有。師傅，你老身在病中，弟子晝夜服侍過你老；歹人放火，弟子又捨命背救過你老人家……」

耿永豐唾罵道：「你胡說，這把火不是你主使人出來放的麼？你這是故意的沽恩市惠！」

楊露蟬忙道：「師兄，你老別這麼想。那火實是蔡二支使人放的。師傅請想，你老的仇人怎麼會無故死在亂葬崗？你老是聖明人，你老想想啊！」又回顧方子壽道：「四師兄，你老快給我講講情吧。師傅，那匿名投信，替四師兄洗冤，也是弟子做的。你老請念一念弟子這番苦心，恕過弟子偷拳之罪吧！四師兄，四師兄，那年下著雨，半夜裡敲窗戶，給你老送信的，就是我呀！四師兄，你老得救我呀！」

假啞巴楊露蟬跪伏地上，縮成一團，斷斷續續說出這些話來。太極陳不禁停手，啞然歸座，回頭來看方子壽。方子壽也和太極陳一樣，睜著詫異的眼，看定楊露蟬，不覺各自思索起來。

太極陳暗自想：「據他說，匿名投書，喝破刁娼的陰謀，救了方子壽，洗去太極門的污名便是他做的……我在病中，他盡心服役，他果存歹心，那時害我卻易。那火決計不是他放的……放火的蔡二竟無故殺身，橫屍郊外，聽口氣，這又是他做的，而且也很像……他在我家中，勤勤懇懇，原來是為偷拳？他竟下這大苦心，冒這大危險！他這麼矮小的一個人，骨格單單細細的，瞧不出他竟會有這麼大『橫勁』？……」

想到這裡，低頭又看了看啞巴。只見他含悲跪訴，滿面驚懼之容，可是相貌清秀，氣度很是不俗。

「我原本憐惜他，只可惜他是啞巴罷了。三年裝啞，談何容易？他如果不挾惡意，倒是個堅苦卓絕的漢子……」

陳門眾弟子也人人駭異，一齊注視這假啞巴。客廳中一時陷於沉默，好久好久，無人出聲。

到底是方子壽衝破了寂靜，低聲叫道：「師傅！」

太極陳只回頭看了看，二目瞠視，兀自無言。

大弟子傅劍南聽話知音，已經猜出大概，湊過來，仔細端詳楊露蟬的體貌。見他通鼻瘦頰，朗目疏眉，骨格雖然瘦挺，面目頗含英氣。這個人在師門裝啞巴三年之久，難為他怎麼檢點來，竟會一點破綻不露嗎？

（其實破綻不是沒有，無非人不留神罷了。一來事隔四五年，他才重回陳家溝。二來他改容易貌，不但衣敝面垢，甚至把自己一雙入鬢的長眉也拔禿了，並且眼睫下垂，故作迷離之狀。他乍來時，本是劍眉秀目的富家公子；重來時，變成禿眉垢面的啞丐了。因此不但太極陳、方子壽都被瞞過，連長工老黃等也全沒看出來。他自己提心吊膽，白晝裝啞巴已非易事，最怕夜間說夢話。）

傳劍南想：據他自述，是冀南世家，看他的舉止氣派，倒不像江湖匪類。但是他一個富家子，竟能下這大苦功嗎？傳劍南不禁搖了搖頭，才要開言，方子壽在那邊忍耐不住，又低叫了聲：「師傅！」

太極陳道：「唔！什麼？」

方子壽用手一指道：「這個路四說——不，這個姓楊的說，弟子當年那場官司，那封信是他投的。」

太極陳道：「怎麼樣？」

方子壽遲疑道：「剛才他說的放火救火那一檔事，已經過去了，隨便他怎麼說，這話無憑無據，一點也對證不出來。唯有那封匿名信是怎麼投的，是什麼辭句，那可是有來歷的，不是局中人，斷不能捏造……」說著看了看太極陳，就接著說：「弟子看，莫如就從這一點盤問盤問他。只要他說的對，證明那封匿名信是他投的，他總算對咱們師徒盡過心，沒有惡意；我求師傅斟酌著，從寬發落他。」

耿永豐也插言道：「匿名信的筆跡也可以比對。」

太極陳不語，臉上的神氣是個默許的意思。方子壽便過來發問。

傳劍南道：「四弟，你說的什麼匿名信？」

方子壽就把自己遭誣涉訟，承師傅搭救，雖然出獄，卻是謠言誣人太甚等話，對劍南說了；又道：「多虧師傅收到一封匿名信，才揭破了仇人的奸謀，把真兇抓住……」說時眼看著楊露蟬，問道：「那封信是你寄給師傅的嗎？」

楊露蟬忙答道：「四師兄，那封信是我寫給你老，送到你老府上的，不是給師傅的。你老忘了？那天晚上濛濛淅淅的下著小雨，是我隔著窗戶，把信給你老投到窗台上。你老那時候，不是先喝了一回酒，就同嫂嫂睡了。我跟你老說過話，你老不是還追我來著？」

方子壽不禁失聲道：「哦！」這話一點不差。

太極陳眼望方子壽，方子壽點點頭，復向楊露蟬問道：「姓楊的，你下這麼大苦心，到師傅門下，究竟存著什麼意思，這先不論。你說那封匿名信是你寫的，你就說吧。只要把投信的情形，前前後後，說得一點不錯，信上寫的都是什麼話，那些話你怎麼得來的，只要你說得全對，那就是你懷著善意來的，我就向師傅給你講情。」

楊露蟬悽悽的低聲說道：「弟子實是懷著善意來的。四師兄那檔事，實在弟子費了好些日子的工夫，才訪出來的。我知道老師和師兄都為這事冤枉官司，鬧得悶悶不樂。弟子幸經訪出原委，當時本想借此微勞，當面稟告，或者老師就能慨然收錄我。但是思來想去，覺得還是暗中效勞的好；這才匿名投書，給四師兄寫信。那信上的辭句，弟子現在還默記得出來。那信一共是兩頁，白紙八行書，紅箋信封。」說著伸手道：「四師兄，你老給我紙筆，我默給你老看。」

耿永豐問道：「那件事，你又怎麼訪出來的呢？有什麼用意呢？」

楊露蟬悽然長嘆，面向太極陳及耿、方二弟子說：「老師，師兄！弟子自幼因病習武，跟師傅劉立功劉老鏢頭，學了四年，只學會了一套長拳。那時，劉武師說弟子骨骼單弱，練硬工夫，不能出色，要想成名，還是學內家拳。

「他老人家對我說，唯有老師這太極門的拳術，可以濟我之短，展我之長。他老人家聲誇太極拳的好處，但是老師不輕收徒，劉武師也知道的，特別告誡弟子，『要學驚人藝，須下苦功夫』。神誠感格，也許能打動老師。弟子這才下了決心，從故鄉來到河南，專程投拜老師門下。不想弟子年少無知，方到陳家溝，就因多管閒事，和四師兄起了一場誤會。等到登門獻贄，老師果然拒收弟子。

「弟子無奈，想到『要學驚人藝，須下苦功夫』的話，就逗留在陳家溝，打算每天在街上等候，只要老師一出門，我就趕上去問好，叩求收錄。只想天長日久，老師鑒及這份苦心，也許一笑收錄。哪知弄巧成拙，日子一長，反惹起老師的疑心，以為弟子居心叵測，要拿弟子當宵小辦。弟子彼時年少氣盛，忍耐不得，才鬧個拂袖告絕……」

太極陳「唔」了一聲。楊露蟬嚇了一跳，忙抬頭看了看太極陳的面色，接著說道：「但是，弟子是下了決心來的，立誓非入陳門，不學得絕藝不還鄉。弟子在家鄉臨啟程時，親友們曾經設筵歡送，預祝成功。弟子把話說滿了，這一下子被拒出河南，弟子可就無顏回轉故鄉了。」說到這裡，不禁嗚咽有聲，淚數行下，道：「弟子家本富有，到了這時，竟落得有家難歸，便在外飄流起來了……」

傅劍南道：「那麼，你就入了江湖道了，是不是？」

楊露蟬拭淚抬頭道：「師兄，弟子不是沒名沒姓的人家，哪裡會幹那個？我在各處飄流，我仍是東一個，西一頭，投訪名師。江北、河南一帶，凡是有名望的武師，弟子都挨門拜訪。也和老師門前一樣，只要打聽這一派的拳術好，我的體質可以勉強學得，我就去投贄拜師。」又嘆息道：「可惜的是，弟子白白耗費去了四五年的功夫，慕名投師多處，到後來竟發覺這些名武師不是有名無實，虛相標榜，就是恃強凌人，跡近匪類。再不然，就拿技藝當生意做，有本領不肯輕傳人。弟子於其間，吃虧、上當、遭凌辱、受打擊，不一而足……」

這末後一句話，又有點擊到太極陳的短處。方子壽等不由轉頭來，看太極陳的神色。楊露蟬也省悟過來，不由又變了顏色。

誰想太極陳滿不介意，只痴然傾聽，捻鬚說道：「你說呀！這四五年，你都投到誰那裡？學了些什麼？為什麼又轉回來呢？」

於是楊露蟬接著細說這四年來的訪師遭遇。

第十八章　誤入旁門

當那日負氣離開陳家溝時，楊露蟬本沒懷著好意，他定要別訪名師，學好了絕技，再來找陳清平出氣。一路上逢店打尖，必要向人打聽近處有沒有武林名手。他從懷慶府南遊，走了二百多里地，居然連問著三位武術名師。

一位黃安縣鋪場子的大竿子徐開泰。據說徐開泰一身橫練功夫，有單掌開碑之能。他那一條竿子，縱橫南北，所向無敵，教了三十多年場子，成就了四五十個徒弟。當年有大幫的土匪侵擾黃安，多虧徐師傅一條竿子，十幾個徒弟，竟把二百多個土匪擊潰。自此聞名四外，黃安縣再沒有土匪敢來窺伺。

還有一位姓曾的，住在江南鳳陽府東關，以地堂刀成名。在早年這位曾師傅也是跋涉江湖，挾技浪遊的，不過後來他的兒子、徒弟全闖好了，曾師傅就回家納福。他這地堂刀已傳三世，教出來的徒弟不多，可是成名的不少。據傳他這地堂刀，竟是當代獨門絕傳，沒有別家再會的。此外還訪得一位名師，就是黑龍潭的「先天無極掌」名家鐵掌盧五。

楊露蟬旅途沮喪，不意離開陳家溝，沒得多時，便已訪獲三位名師，心上很覺安慰。自己盤算，依路程之遠近，先去拜訪黃安大竿子徐。誰想到在豫南店中，聽人說得這大竿子徐威名遠震，卻一入鄂北本境，竟沒人說起。

在黃安輾轉訪問，費了半日功夫，才漸漸打聽著，這位徐師傅原來住在鄉間一座小村子內。即至登門拜訪，把楊露蟬的高興打去一多半。

徐師傅這三間茅廬，倍呈荒傖之象，在街門口掛著些木牌，上寫「七代祖傳氣功」、「秘傳神效七厘散」，又一塊牌是「虎骨膏大竿子為記」。

一看這幾方木牌，楊露蟬不禁爽然若失。猶記得劉立功老鏢師對楊露蟬說過，巾、皮、彩、掛，為四大江湖。這種賣野藥的拳師多半是生意經，決非武林正宗。（巾是算卦，皮是相面，彩是戲法，掛是賣藝的。）

楊露蟬遠遠的撲奔了來，哪想到傳言誤人如此！悵立門前，躊躇良久，自己安慰自己道：「也不見得這位徐師傅準是江湖生意。人不可以窮富論，古來就有奇才醫隱，賣藥的也許有能手。」存著一分僥倖的心，楊露蟬只得登門投帖。

晉見之後，接談之下，楊露蟬越發失望。這個大竿子徐十足的江湖氣，和當年劉立功老師傅所說：當街賣拳的「掛子行」，練武賣膏藥的「賣張飛」，以及使「青子圖」賣金創藥，當場割大腿，見血試藥的江湖人，活活做個影子。

但是竿子徐卻十分慇懃，毫不像太極陳那樣傲慢。聽楊露蟬自明己志，求學絕招，竿子徐很誇獎了一陣，許為少年有志，將來定能替南北派武林一道出色爭光；又誇獎楊露蟬有眼力，能投到他這裡來。當時許下露蟬多則五年，少則三年，定教露蟬得到真本領。又表明他不為得利，不為傳名，並不要楊露蟬的束脩贄敬。

「相好的，我若要你半文錢，我算不是人！」

楊露蟬到底年輕臉熱，既知誤入旁門，竟不能設詞告退，又教竿子徐的慷慨大話一逼，行不自主的掏出二十兩銀子來，口不應心的說出拜師請業的話來。

竿子徐十分豪爽，並不謙讓，把贄敬全收下，說道：「這個，我在下倒不指著授徒餬口。這幾兩銀子，我先給你存著，就作為你的飯費吧。」

楊露蟬行違己願的拜了師，開始學藝。他想：在店中既聽人說得那麼神奇，這位竿子徐至不濟也得有兩手本領。

等到練了沒有兩個月，名武師的真形畢露了。他既沒有精心專擅的絕技，也沒有獨門秘傳的良藥。他那追風膏全是從藥店整料買來的，自己糊膏藥背子，印上「竿子徐」的戳記，就算獨門秘製了。他的七厘散、金創藥，也不過如此。至於武功，更是矇外行，全仗他有幾斤笨力氣罷了。單掌開碑的話，竟不知是誰造的謠言。他倒會劈磚，砸石頭塊兒，也只是用巧勁，使手法，用來炫惑市井，好比變戲法一樣。

然而他武功雖弱，擠錢的本領卻在行。口說不要束脩，可是花銷比學費更大。今天該打一把單刀，明天該買一袋鐵沙；後天你該吃什麼藥，補內氣，大後天你該洗什麼藥，壯筋骨；至於吃飯下館子、請客做壽，有事弟子服其勞，有錢先生花其半，變著法子教楊露蟬破費。雖然僅僅兩個月，把楊露蟬的川資榨去了七十多兩。露蟬一想不好，收拾收拾，這才不辭而別，避難似的出了鄂境。

楊露蟬一怒私奔，且愧且恨，一時惱起來，竟要回廣平府，從此務農，絕口不提武術。但，這只是一轉念而已。在路上走了幾天，氣平了，還是要爭這口氣。這一日過擺渡，又和腳行拌起嘴來。

車船腳行向來慣欺單身客，兩個腳行竟和楊露蟬由對罵而相打，明明欺他孤行客，年少瘦弱。頭一個腳行被楊露蟬施展長拳，佔了上風。第二個腳夫就喊罵著上前幫打，也被露蟬踢倒一邊。兩個腳夫吃了虧，立刻爬起來，招呼來七八個腳夫，把露蟬打了一頓。

楊露蟬吃了虧，增了閱歷，咬牙發狠道：「我一定要練好了武功！但是我不冒昧獻贄了，我必須訪明教師的底細。」於是他又走旱路，到了黑龍潭。

那黑龍潭的「先天無極拳」名家鐵掌盧五，身負絕技，確有威名，在當地有口皆碑。楊露蟬確訪得一無可疑了，便登門獻贄。他未肯魯莽，先去求見。不想連訪兩趟，始見一面；而一言不合，又遭了拒絕！

鐵掌盧五先問露蟬的來意和來歷。「是哪裡人？從哪裡來的？」又問：「為何要立志學武？聽誰說才投訪愚下的？」

楊露蟬不合實說實話，無意中只透露出說：「從陳家溝子來。」

鐵掌盧五登時起了疑心，又道是太極陳打發人來竊招了。盧五是個陰柔的人，不像太極陳那麼明白拒人，當時只泛談閒話，不置可否。

等到楊露蟬下次求見，盧五竟不出來，由他的門徒代傳師意：「家師現有急事，昨天已經起五更走了。」造出理由來，說明此去歸期無定，三年五載都很難說。又道：「家師一走，這裡場子，到月底就收了。」

楊露蟬猶疑不信，暗向店家打聽。店家竟說：「不錯，盧五爺前天託我們給他雇車了。」這店家不等細問，便說到盧五師傅此次遠行，歸期無定，和盧氏門徒說法竟一樣。

露蟬無奈，只可重登盧門，先述明自己殫心習武，志訪名師的心願，次後說到自己下半年要再來登門。告辭歸店，悶住了幾天，問起店家，近處可還有著名的武師沒有。店家說：「有！河南懷慶府的太極陳，他的內家拳打遍中原無敵手。楊爺既愛好武功，很可以投奔他去。」倒把露蟬支回來了。（卻不知店家這番話詞，乃是盧五授意！）

楊露蟬只得重上征途，一路尋訪，不久折到鳳陽。在鳳陽住了兩天，仔細打聽那個東關有名的武師地堂曾。

這一回居然未教他失望，東關果然有這麼一個人，姓曾名大業，果然以地堂刀得名，手下有好幾十個徒弟。這鳳陽一帶，提起了曾氏師徒來，全有些皺眉頭，那情形很是令人敬畏。露蟬想：這人許是名副其實，真是有驚人的本領，要不然，何至令人如此畏服？至於說話的人們口氣之間，似乎稍透出曾武師恃強凌人的意思，那也無怪其然。英雄好漢慣打不平，自然市井間聞名喪膽，望風斂跡的了。

楊露蟬遂沐浴更衣，持弟子禮，登門求見地堂曾。

這位曾武師卻闊氣，住著一所大宅子，客堂中鋪設富麗，出來進去盡是人。曾大業武師年在五十以上，兩道長眉，一雙虎目，紫黑的面皮油油放光，氣象很精強，比起太極陳不相上下，只身量略矮而胖。

曾老師接見訪藝的後生時，在身旁侍立著如狼似虎的幾個弟子，全是短衫綢褲花裹腿沙鞋，一望而知是有飯吃的好武少年，露蟬這時候卻穿著一身粗布衣裳，神形憔悴，面色本白，卻經風塵跋涉，變得黑瘦了；身量又本矮小，跟這些趾高氣揚的壯士一比，未免相形見絀，自慚形穢。

曾武師手團一對鐵珠，豁朗朗的響著，先盯了露蟬兩眼，隨後就仰著臉問道：「楊兄到這邊來，可是身上短了盤費？」

楊露蟬恭敬回答道：「不是。」遂說出慕名拜師的意思。

曾老師聽了，臉上露出詫異的神色來，向徒弟們瞥了一眼。露蟬忙又將自己的志誠表白一番，如何的奔波千里，如何志訪名師，如何遠慕英名，才來謁誠獻贄，仔仔細細，說了一遍。

曾大業道：「噢！」又把露蟬上下打量幾遍，半晌，搖了搖頭，說是他這地堂刀的功夫，不是任何人就能練的，若能夠練的，不下十年八年的功夫，也決練不出好來。可是當真練成了，卻敢說句大話，打遍江湖無敵手！

「足下你可有這樣的決心嗎？你可有這麼長久的閒工夫嗎？」

楊露蟬高興極了，這老師的氣派與竿子徐的截然不同，果然名不虛傳，立刻表明決心，懇求收錄。

「莫說十年八年，多少年都成。」

曾大業還是面有難色，又提出一個難題，是「窮文富武」。

「這學習絕藝不是冒一股熱氣的事，你就有決心，你家裡可供得起嗎？」

楊露蟬連忙說：「供給得起。」

於是曾老師又盤問露蟬的家世、家私。好不容易得遇名師，楊露蟬格外心悅誠服，哪敢有半字虛言，忙把自己的身世家境，幾頃地、幾所房、幾處買賣，都如實說了。

曾老師這才意似稍動，向露蟬說出了許多教誡。總而言之，要有耐性，肯服勞，捨得花錢，才能學得會絕藝。這與劉立功老師的話根本相符，可見名師所見略同。

最後曾武師又輕描淡寫，說明每年的束脩六十兩銀子，每月另外有三兩銀子的飯費。因為曾氏門下，眾弟子在學藝時，照例不准在外亂跑，免得心不專。這又是武師傳藝應有的誡條，露蟬連忙答應了。此外三節兩壽，那是不拘數的，全在弟子各盡其心；可是最少的也得每節十二兩。總之，凡是師門規諭，曾武師一一說出，楊露蟬無不謹諾。旋即擇吉日，行了拜師之禮，又與同門相見。

直到入手一練功夫，露蟬可就心中覺得古怪！曾師傅教給站的架式，滿與當初劉立功老鏢師所授的一般。

露蟬略微的表示自己從前練過這個，曾師傅就怫然不悅。同門們立刻告誡他，凡入師門，就得把從前學過的全當忘了才行。

楊露蟬深愧自己輕躁，不敢多言，照樣的從師重練。師傅教什麼練什麼，只好不管學過與否，哪知曾師傅雖對新生，也並不天天下場子親授。一晃十天，只見老師下過兩次場子。

別的師兄師弟們，都是由大師兄代教；獨獨自己，只有一味死練那一個架式，每天把自己四肢累得生疼，還是比葫蘆畫瓢，刻板文章。師傅既不常下場開教，師兄們也都卑視他，把這新進的師弟當了奴僕傭工。住在老師府上，除了灑掃武場，擦拭兵刃，做晚生下輩當作的苦工以外，整天仍得要忙著給這些師兄釘鞋去，給那位師兄買白糖去。輪到自己練功夫了，明是站的架式對了，這個師兄過來，說是腿往左偏了，照迎面骨上一掌；那位師兄又把頸子一拍，說是沒有挺勁了。偏偏這些師兄們個個虎背熊腰，個個是本鄉本土，只露蟬一人是外鄉人，又生得瘦小。於是師兄們贈給他個外號——「楊瘦猴子」、「小侉種」。

楊露蟬為學絕藝，低頭忍受；未及三月，把個楊露蟬挫折得真成瘦猴了。楊露蟬生有異秉，常能堅忍自覺，雖然形銷骨立，卻仍懷著滿腔熱望。只要學成絕藝，到底不虛此行，什麼苦他都肯受得。

到後來他也學乖了，一味低聲下氣，到底不能買得師門的歡心，他就私自掏出錢來，給師兄們買點孝敬，請吃點心。果然錢能通神，漸漸的不再受意外的凌辱了。半年後，內中一二師兄也有喜歡他謹愿的，倒同他做了朋友。

但是，楊露蟬雖得在師門相安，反而漸漸有些灰心起來。這半年光景，只承師傅教了半趟「通臂拳」，尚不算失望。只是在鳳陽羈留日久，慢慢的看出曾師傅師徒的行徑來。

這曾大業就算不上惡霸二字，可是恃強橫行，欺壓良懦之跡，卻實免不掉。並聽說曾老師排場闊綽，斷不是單指著教徒為活，他另有生財之道。在東關外開著四家寶局，都靠著曾老師的胳膊根托著；此外還辦著幾種經紀牙行，這班徒弟彷彿就是他的打手。而且光陰荏苒，這半年來，歷時不為不久，竟始終還沒看見曾大業露過他那一手得意的「地堂掌」和「地堂刀」，偶而師兄們也練過一招兩腿，在露蟬看來，平平而已，並不見得精奇絕妙。

也是機緣湊巧，楊露蟬合該成為一代武術名家。他的天才竟以一樁事故，才不致被這些江湖上的流氓消磨了。

有一日，這曾老師門前，突然來了一個對頭，指名拜訪，要會一會地堂刀名家曾大業。曾大業及其二子恣睢、無忌，無意中竟激怒了山東省一位地堂拳專家，特地從兗州府趕到鳳陽來登門相訪，要領教曾大業這套「打遍江湖無敵手」的地堂刀。

第十九章　地拳折脛

此人一到，名師跌腳。

曾大業或者是一時大意慣了，並且南北派會這地堂招的人也實不多見，而他自己少壯時候，本曾下過苦功。曾大業近十年沒遇過敵手，接見這不速之客，起初還當他是江湖上淪落的人，來求幫襯的。

曾大業為人雖操業不正，對武林同道卻常常幫襯。及至一見面，這人不過是四十多歲的山東侉子，藍粗布襖褲，左大襟，白骨扣鈕，粗布襪子，大洒鞋，怪模怪樣，怯聲怯氣，滿嘴絡腮短鬍，一對蟹眼，可以說其貌不揚，但體格卻見得堅實，雙手青筋暴露。曾大業照樣令弟子侍立兩旁，方才接見來賓，叩問姓名、來意。

來人突如其來的就說道：「以武會友，特來登門求教。」家鄉住處，姓名來歷，一字不說，只催著下場子。

曾大業還沒答話，徒弟們哪裡禁得來人這麼強直，鬨然狂笑，立刻揎拳捋袖，要動手打人家。這人回身就走，問場子在哪裡？

曾大業冷笑，問來人用雙刀還是用單刀？山東侉子漫不注意的說：「全好。」

曾大業甩去長衫，紮綁俐落，吩咐弟子把他慣用的青龍雙刀拿來。山東侉子就從兵器架上抽取兩把刀，卻非一對，一長一短，一重一輕。

曾大業未嘗不知來者不善，善者不來，但是群弟子既然鬨起來了，也不能再氣餒；又兼近數十年來，一帆風順，實際更不能含糊。起初他還要設法子試探來人的來頭，但見這個山東侉子竟取了差樣的兩把刀，這豈不是大外行嗎？登時把懸著的心放下，口頭上仍得客氣幾句，說道：「在下年老，功夫生疏了，朋友既肯指教，你遠來是客，我曾大業是朋友，絕不能欺生。朋友，你另換一對刀吧。這邊兵器架上，雙刀就有好幾鞘。」

山東侉子道：「曾師傅，你放心，俺大老遠的來了，不容易，你就不用替我擔憂。我當初怎麼學來的，就怎麼練。我倒不在乎傢伙一樣不一樣，不一樣也能宰人，你信不信？可是的，曾師傅，你這就要動手，也不交代交代後事嗎？」

曾大業怒罵道：「什麼人物！姓曾的拿朋友待你，你怎麼張口不遜！教你嘗嘗！」雙刀一分，隨手亮式，「雙龍入海」，刀隨身走，身到刀到，雙刀往外一砍。

這不速之客只微微把身一轉，已經閃開，冷笑道：「你就是萬矮子那點本事，就敢橫行霸道，藐視天下人？」

曾大業怒極，他年逾五旬，看似人老，刀法不老，立刻一個「梅花落地」，雙刀盤旋舞動，倏然肩頭著地，往下一倒，腕、胯、肘、膝、肩，五處著地用力，身軀隨刀鋒旋轉起來，在地上捲起了一片刀光。那山東侉子看著人怯，功夫卻也不怯，一聲長笑，隨即一個「懶驢打滾」，身躺刀飛，差樣的雙刀也展開地堂刀法。平沙細鋪的把式場，經這兩位地堂專家的一滾一翻，登時浮塵飛起，滾得兩個人都成了黃沙人了。

弟子們打圍看著，紛紛指論：

「好大膽，哪裡冒出來的！」

「許是有仇。」

「踢場子逞能的！」

「哼，哼，你瞧，還是師傅行！」

「這小子好大口氣！找不了便宜去。」

「別說話，瞧著，喝，好險！」

「喂，差一點！」

「嚇，大師兄，咱們怎麼著呢！」

「看著！」

「把兵刃預備在手裡吧！」

唯有楊露蟬處於其間，一聲不響，注目觀招。以他那種身分，究竟看不出功夫的高低來。但到兩方面把身法展開之後，這個轆轤過來，那個轆轤過去，優劣雖不辨，遲速卻很看得明白。

一起初，見得是曾師傅旋轉得最為迅快，渾身就好像圓球似的，盤旋騰折，氣力瀰漫，那個山東侉子顯見不如。但是看過良久，漸漸的辨出深淺來了。那侉子一開頭好像慢，卻是一招比一招緊，不拘腕胯肘膝肩那一部分，他僅僅一沾地，立時就騰起來，直像身不沾地似的，輕靈飄忽，毫不費力，當得起輕如葉捲，迅似風飄。那曾大業可是翻來覆去，上下盤總有半邊身子著地，身形儘自迅快，卻半身離不開地。

曾門弟子也似乎看出不好來了：「大師兄，咱們怎麼著？你瞧瞧，你瞧瞧！」

二十幾招過去，曾大業一個「蜉蝣戲水」，展刀鋒照敵人一削，旋往旁一撤身，那山東侉子「金鯉穿波」，刀光閃處，嗆啷一聲嘯響，懸空突飛起一把刀片。

就在同時，聽「哎喲」一聲慘呼，不覺得眼花一亂，忽地竄起一人，正是那山東侉子，渾身是土，雙刀在握。一汪熱血橫濺出來，曾大業的雙刀全失，身子挺在血泊裡。群徒嘩然一陣驚喊著。

山東侉子一聲冷笑道：「打遍江湖無敵手的地堂刀名家原來這樣，我領教過了！姓曾的，你養好傷，只管找我去。我姓石名叫光恒，家住在山東府南關外石家崗子；我等你五年。我還告訴你一句話，種德堂的房契不是白訛的，是五年以後，三分行息，拿老小子一條狗腿換來的。你明白了嗎？我限你三天以內把人家的房契退回去；若要不然，要找尋你的還有人哩。再見吧，對不起！這兩把刀一長一短，我還對付著能使，還給你吧！」拍的將那一對刀丟在地上，拍拍身上的土，轉身就走。

當曾大業失刀負傷時，大師兄和曾大業的兩個侄兒，搶先奔過去扶救，卻是一挨身，齊聲叫喊起來。

曾大業不是被扎傷一刀，曾大業的一條右腿已活教敵人卸下來了，只連著一點，鮮血噴流滿地。

這群徒弟驚慌失措，忽然憬悟過來，一齊的奔兵器架，抄傢伙，嚷著道：「好小子，行完兇還想走？截住他！」

山東侉子橫身一轉，伸左手探入左大襟襟底，回頭張了一眼，呸的吐了一口道：「你們真不要臉嗎？練武的沒見過你們這夥不要臉的，你們哪一個過來？」握拳立住，傲然的嗔目四顧。

曾大業此時切齒忍痛，努力的迸出幾個字道：「朋友！你請吧！你們不要攔……你們快把老大、老二招呼過來！」底下的話沒說出來，人已疼昏過去。山東侉子竟飄然出門而去。

徒弟們駭愕萬分，有那機警的忙綴出去。只見那山東侉子到了外面，往街南北，巷東西一望，忽然引吭一呼，侉聲侉氣唱了幾句戲文。登時從曾宅對面小巷鑽出來幾個人，從曾宅房後鑽出來幾個人，從附近一個小茶館也鑽出來幾個人，都跟著那個侉子，順大街往北走了。

曾大業的兩個兒子，當日被尋回來，忙著給父親治傷，訪仇人，切齒大罵。這其間楊露蟬心中另有一種難過，可是在難過中又有點自幸，自幸身入歧途，迷途未遠。於是挨過了兩天，楊露蟬又飄然的離開了鳳陽。

但是，楊露蟬忽然懊悔起來。自己一心要訪名師，既看出曾大業盛名之下，其實難符，這一個山東侉子分明對地堂招有精深的功夫，自己為什麼只顧驚愕懊喪，倒輕輕放過這位名師，不立即追尋他去呢？一想到這一點，已經後悔難挽。

他離開鳳陽，脫出曾門，既是不辭而別的，現在也不好返回鳳陽了。好在那個山東侉子叫勁時，曾留下了姓名地址。楊露蟬想：「我莫如一逕下山東，找這位石武師去。」

楊露蟬又大意了，石光恒武師是曾大業的對頭，他豈肯收錄對頭的徒弟？知道安著什麼心？楊露蟬心無二用，一直撲奔兗州去，到石家崗子訪問時，此地確有其人，石光恒說的並非假話，但是石光恒並沒有回來。

楊露蟬為慎重計，暗向當地人打聽石光恒的武功、行業、品行，果然是地堂刀名家，只是在家時少，外出時多。楊露蟬在兗州候了一個多月，石光恒仍未回來。更向知根底的探聽，才曉得石光恒是鳳陽種德堂尤家聘請了去的，恐怕一年半載未必回家。大約此時仍未離開鳳陽，還在暗中監視著曾家父子。

奔波千里，撲空失望，楊露蟬十分掃興。此地離家轉近，不由頹然轉念，又打算從此丟開手，將借武術成名的念頭歇了，老實回家務農也罷。

楊露蟬此念一起，決上歸途。由山東往冀南走，路途已近。但他意懶心灰，走起路來，不按程站，只信步慢慢的走。

行到東昌府地界，天降驟雨。時在午後，天光尚早，前頭有一座村莊。楊露蟬健步投奔過去，打聽此地名叫祁家場，並無店房，只有一家小飯鋪可以借宿，楊露蟬急急尋過去。

飯鋪前支著弔塔，靠門放著長桌長凳，鋪面房的門口，正站著一個年輕的堂倌，腰繫藍圍裙，肩捲白抹布，倚門望雨，意很清閒無聊。楊露蟬闖進鋪內，渾身早已濕透了。

小飯鋪內沒有什麼飯客，櫃檯上僅坐著一個有鬍鬚的人，似是掌櫃，正和一個中年瘦子閒談。

露蟬脫下濕衣來，晾著，要酒要飯，一面吃，一面問他們，這裡可以投宿不？回答說是：「可以的，客人這是從哪裡來的？」

露蟬回答了，阻雨心煩，候著飯來，也站在門前看雨。

那鬍子掌櫃和瘦子仍談著閒話。山東果然多盜，正說的是鄰村鬧土匪的事。掌櫃說：「鄰村大戶劉十頃家，被匪架去人了。頭幾天聽說來了說票的了，張口要六千串準贖。事情不好辦，爺們被綁，還可以贖；這綁去的是劉十頃的第二房媳婦，才二十一歲。劉十頃是有頭有臉的人物，兒媳婦教賊架去半個多月，贖回來也不要了。」

瘦子說：「她娘家可答應嗎？」

掌櫃說：「不答應，要打官司哩。打官司也不行，官面上早有台示，綁了票，只准報官剿拿，不許私自取贖。說是越贖，綁架的案子越多了。」

那瘦子喟然嘆道：「可不是，我們那裡有一個沒出閣的大閨女，剛十七歲，教土匪綁去了。家裡的人嫌丟臉，不敢聲張。女婿家來了信，要退婚。活氣煞人！就像這個閨女自己做不正經事似的，娘婆二家都是一個心思，家裡不是沒錢，誰也不張羅著贖。誰想過了半年，土匪給送回來了。這一來，她娘家更嫌丟人，女婿家到底把婚書退回來了。」

掌櫃說：「聽說這個閨女不是自己吊死了？」

瘦子道：「可不是，挺好的一個閨女，長的別提多俊哩，性情也安靜，竟這麼臊死了……」

楊露蟬在旁聽著，不覺大為恚怒。只聽那瘦子說：「劉十頃的二兒媳婦是出嫁的了，又是在婆家被綁的，總還好些吧？」

掌櫃道：「也許好點。」

瘦子道：「劉十頃家不是還養好些個護院的嗎？進來多少土匪，竟教他們架了人去？」

掌櫃說：「護院的倒不少，七個呢，一個中用的也沒有。土匪來了十幾個，比家中男口還少，可是竟不行，七個護院的乾嚷，沒人敢下手。平常日子，好肉好飯餵著，出了事，全成廢物了。這也怪劉十頃，那一年他要是不把賽金剛宗勝蓀辭了，也許不致有這檔子事。」

楊露蟬聽著留了意，忙問道：「宗勝蓀是幹什麼？」

那掌櫃和瘦子說道：「客人你是外鄉人，當然不曉得。提起這位宗爺，可是了不起的人物。他是給劉十頃護院的教師爺，一身的軟硬功夫。那一年鬧水災，這位宗爺就仗著一手一足之力，你猜怎麼著？兩天一夜的工夫他竟搭救了四五百人，男的、女的、老的、少的都有。這位宗爺不但是個名武師，還是個大俠客哩。要是劉十頃家還有他在，一二十口子土匪，也敢進門哪？早教他趕跑了。」

楊露蟬道：「哦！這個人多大年紀？哪裡人？」

掌櫃道：「這個人年紀不大，才三十幾歲，聽說是直隸省宣化府人。莫怪人家有那種能耐，你就瞧他那身子骨吧，虎背熊腰的，個頭兒又高又壯。」

瘦子道：「要不然，人家怎麼救好幾百人呢。這位宗爺難為他怎麼練來，什麼功夫都會，吃氣、鐵布衫、鐵沙掌、鐵掃帚、單掌開碑，樣樣都摸得上來。那一年，我親眼看見他在場院練武，一塊大石頭，只教他一掌，便劈開了。他會蛤蟆氣，又精通水性；說起來神了，這個人簡直是武門中一個怪傑，在劉十頃家，給他護院，真不亞如長城一樣。誰想侍承不好，人家一跺腳走了。」

這些話鑽入楊露蟬耳朵裡，登時心癢癢的，急忙追問道：「這位宗師傅竟有這麼好的功夫嗎？他現在哪裡？他可收徒弟嗎？」

掌櫃道：「這可說不上來。人家乃是個俠客，講究走南闖北，仗義遊俠，到處為家。他倒是收徒弟；聽說他這次出山，就是奉師命，走遍中原，尋訪有緣人，傳授玄天觀武功的。」

楊露蟬又驚又喜，想不到在此時，在此地，途窮望斷，居然無意中訪出這麼一位能人來。只是住腳不曉得，要投拜他，卻也枉然。正要設法探詢，那瘦子卻接過話來，臉衝掌櫃，閒閒的說道：「你不曉得宗師傅的住處麼？我可曉得。前些日子，聽說這位宗師傅教觀城縣沈大戶家聘請去教徒弟去了。」

露蟬忙問：「這位沈大戶又住在哪裡？」

瘦子扭頭看了看露蟬，道：「怎麼，你這位客人想看看這位奇人嗎？」

露蟬忙道：「不是，我不過閒打聽。」

瘦子道：「那就是了。」回頭來仍對掌櫃說道：「咱們鄰村螺獅屯牛老二，就是這位宗師傅的記名弟子，他一定知道宗師傅的住腳的，大概不在觀城縣裡，就在觀城縣西莊。若說起這位宗師傅，真是天下少有，不愧叫做九牛二虎賽金剛。就說人家那分慷慨，那分本領，實在是個俠客……他的師傅乃是南岳衡山的一位劍俠，名叫云云山人。」對露蟬道：「咱們不說他師傅有多大能耐，就說他那三位師兄吧，你猜都是什麼人？」

露蟬自然不曉得。瘦子瞪著眼說道：「告訴你，他那三位師兄全都不是人！」

露蟬駭然要問，那鬍子掌櫃接聲道：「他那三位師兄，一個是人熊，一個是老猿，一個是蒼鷹，有一人來高……」說著用手一比，又道：「這位宗爺乃是小師弟，他的功夫都是老猿教給他的。你說夠多麼稀奇！」

飯館兩人見露蟬愛聽，便一遞一聲，講出一段駭人聽聞的故事來，把個楊露蟬聽得熱辣辣的。在飯館借宿一宿，次日開晴，忙去訪螺獅屯牛二，向他打聽宗勝蓀；卻極易打聽，牛二一點也不拿捏人，把宗師傅的現時住處，告訴了露蟬。這位奇人現在並未出省，他確已受聘，到觀城沈大戶家，教授兩個女徒去了。

牛二盛稱宗武師的武功，自承是宗武師的記名弟子，跟著又把宗武師的身世藝業，仔仔細細，告訴了楊露蟬。

第二十章　認賊作父

這宗勝蓀武師的身世頗為恢奇，但有的地方頗和楊露蟬相似。宗勝蓀年少時，據說也是一心好武，志訪名師。他從十三歲上，就隻身出門訪藝，遊遍江湖，歷盡艱辛。一日行經南嶽衡山，得逢奇遇。

衡山之陽有一山坳，生產許多茶樹。其時正值新茶應採之時，鄰近村姑少婦結伴成群，到山坳採茶。村姑少婦一面採茶，一面口唱山歌，一唱百和，嬌喉悅耳，宗勝蓀不覺停步看得出神。不料突然間山洪暴發，巨流漫地，登時深逾尋丈。二三百個採茶婦女哭喊奔逃，哪裡來得及？宗勝蓀見義勇為，奮不顧身，竟泅水前往搭救她們。仗他天生神力，把採茶女子，用雙臂一夾兩個，背後又馱一個，登高破浪，一次救三個。只一頓飯時，便救出七十多個。

山洪越來越猛，搭救越來越困難，宗勝蓀一點也不畏難，費了多半天的功夫，居然把二三百個婦女全都背出險地，據說只淹死了兩個，一個是老媼，早被浪頭打沒了；一個是十七八歲的姑娘，至死不肯教男子背負。

這三百來個採茶女子，都給宗勝蓀磕頭，稱他為救命活菩薩。宗勝蓀反倒紅了臉，一溜跑了。信步走下去，當天晚上，宗勝蓀竟迷了途，陷在亂山中。又值月暗無星，大霧瀰漫，只聽得狼嚎狐嘯，風鳴樹吼，恍如置身鬼窟。宗勝蓀卻一點也不怕，昂頭前行。

又走了一程，忽然一步陷空，又像被什麼東西推了下去，骨碌碌的直滾下去，竟墜到山澗下去了。宗勝蓀自思必死，哪知就似騰雲駕霧一般，直墜了一杯茶時，才墜落到底。睜眼一看，別有天地。只見一個長髯道人，和一隻巨猿，站在對面，頭頂上卻飛起一物，炯炯閃著兩點星光。

宗勝蓀十分駭異，上前問路。那道人微微一笑說道：「小居士，救人足樂乎？」

宗勝蓀這才曉得自己因險得福，慌忙跪下，口稱仙師。那道人手捋長鬚道：「小居士，你本該今日此時命喪衡山，只為你小小年紀，做下絕大善事，至誠動人，延壽一紀，並且教你得償夙願，獲遇貧道。貧道要傳給你玄門妙術和武林絕技，為我門戶中放一異采，但不知你的福緣如何，武術道法任聽你選學一種。」

宗勝蓀福至心靈，登時投拜這道人為師，被道人引到一座山洞內。才往裡一走，突然從裡面闖出一隻絕大人熊，把宗勝蓀嚇了一跳。道人說：「宗勝蓀休要害怕，這是你二師兄，給我看守洞府的，他名叫熊靈。」

宗勝蓀這個師傅便是所謂云云山人。云云山人當下指著巨猿說：「這是你大師姊，名叫袁秀，你快來拜見。你莫小瞧她，她雖橫骨插喉，披毛戴爪，卻久通人性，深諳武功。你往後需要她指教。」又一指那個人熊道：「你袁大師姊擅玄門劍術，你這熊二師兄卻會鐵沙掌、金鐘罩。」又一點手，飛進來一隻蒼鷹，道：「這是你三師兄，名喚英凌。他專會輕功飛縱術，又善突擊，有空手入白刃的功夫。」

據說宗勝蓀就在衡山與那云云道人苦修一十二年，學會了一身驚人奇技。他少時本來黃瘦，云云道人又找了一枝黃精，教宗勝蓀服用了，一夜之間軀幹暴長，不啻易骨換形，所以才有現在這麼魁梧的身軀。他藝成之後，奉師命雲遊四海，尋訪有緣人，廣結善緣，普傳絕技，同時還要遊俠仗義，除暴安民……

楊露蟬無意中訪得這位異人，這異人又是以發揚本門武藝為志的，真是說不出的欣喜。既訪明這位高人現在觀城，楊露蟬立刻動身來到觀城。逢人打聽，這沈大戶名叫沈壽齡，是觀城首富。他的老妻八年前已經去世，留下兩個女兒，沒有娘照管。這兩個姑娘一個十八歲，一個十五歲，極得父親的寵愛；天性好武，整日價不拈針走線，反倒弄劍舞刃。沈壽齡自己就好武，這也就無怪其然了。

宗勝蓀的大名既鬨傳一時，沈壽齡與他一度會談，見宗勝蓀雙眸炯炯，三十幾歲的人，世故人情非常透澈。談到武學，又頭頭是道，把個沈壽齡佩服得五體投地，幾乎拿他當神仙看待。遂以每年三百兩為重聘，將宗師傅請來，在內宅後花園，闢了把式場，傳授兩位姑娘拳術，兼管看宅護院。

宗勝蓀卻志在發揚武學，陳宅本供食宿，他仍在本地關帝廟租了兩間房，掛了一個「以武會友」的牌，上寫：「武當派拳師宗勝蓀傳授給蛤蟆功、長拳、鐵掃帚功、鐵布衫、鐵沙掌，以武會友，不收分文。」上午在陳宅教兩個女徒，夜間給陳宅護院，每日下晚沒事出來，便到關帝廟溜溜。

不久宗勝蓀在本街收了些男徒弟，這些男徒都十分欽服他。他不但體格壯偉，又兼吐屬文雅，健談好交，外場本就動人。

又過了些日子，他和城廂廣合店的老闆說投了緣，遂又在廣合店租了一間房，借著店院，另闢了一個把式場。每逢一三五七，他在關帝廟傳藝；二四六八，就在店中授徒。旋又掛了一塊牌，給人治病：「五癆七傷，接骨補血」。不需藥物，專用推拿和氣功，而且照例不要錢。這一來觀城縣就轟動了。

於是志訪絕學的楊露蟬，慕名投了他來。

今日的楊露蟬非比剛出門的楊露蟬了。他曉得武門中矇人的把戲很多，自經大竿子徐、地堂曾兩次上當，他就格外小心，未先投師，先要訪賢。既來到觀城，住店投宿，暗地裡重新打聽這位宗師傅的本領與為人；訪準了，看透了，他才肯獻贄。他以為騙兩個錢不算什麼，只是耽誤了他求藝的光陰，卻是無法挽救的損失；如今白白的已經虛耗去很多的時光，不得不特加慎重了。

楊露蟬住在觀城廣合店內，暗暗訪查宗勝蓀的為人。六七天的功夫，已訪實了這位宗師傅的確不含糊。露蟬本正要登門投刺，不想沒等他去，這個宗勝蓀先找了他來。

這天楊露蟬吃過飯，正在店房中坐著，吃茶琢磨，忽然宗勝蓀推門而入，開口只一句道：「這位楊大哥，你在這店裡住了好幾天，你到底有何貴幹？你真是訪藝的嗎？」

楊露蟬駭然答對不上話來，心中卻想：「我的心思，這位宗師傅怎麼會看出來？」露蟬卻忘了，他連日向店家、向街面上的人，不時打聽宗勝蓀的為人，自然有人告訴了宗勝蓀。

可是宗勝蓀這麼搶先來一問，越發聳動了楊露蟬。楊露蟬於驚喜中，逕直開陳己意，立刻從行囊中取出五十兩銀子，一封紅柬，作為贄敬，拜求宗師傅收錄為徒。所有自己好武的志向和尋師的苦惱，面對名師，自然一字不漏，又全吐露出來。

宗師傅看了看這五十兩銀子，呵呵一笑，道：「且慢！」竟拒而不收，這就與大竿子徐不同。

宗勝蓀先把楊露蟬的來蹤去影，忽東忽西，窮詰了一陣，問完了仰臉想，想完了對臉再問。然後又盤問他的師承，先後共經過幾位師傅，這幾位師傅都是何人何派，把楊露蟬的身世、家業、訪師的志向，一切都問了個極詳極細。宗勝蓀又復沉吟起來，半晌才道：「楊兄，你倒有志氣。我一見面，就知道你的來意，不過我須看看你，我們是否有緣。」

露蟬自然極力哀懇，宗勝蓀暫且不置可否，教露蟬仍住在店裡，聽他的回信。

過了兩天，宗勝蓀重到店中，又問了一些話。到了這時，才把楊露蟬帶到關帝廟，說是：「暫收為記名徒弟。」

露蟬獻上贄敬，磕頭認師。宗勝蓀受他的頭，不收他的錢，說是束脩要等半個月以後再議，但卻引露蟬與同門師兄相見。在關帝廟有七八個少年，全是宗師傅的門徒，露蟬一一稱之為師兄。

露蟬是上過兩回的當了，雖已拜師，暗中仍很小心的考查師傅。師傅卻也暗中考查露蟬，後見露蟬一心習武，並無別意，宗勝蓀這才正式收下他。而楊露蟬也從同門口中，探聽到宗師傅的確是品學兼優的良師，自己心上非常慶幸。

半月後，宗勝蓀正襟危坐，把露蟬喚到面前，對露蟬說起自己的志業。他說，他獲得云云山人的真傳，仗一身本領，到處遊俠，多遇武林名手，走南闖北，闖出一點浮名來。可是他為什麼單跑到觀城這個小地方來呢？宗師傅說：「此地隱遁著一位江湖大俠，叫做青峰丐俠，可惜世人多不認識他的真面目。」

宗勝蓀是為了訪這個能人，才肯在觀城縣流連的。若不然，他早走了，豈肯為沈大戶耽誤自己的遊俠事業？又說：「我宗勝蓀浪跡江湖，歷時十載，總沒訪著一個好徒弟，能傳我的絕技的。我不久就要歸入道門，我打算就這訪俠之便，在此尋求幾個有緣人，把我平生藝業傳留下來，不致我身入道之後，沒人接續我這派的武學。」又說他還有兩年限，就該還山了，他現在收的這幾個徒弟，是各傳一技，至今還沒有尋妥一個足繼薪傳的全材。

宗勝蓀這些話，說得他們這幾個少年個個目炫神搖，人人把這師傅欽若天人。他不是口頭上虛作標榜，有時試演幾招，果然足以震駭世人。更難為他三十幾歲的年紀，竟會這許多武藝。據行家講究，每門武藝說起來都得十年八年功夫，才能學精，宗師傅卻樣樣都行，這好像太離奇一點。但是宗師傅笑著說：「會者不難，難者不會。萬朵桃花一樹生，武功這門一路通，路路皆通。」何況他又不是凡夫俗子。

宗勝蓀對徒弟傳藝，第一不收束脩，第二量才教授。須看學者的天資，夠練什麼，他才教什麼；不准強嬲，不准躐等，不准朝秦暮楚，見異思遷。說出許多戒條，有八不教，七不學，十二不成；講究起來，卻是頭頭是道。楊露蟬私心竊喜，這位老師的話比劉立功鏢頭還強。

宗師傅夜晚住宿在沈宅，凌晨教女徒，直到午飯後，便長袍大褲的到關帝廟或者廣合店來，教這幾個散館的門徒。他把楊露蟬考察了一個月，方才宣佈說：楊露蟬的天資，應該學岳家散手。

楊露蟬求學太極拳，宗師傅微然一笑，說：「你不行。」

宗勝蓀整日的生活是這樣，教女徒兼護院，教散館兼行醫。但是每一月中，他總要請三五天的假，說是出門訪友，大概他還是要找那個青峰丐俠。

青峰丐俠什麼模樣，據說也有人見過，不過是個討飯的花子罷了，但是絕非尋常的花子。有人在荒村野廟中見過他，睡在供桌上，一點也不怕瀆神。忽然外面有放火槍打鳥的，砰的一聲，這乞丐突然一躍，從供桌直竄出來，跑出廟門外，足有兩三丈遠，可見是個江湖異人。

楊露蟬因為家不在此，曾要求師傅准他住館，但是師傅不許。關帝廟本來還有房間，宗師傅賃了兩間，似乎露蟬也可以就近另賃一間，但是師傅又不許，說是：「露蟬你還是住店吧。」

楊露蟬覺得奇異，似乎宗師傅不願他住館似的。但宗師傅的解釋是：「我對徒弟一例看待，你住在這裡，你一個新進，他們要猜疑我偏私的。」露蟬一想，這也對。

楊露蟬就這樣，天天跟宗勝蓀學藝，夜裡住在廣合店，下午到關帝廟來。果然得遇名師，進境很快，比竿子徐、地堂曾截然不同，他的岳家散手居然很有門！

但是一年過去，地面上忽然發生謠言，這謠言有關宗勝蓀和那沈大戶家兩個女徒弟。起初街面上流布風言風語，漸漸在同門中也有人竊竊私議，並且宗勝蓀也似有耳聞。忽一日，宗師傅竟把一個說閒話的粗漢打了個半死，謠言立刻在明面上被壓住。

又過了幾天，宗勝蓀突然搬出沈宅來。街面上謠傳沈壽齡的大小姐不知為什麼，上了一回吊；二小姐也差點吞金；沈壽齡也險些得了癱瘓。

閒話越發散播出來，宗勝蓀卻聲勢咄咄的說：「一日為師，終生為父；就是解去聘約，要削除師生的名分，那是不行的。」因為他這派玄天觀的武學向忌半途而廢，女徒弟好磨打眼的不學了，那不成；不能儘由著家長，也得聽聽做師傅的。一時情形弄得很僵。

外面傳說，宗勝蓀曾向沈宅大興問罪之師；又有的說沈宅給宗勝蓀一千多兩銀子；卻又有人說，到底沈壽齡忍受不住，用了官面的力量，才把宗勝蓀辭去，聘約作廢，勒令搬出行李來。

沈壽齡是本城首富，據說他定要宗勝蓀離開本縣，而宗勝蓀說：「你管不著！」依然在關帝廟住下，依然設帳授徒，依然掛牌行醫，卻是再也沒有女徒了，而男徒也倏然減少。但宗勝蓀意氣自若，抱定宗旨，要發揚他那玄天觀獨有的武學，不屈不撓。

「閒話嗎？隨它去！」

別的男徒弟都是觀城縣本鄉本土的人，彼此互通聲息，耳目甚靈，楊露蟬卻是外鄉人。但同學中也有一兩人跟他交好的，彼此時常閒談，也議論到師門最近這樁事，悄悄的告訴露蟬許多出乎情理以外的話，使他聽了不禁咋舌。但楊露蟬志求絕學，宗師傅確有精妙的武術傳給他，他雖然猶疑，但依然戀棧。他說：「真的嗎？不可能吧！」

如此，就在這風言風語中，又挨過了十天、二十天，宗勝蓀照常在關帝廟設場子，在廣合店掛牆。但廣合店的老闆忽挨了宗勝蓀一個嘴巴，竟致絕交，把店門口的牌子摘了，場子也收了。

宗師傅一怒不再住店，仍在關帝廟照常辦事，並且每月照常要離開三五天，自然是出遊訪俠了。忽有一天，宗師傅出遊訪俠，一去六天沒回來，回來時，滿面風塵之色，意氣消沈，說是病了，再放三天假。楊露蟬覺得古怪。

忽一夜，觀城縣的街道，悄靜得死氣沉沉，只有城守營的巡丁不時在各街巡哨，這也不過是例行公事。只是一到二更過去，東關街一帶，沈壽齡住宅附近，在昏夜之間，忽然來了兩小隊營兵，每隊是十六名，把街口暗暗守住。這與平日查街似無不同，可就是不帶號燈。守兵全用的是鉤鐮槍、鉤竿子等長傢伙。跟著從街隅溜溜失失，躡足無聲，又走來十幾個人影。同時關帝廟前也潛伏著人影。

人影閃閃綽綽，低頭悄語，挨到三更，沈宅前的營兵似有一半移動。關帝廟前的人影越聚越多，有的搬梯子上了房。那關帝廟的火居道人，早被人喚出來問話。有一位長官，騎著馬藏在廟前空場後。關帝廟的山門，悄悄的被人開了，鬼似的一個個人影從四面閃進廟門。只聽昏夜中，發出一個幽咽的聲調，問道：

「差事在屋裡沒有？」

「還在呢！」

「闖！」

忽然孔明燈一閃，兩個短裝人堵牆，兩個短裝人破門而入，吶喊一聲，齊撲奔床頭。床頭高高隆起，似睡著一人；不想奔過去一看，乃是用被褥堆起的人形。當二更天還在屋中睡覺的人，此時不知哪裡去了。馬上的長官大怒。卻不道在沈宅後院，當此時忽然告警！

這些人影慌忙重撲回沈壽齡住宅那邊。

在沈宅西廂，二位小姐的閨房內，本已潛藏著兩個快手，燈昏室暗，潛坐在帳後。沈壽齡本人卻躲在後跨院。

直候到三更，滿想著兩位小姐房中先要告警，卻出乎意外，沈壽齡躲藏的屋內，門楣悠的一響，竄進來一個雄偉大漢，輕如飛絮，撲到屋心。

這大漢摘去幕面的黑巾，張目一沉，看見了沈壽齡，舉手道：「東翁，久違了！」嘻嘻的笑了一聲，走過來，到沈壽齡面前一站，說道：「東翁，這件事兒教我也沒法子。大小姐和我……我們是志同道合，脾氣相投。『千里姻緣一線牽』，『英雄氣短，兒女情長』，這也是緣法，東翁請想開一點，我不是沒有身分的人，絕不會玷辱了你。你不要小覷我，我還不希罕你那一千兩銀子……大小姐今年十八歲，我只不過二十八，這不算不匹配。東翁你無論如何，也要成全我們。我家裡確是沒有妻小，你不要輕信那些謠言，他們都是胡說亂道……」

沈壽齡面現恐懼之色，忙道：「你不要糟蹋我的女兒，你給我走，你你你出去！」

那大漢悄然一笑，又走近一步，道：「東翁，請是由你請，走可隨我便了。東翁你可要看明白，你家大小姐如果要嫁別人……」

沈壽齡往後倒退，大漢滿面笑往前湊。忽然，背後門吱溜的一響，出現一個壯士，青包頭，短打扮，公差模樣，手持鐵尺，是山東名捕鐵胳膊褚起旺。褚起旺冷笑著，挑帘進來，回手關門道：「相好的，你真來了？走吧，這場官司你打了吧！」

那蒙面大漢吃了一驚，回頭一瞥，急急的又一蒙面，抽身要走，哪裡來得及？他的廬山真面目已被人看了個清清楚楚，正是武當名家宗勝蓀！

宗勝蓀張皇四顧，奪門待走，鐵胳膊褚起旺這個名補急橫鐵尺一攔，搶一步，先把沈壽齡護住。宗勝蓀大喜，便搶奔屋門，屋門口忽挺進來一對鉤竿。宗勝蓀一竄閃開，就要踢窗，窗戶卻悠然自啟，探進一個人頭來，是鐵胳膊褚起旺的師弟，也是一個名捕，名叫快手王定求，喝道：「呔，姓宗的，識相點，跟我們走吧！」

宗勝蓀困在屋心，穿著一套貼身短裝夜行衣，竟沒帶兵刃，只腿上插著一把手叉子，他已然真形畢露，索性把蒙面黑巾投在腳下，猛然獰笑道：「原來你們倆位衝咱來的？對不起，我失陪了！」一彎腰，要拔匕首，兩個捕快，兩把鐵尺，斷不給他留空，裡外夾攻，喝一聲，撲過來。

這武當大俠不慌不忙，一閃身躲開攻擊，順手抄起一把椅子，對嚇躲在屋隅的沈壽齡道：「東翁，咱們改日再見，你等著吧！」陡然掄起椅子，照鐵胳膊褚起旺砸去。鐵胳膊左手一接，右手鐵尺抽空敲去。宗勝蓀「巧燕穿林」，從平地一縱身，颼的掠空而起，直往門楣穿越出來。快手王定求急忙大喝一聲道：「相好的，哪裡走？哥們，差事出來了！」

外面登時一陣大哄，各處潛藏的人都閃出來，房上的、地上的、屋前的、屋後的，足足有十多個，將後院出入之路登時把住。褚王二捕立刻追出來。

宗勝蓀傲然不懼，穿窗出室，騰身落地，竟在沈宅後院庭心，施展開三十六路擒拿法，空手奪刀，和褚王二捕鬥起來。

鐵胳膊褚起旺把鐵尺一掄，趕上去，斜肩打去。宗勝蓀一閃，貼刃鋒進身，左手撥鐵尺，右手反剪鐵胳膊的腕子。鐵胳膊一撤招，快手王定求猛上步，從左邊掄鐵尺便打；後面同時又攢來兩桿鉤鐮槍，不聲不響，齊奔宗勝蓀的下三路，鉤搭過來。賽金剛果然有幾手，斜跨一步，避開左手的鐵尺，後面的槍竟已到了。他就一擰身，左手撥槍，一個旋身，反欺到槍手身旁，一個靠山背，撞得槍手仰面栽倒。百忙中得了空，刷的一伏腰，拔出匕首來。

鐵胳膊老褚把牙一咬，罵道：「好東西，膽敢拒捕！伙計們上，格殺物論啊！」二次掄鐵尺，劈面便碰。宗勝蓀往旁一讓，右手匕首一晃，便來到敵人的手腕。鐵胳膊把鐵尺一翻，說聲：「碰！」要砸飛宗勝蓀的匕首，不防宗勝蓀倏一伏身，颼的一個掃堂腿。鐵胳膊下盤功夫差點，險些被這一腿掃倒。

快手王道：「好東西，來吧！」從後面一撲，眼看硬把宗勝蓀抱著，宗勝蓀忽地一矮身猛轉，快手王不知哪裡挨了一下，霍地往後退了數步，晃一晃，咕登，到底跌倒了。一骨碌爬起來，亂喊道：「哥們放箭，放箭，差事可扎手得厲害！」

這時猛聽一個人在房上大喊：「差事在後院哪，你們快上呀！」又一個人接聲喊道：「箭哪，箭哪！」

宗勝蓀百忙中偷看四圍，竟不知來了多少人，房上房下，晃來晃去，全都是人影。宗勝蓀覺著不好，亂箭一發，閉逃皆難。他就突然一閃，躍上牆頭，急忙如飛的逃去。鐵胳膊褚、快手王等大呼追趕。

那宗勝蓀不知有何眷戀，不奔黑影逃命，反向關帝廟奔去；關帝廟卻已有許多人埋伏著。這宗勝蓀一溜煙奔到關帝廟前，忽看出光景不對。迎面孔明燈一亮，一陣呼嘯，伏兵四起，廟內外，房上下俱都藏著人。

宗勝蓀怒罵一聲，跳下房，奪路往黑影無人處逃去。腳程極快，官人竟追趕不上，眨眨眼看不見他的人影了。

官人勞師動眾，竟把要犯失去。褚王二捕追緝下去，其餘官人亂罵，亂嚷，亂抱怨，忙著把關帝廟又搜洗一遍，同時並拘捕與宗勝蓀有交往的人。關帝廟居住的僧俗，和宗勝蓀的徒弟朋友都一網打入，被拘去訊話。一共捉去了十一人；據訊說，宗勝蓀的徒弟跑了六個，內中兩個，一個叫楊露蟬，一個叫杜承賢。這兩人全是外縣的人，觀城縣的人都猜疑這兩人是宗勝蓀的黨羽。而宗勝蓀口中所說的那個青峰丐俠，那個大隱士，當然也是同黨，此時卻已先期被捕。這個丐俠問訊起來，才知不是什麼青峰大俠，實是宗勝蓀的踩盤子小伙計；所以一個月內，總和宗勝蓀見面一兩次，三四次。

這是一件大案，縣衙裡一面審訊被捕的嫌犯，一面緝拿在逃的人；頭一個宗勝蓀，其次便是楊露蟬、杜承賢，還有別的人。

但是楊露蟬逃到哪裡去了呢？他又是怎麼聞耗逃去的呢？這卻多虧了杜承賢，是杜承賢救了楊露蟬。

宗勝蓀傲然自大，形跡不檢，自搬出沈宅，早鬧得滿城風雨，許多門弟子也藉故不下場子了，他卻怡然自若，仍不拿著當事。

那個杜承賢也是外鄉人，素日和露蟬不錯，便找到楊露蟬，兩人暗地議論，俱已覺出宗勝蓀行止離奇，絕非尋常的武師。

宗勝蓀忽又對徒弟說：要出門訪友，將關帝廟寓所的房門倒鎖，逕自飄然出城。杜承賢搖著頭，又來找楊露蟬說：「師傅又走了。外頭的聲氣越鬧越不好聽，人家本地人大半都不來下場子了，咱們倆怎麼樣呢？」

兩人也有心退學，卻又想未走之先，要設法看看師傅的行藏，到底他是什麼樣人，怎麼回事？兩人商好，半夜搭伴出來，悄悄溜向關帝廟。

不想正往前繞著，忽見一條人影直向關帝廟走去，將近廟門，突從暗處竄出十幾個人來，把那人一圍，跟著聽見連聲的喝問和呼答：

「什麼人？是那傢伙嗎？」

「不是那傢伙，是個別人。」

「不是他，放了吧。」

「放不得，把他看起來。」

楊露蟬很納悶，冒冒失失的還想過去看看，卻被杜承賢一把扯住，趕緊退到暗處。旋聽得驚詫聲，詰問聲，辨別聲，顯見是臥底的官人把一個嫌犯捉住了。那個被捉的人嘵嘵抗辯，忽復噤聲，跟著聽音辨影，似有幾個人，把那人押到另一條小巷去了。

楊杜二人相顧駭然。夜深聲靜，側耳細聽，隱隱聽見臥底的人嘰嘰喳喳的還在密語，這二人急忙溜回去。

這是圍捕宗勝蓀前一夜的事。當晚，杜承賢把露蟬引到自己的寓所去，對他說道：「你回不得店了，外頭聲氣太緊。老弟，我告訴你，我聽我二舅說，沈大戶把他告下來了。」

次日夜間，兩個少年潛存戒心，重去窺伺。仗著本身都有些功夫，提氣躡行，仍到關帝廟附近探看。凡是從關帝廟巷前走過的人，都被人綴上；凡是到關帝廟門前叩門的人，都被人捉去。

兩人越發大駭，躲得遠遠的，上了樹，隔著街，往下聽窺。廟前廟後人影幢幢，語聲喁喁，直等到三更過後，突然見一條長大人影疾如星掣的奔來，後面隱隱聞得鼓譟追逐之聲。未等得人到廟前，便伏兵驟起。

那長大的人影怒罵一聲，猛翻身越牆橫逸而去。

宗勝蓀前往沈大戶家嚇詐被逐，他還想回廟起贓，卻被褚王二捕窮綴過急，只得翻城牆逃跑了。

楊露蟬和杜承賢看不清來人的面貌，卻已猜出追捕的情形，料到官人將窮究黨羽，難免涉嫌，兩個人目瞪口呆，悄悄溜回去。嘆息一回，搭著伴，連夜逃離了觀城。

楊杜二人一口氣逃出一百多里路，該著分途了。杜承賢要回家務農，不再練武了，因問楊露蟬有何打算。楊露蟬嘆了一口氣，一言不發，半晌才道：「杜大哥，我謝謝你，多虧你救了我。我今後……咳！」不由得潸然掉下淚來。

兩個人悵悵敘別。楊露蟬灰心喪氣，便往自己的家鄉走。

第廿一章 志傳薪火

楊露蟬生有異稟，打定主意，誓不回頭。這時走到廣平府近處，卻不禁住了腳。悵望故鄉，臨風洒淚，把前情舊事想了一遍，覺得自己流浪四五年，一技無成，重歸故里，「我拿什麼臉，見那勸阻我的人啊？」坐在一個大土堆上，望著廣平城府，睥睨在目，雉堞依稀。他若返回故鄉，還得穿府鄉而過，再走百十里。沉思良久，左右為難；一頓腳，又想起鐵掌盧五師傅：「於今五年闊別，我再去登門，求學他那『先天無極掌』如何呢……」於是楊露蟬一蹶坐起來，重奔直魯豫邊界黑龍潭。

但是還沒到地方，便突然聽見驚人消息：盧五師傅教他一個叛徒連累，已經打了官司，並且負怒嘔血，在獄中生了重病！

楊露蟬愕然，愣了半晌，忽然掉下眼淚來。店中人各個詫異，都道楊露蟬必是盧五的徒弟，乍聞噩耗，失聲落淚，這個人倒有好心。他們哪裡曉得，楊露蟬自恨蹇澀，投師無緣呢？

楊露蟬重打定主意，左思右想，忽然又想到太極陳。太極陳性情冷僻，卻是在武林不得人心，在故鄉頗負清望；人家才是不會騙人的良師，與竿子徐、地堂曾、宗勝蓀的大言欺世，截然不同。

楊露蟬抽身離店，二次南行，拔眉改貌，更衣飾丐，來到陳家溝。他想，陳門嚴扃，料難混入，但能與陳門弟子方子壽之流親近，也許間接獲得薪傳。想不到機緣湊巧，他仿效曹參門客的故智，居然得入陳門為傭。現在三年裝啞，一旦敗跡，偶因喝采，被師窮詰。

楊露蟬於驚悸中慷慨陳辭，細數這八年來的坎坷艱辛，陳門群弟子聽了，無不駭然。再看太極陳，依然沉吟不語，只細細打量楊露蟬的貌相。好久好久的功夫，太極陳把大弟子傳劍南叫到客廳外面，低囑數語。傳劍南點頭默喻，把楊露蟬帶到別院，慢慢的詢問了一通夜。

兩天後，太極陳修書一封，暗遣大弟子傳劍南，到山東曹州府，拜訪老鏢客劉立功；又派三弟子耿永豐，前往廣平府，尋找一個熟人；並派五弟子談永年前往鳳陽府，打聽地堂曾的為人和事蹟。

二十天後，耿永豐先轉回來，具說廣平府確有個楊家莊，楊家莊的首富楊某人早歿，他的兒子名叫楊露蟬，自幼好武，入豫遊學，已經八年未歸了，卻是常通書信，他家的管事也常常按節給他匯錢。楊露蟬家確是世代安善農民。

跟著大弟子傅劍南也從曹州府回來，帶轉老鏢頭劉立功的一封信，證實露蟬確是劉老鏢頭的徒弟，曾於八年前，遵師勸告，入豫投贄；只有偷拳的事，卻是徒弟年輕無知，弄出來的亂子。劉立功對傅劍南很說了些客氣話，自承教徒不嚴，致犯偷招之罪，本當親來負荊，無奈年衰多病，腿腳不靈了。劉鏢頭年已七十，當年的威武消磨殆盡，更展讀來書，措辭也非常謙抑。

「劣徒年輕，冒犯尊嚴，請陳老師從重責打。如憐其年少無知，志慕絕藝，實無惡念，還望推情寬恕。」又說：「此子天才甚佳，如能得學內家拳技，將來造就，未可限量。」

太極陳看罷來信，又等了幾天，五弟子談永年由鳳陽回來，卻是白跑一趟。那個地堂曾早於七八年前死了，門徒星散。有個姓楊的少年在曾門習過藝的話，當地沒人說得上來。

太極陳詳加究論，至此已無可疑。楊露蟬真是個志訪絕藝的鄉農子弟，他並非別派叛徒，也非偷招的賊匪。他竟為了偷學太極拳，不惜屈身為丐為奴，箝舌裝啞。他雖然欺騙了自己，究竟其情可憫，其志可嘉；而且「這小伙子，他竟這麼羨慕我的太極拳，下這大苦心！」好像得了一個晚進知己一樣。

於是太極陳又召集門徒，逐個問他們的意見。有的說：「怪可憐的，打兩下放了吧。」

另有的說：「我太極門威名遠震，竟被這小子欺騙了三年，傳出去太難聽。這該拿來當賊辦，捆送縣衙。」

又有人說：「那倒便宜他了，他不是裝啞巴嗎？師傅簡直就把他點了啞穴，教他假啞巴變成真啞巴！」

眾人嘩然道：「這招真損，可是真對。」

但又有人說：「那太狠了，不是老師應做的。」

太弟子傅劍南排眾議，慨然說道：「武林義氣要緊。既然驚動了劉鏢頭，老師還是留個情面，從寬發落才對。不然，就把他送到他師傅那裡去。」

群徒議論紛紛，可是全都佩服這小伙子的「狠勁」。「難為他怎麼裝來，三年是鬧玩的嗎？」說著齊看太極陳。

太極陳默然，忽又重問大弟子：「劍南，你說呢？」

傳劍南道：「這個人下如此苦心，又不是身世曖昧的宵小，師傅成全成全他，把他放了吧。」

太極陳笑了，又問眾人：「放了他，好嗎？」

群弟子又眾議從同，順著口氣說：「放了吧，怪可憐的。」

太極陳哈哈一笑道：「放了他，我倒沒這麼打算，我打算把他留下！」出乎意外的，太極陳宣佈了一句話：「我要收留他，做第九個徒弟！」

群徒愕然，就有人問道：「真的嗎，老師？」

太極陳道：「我幾時說過笑話？」立刻選擇吉日，令楊露蟬行拜師之禮，而且格外鄭重其事，破例的邀請了懷慶府六七位武林同道，當地幾位紳董摯友，如周龍九等，把這新收的弟子向眾人引見了。耿永豐、談永年等看了，都覺得這實是師門多年來罕見之舉。

太極陳親自拈香行禮，然後命令楊露蟬拜祖師，拜業師，拜師兄，然後宣佈本門戒規。楊露蟬早已更換了衣冠，容采煥然，只有拔去的眉毛仍淡淡的似有如無。

跨在香案前叩頭設誓，終生恪守師門戒條，矢不背叛。

太極陳又向賓客述說這個小徒弟，三年裝啞，艱苦投師的經過。在場的人嘖嘖稱異，不禁齊看楊露蟬，見他瘦小清秀的相貌，都以為奇。

太極陳滿面歡容說道：「我陳清平幸獲本門拳劍槍三種技藝，承武林推重，許為絕技。其實這種太極拳並非多麼玄奧，不過是學的人須備三長，缺一不可。第一要有好的天資，第二要有好的師傅，第三要有好的機緣。只要有這三長，太極門的精義定可獲得。我陳清平忝掌這門拳術，多年來留心物色承繼人才，以期倡大門戶。我已經收了八個弟子，可是備具三長的並不多……」說到這時一頓，眼望傅劍南等說道：「先說這第二件好師傅，我就是一個不會授徒的老師；我自己很知道，我這幾個徒弟也很明白。」

傅劍南忙道：「師傅太謙了。」

太極陳含笑搖頭，接著說：「再說第三件要事，是有好機緣。怎麼叫好機緣？說開了，就是學的人要有長功夫來學。即如劍南吧，你實在是我的好徒弟，我滿指望你多跟我幾年，好鑽求一下，給我昌大門戶，無奈你為衣食所迫，老早的出了師門。你這就是空有好天資，可惜沒有好機緣。窮文富武，可惜你沒錢！」轉頭來，又對耿永豐、方子壽等人說：「你們呢，倒有長功夫，可就是天資差點。學太極門講到天資，倒不一定要怎麼虎背熊腰，頂要緊的倒在乎有沒有悟性，有沒有恆心。悟得來，耐得住，學著才有進步。」

周龍九在旁聽著，點點頭，對身邊一位武師說：「回也聞一知十，這就是好悟性。人而無恆，不可以做巫醫，練拳學文俱是一樣。」

那武師看了周龍九一眼，說道：「可不是？太極門倒不在乎膂力，教一回，練十回，那不就會了麼？」周龍九微微一笑。

太極陳接著說：「所以我這八個弟子不是不堪造就，也不是我秘惜招數，也不是他們不肯向學，這都是天資所限，境遇所累，無可奈何。將來他們幾個人的造詣，究竟怎樣，這全看他們個人了。如今我忽得露蟬這一個徒弟，像他這種百折不撓的魄力，在我們武林中也就很少有；他的悟性，我這兩天很考問他幾回，難為他鎮日操勞，偷偷摸摸，看他們八個師兄練幾手，輕易看不見練整套的，可是他舉一反三，日積月累，居然說起來，大致不差。他的悟性實在不壞，他的恆心呢，更是難得。你看他三年裝啞，談何容易？所以我對他期望很深，不過他入門最晚，算是我最末一個徒弟，我從此就閉門不再收徒了。將來他們九個人，誰能昌大我太極門的拳術，那全在他們自己努力了。現在當著諸位好友，我專語拜託一下。」遂向眾賓一拱到地道：「嗣後還求諸位同仁關照他們，使我太極門的薄能微技，得以附驥武林，我陳清平承情不盡了。」

太極陳的言外餘音，暗示著太極門衣缽，將來怕要後來居上，終須傳給楊露蟬。傳劍南、耿永豐、方子壽、談永年、屈金壽、祝瑞符等弟子，聽太極陳的口氣，分明器重這個偷拳的假啞巴。幾個人正竊竊私議。

太極陳這時對楊露蟬說道：「你喬裝啞巴，在我門下混了三年之久，本門拳術多少必有所獲。我已經考問過你，現當著諸位前輩，你這無師自通的偷學，不妨練出來，給大家看看，也好教你這幾位師兄爭口氣。」

楊露蟬看了看師傅的臉，此時來賓中正有好些名武師，同門諸位師兄又都睽睽的看著他，不由臉上訕訕的，趑趄不前。

太極陳道：「怎麼，你的勇氣又到哪裡去了？你就練錯了，誰還笑你？會到那裡，練到那裡。」

楊露蟬赧赧的走到場心，先向來賓一揖道：「老前輩指教！」又向太極陳行禮，向師兄們一拜，說道：「弟子獻醜。師父、師兄指正！」

楊露蟬一立太極拳的門戶，雖是偷學，已得訣要，只見他站好這「無極含一炁」的架子，沉肩下氣，氣靜神凝，舌尖抵上顎，腳下不「丁」不「八」，目開一線之光，潛蓄無窮之力。隨即把太極圖一變，旋展開拳招，初起時如春雲乍展，慢裡快，動裡靜，六合四梢，守一抱元，精神外露，不過不及，登時一招一式試演出來。

大弟子傅劍南心中暗想：「到底此人的天資怎樣？」站在師傅旁邊，留神細看。露蟬走到第七手「摟膝拗步」，第八手「七星手」，第十手「手揮琵琶」，傅劍南驚說道：「師傅，你看我這楊師弟，這手『七星』內力多麼充？『手揮琵琶』的臂力也運用得當。」

太極陳道：「這還罷了。其實你看他『如封似閉』、『抱虎歸山』這兩式，可就運轉不靈，失之於偏，失之於滯了。『海底針』這招，雙臂也稍高，氣就沉下去了。」

傅劍南道：「師傅，『摟膝指堂錘』這招，在太極拳中最難練，像楊師弟沒受師傅親傳，能夠練到這樣，也就很難得了。」

轉瞬間楊露蟬練到二十八式「玉女投梭」，三十式「金雞獨立」，三十一式

「劈面掌」，座上的武師同道都同聲讚歎。這還是偷招，居然練到這樣，天才究竟是天才，絕技究竟是絕技！

由這天起，楊露蟬正正經經列入陳門，得到名師口傳指授，自較暗地偷拳進步更速。七年後，楊露蟬誠可以升堂入室，盡獲薪傳了。

一天，太極陳對楊露蟬說：「你累年苦學，已盡得我太極門的秘要。以後你自己勤修精練，無師已足自勵。你離家日久，可以回去看看了……你這幾位師兄各有所長，可是比起你來，你總是我最中意的徒弟。我門中掌門戶的大弟子，自然是你傳劍南兄；但是將來光大門戶，我卻指望著你。你要明白，我因為收你，很引得別個徒弟誤會。露蟬，你要給師傅爭口氣，要好好的自愛呀……」

師徒二人慷慨話別，行了出師之禮。露蟬長揖肅立，揮淚請訓。他曉得師傅年已老邁，從此要閉門謝客，頤養天年了。所有的同學都一一遣散了。

太極陳面上露出悽然之容，徐徐說道：「你我相處已久，你的為人我很放心。你的技藝雖已大成，你來日踏上江湖，務必還照現時一樣，要虛心克己，勿驕勿狂。多訪名師，印證所學；尊禮別派，免起紛爭，這是最要緊的。我一生收徒也少，我盼望你不要仿效我這樣孤僻，你還是多多觀摩別派的技藝，多多培植後進的人材才好。」因又想起黑龍潭的鐵掌盧五，對露蟬說：「我聽說此人現仍健在，你歸途之便，可以去訪訪他去。他的『先天無極掌』和我們的太極拳，異派同源，若是見了他，可以向他討教討教，藉此驗證你自己的藝業，也考考人家這派的心得手法。考校的情形，等你到家時，你再寫信告訴我，不過你禮貌上要恭敬一點，人家總是個老前輩，你不可囂然自大……你如果到北方創業，在北京城天子腳下，把咱們太極門的拳技樹立起來，使它在武林中，能與別派並駕爭先，那麼樣更好，那就算你報答我了，你千萬不要挾技自秘。」又諄囑了一句道：「你不要學我！」

楊露蟬恭聆師訓，叩頭起來，又向陳府上下辭別。這時三師兄耿永豐已因母老還鄉；五師兄、七師兄，也都先後藝成出師；只有四師兄方子壽，家居鄰近，時在師側。在同門諸友中，倒是方子壽和露蟬交情最厚。他自被命案牽連，折節改行，倒成了溫溫君子。

楊露蟬見了方子壽，弟兄兩人握手告別，又叮嚀了後會。露蟬暗說：「師傅年已高大，嗣後師傅如果有個體氣違和，四哥，你千萬給我一個信，我好來看望師傅，服侍他老人家！」說罷，這才僕被登程。

第廿二章　藝鬥群雄

楊露蟬到今日才藝成出師，屈指離家已經十四年了。在這悠久年光中，他只回了兩次家。這一日重返故土，謹依師言，便道往訪盧五。

鐵掌盧五師傅早已出獄，這時他已五十多歲，快六十的人了，白髮蒼然，非復當年氣概。楊露蟬身獲絕技，除了承師傅「餵招」，跟師兄「試招」外，還不曾正式與人交過手。這一次以武林晚輩之禮，請見盧五師傅，也費了一回事，才得相見。敘談之下，面請試拳。

盧五師傅端詳楊露蟬的形容，說道：「楊師傅，你和我過招嗎？」推辭了一番，隨又一笑道：「我老了，不中用了。」把他的掌門弟子喚來道：「馮起泰，你陪楊師傅走幾招。」

馮起泰把眼一張，笑道：「楊師傅，我們這場子不值得踢，一踢就收。我們敝家師年高，早不練了，小弟可以陪你走走。」

兩個人下了場子，楊露蟬身歷艱苦，處處矜慎，雖然是登門訪藝，卻辭色謙退，也無心取勝，只想看一看無極拳的招術。馮起泰卻動了疑，一開招，便施展以柔克剛的手法，要誘露蟬上當。楊露蟬一面展開精熟的太極拳手法，一面體察無極拳和本派的異同。走了七八招，馮起泰竟已處在受牽制的地位了，不但不能以柔勝，反倒手忙腳亂，變成招架之勢了。

盧五師傅吃了一驚，忙吆喝道：「楊師傅住手！我道是誰，原來是太極陳的高足來了，足下不是大名叫露蟬嗎？」

楊露蟬應聲收招，盧五師傅過來，拍著露蟬的肩頭道：「請到裡邊坐吧。咱們是自己人，這可誰也不能較量誰了。」

唯任憑楊露蟬如何請教，盧五師傅不肯與他動手。楊露蟬恪遵師訓，自不能出冷語相強，便一笑而罷，長揖告別。那個開店的教師穆鴻方，露蟬乍出陳家溝，也曾找了去，穆鴻方卻已死過兩年了。

楊露蟬回家掃墓，遍訪親友。在家小住經年，料理家務，然後依著師傅的指示，為要觀摩別派拳技，復又漫遊各地，歷訪各派。

這一年，忽然接到同門八師兄祝瑞符的來信，邀他入京觀光。京中朝貴現時正流行一種風氣，多養著武教師，摔跤比拳，爭雄鬥力，好像是表彰剛德，實在和半閒堂養蟋蟀無異。但是拳家爭名好勝，也免不了入人彀中。現在京城獨讓外家拳執著北方武林的牛耳，旁門別派竟無法立足。肅王府武教師曹化龍拳技出群，正是少林派的名手。

楊露蟬經同門汲引，輾轉得入肅王府獻藝。荐者把露蟬獨得內家之秘的話形容了一番。肅王聽了，不由詫異；見了楊露蟬，詫異更甚。楊露蟬瘦小的體格，清奇的相貌，決不像個大力士。

王府中聽說有力者荐來太極門的能手，人人要來請教。而楊露蟬據言要遍訪武林各派的名手，這越發的鬧轟動了。許多武師說：「這個人未免有點不知自量！」卻不知楊露蟬正是有為而來，奉師之命，要在燕都樹立太極門一家的拳學。

肅王召見露蟬，問了幾句話。楊露蟬說：「並非來投託謀生，也不是挾技之名。不過末學後進，學得內家拳技，到處訪求武林先輩，一示本門的拳名，二請各家的指正；總而言之，是訪學。因聽人說：天下的武林名家，都會集在王府，所以才冒昧投謁，懇請賜教。」話是很謙卑，骨子裡的勁竟十足的硬。

武教師曹化龍等一聽口氣，這個瘦小的人竟是特來較量武功的，好大的膽子！幾個武教師略作商量，就請肅王答應下來，並問露蟬，那一天較技，怎麼較量法？

露蟬說道：「弟子出師日淺，本不敢在名家面前獻醜，可是鉛刀末技，實在盼望名家不吝指正。不過，武林較技，難免失手傷人，弟子竊想，既不願為人所傷，也不願傷人，還請王爺恩典。」

肅王點了點頭。但肅王深悉世情，洞知江湖武士習慣，口頭儘管如何謙抑，動起手來，誰也不甘示弱。當武教師的為了飯碗和名聲，哪有不暗中拚命的？這個楊露蟬卻說出這樣話來，不知他安的是什麼意思，因即問道：「這意思倒很好。只是你們動武比試，要想分出強弱，就不得不用力；既然用力，就難免失手傷人。你說的比武不傷人，那又想什麼法子，才能辦到呢？」

楊露蟬不願樹敵結怨，更不願恃技傷人，他說了這話，早已想出一個法子來。請在把式場中，四面張上絨繩織就的細網，把網繃起來，當中留出兩丈見方的空地。

「我們比較拳技，就在網當中的空場內動手。我們各憑所學，要把對手擲在網上，那才算勝。如不墜網，在場中就有失著，也不算敗，還可再打。失著摔倒，有網兜著，也決不會重傷。王爺請看，這法子可以使得嗎？諸位師傅願意這麼練嗎？」

肅王道：「好。」王府執事人等立刻預備起來。

王府武師搖頭咧嘴，不以為然：「這是什麼招，比拳又怕傷，不打好不好？」可是口頭這麼說，也答應了。

「結網比武」尚屬創聞，又傳說是鄉下新來的一個不知名的拳家出的主意，這個拳家還要歷會武林各派名師。這件事立刻傳遍九城，各王公親貴多養著武師，也都要來看看。到比試時，肅王正要誇示各王公，在廣廳中設筵款待眾賓。各府武師踴躍參加，彷彿奪武魁一樣。

王府的管事暗助著本府武師，對肅王說：「這個姓楊的不知怎樣的來歷，也許沒有實學，來到這裡矇事。」

肅王笑了笑。本來各親貴養著武師，也和收古董、養清客一樣，正是要藉此誇富鬥勝，消閒解悶；遂不聽管事的話，照樣懸下利物，教這些武師下場比武。

那外家的名手曹化龍在京城已經人傑地靈，與別的武師互相結納，頗通聲氣。此時與各派拳家相率來到廣場，彼此間都有關照。楊露蟬卻由荐主陪來，孤零零只他一個人。

曹武師向結好的繩網瞥了一眼，微然一笑道：「楊師傅，你這也太小心了。我們誰跟誰也沒有深仇大怨，不過點到為止，誰還真傷害誰不成？就不結網，我們也決不肯摔壞好朋友的。」

楊露蟬微笑頷首。在許多人圍觀中，各人結束上場。曹化龍短裝束帶，騰身一躍，從網上跳入圈裡，把手一點道：「來，楊師傅，你遠來是客，就請進招。」

楊露蟬也脫去長衣，向上一拱手，又向周圍一揖，緩緩的走進圈來。兩個人略一遜讓，立即發招。

這位少林武師曹化龍身高氣雄，楊露蟬卻身形瘦短，相形之下，如虎鬥狐。楊露蟬將太極拳的開門式「無極含一炁」一立；曹化龍用「平拳」當胸，左拳橫搭著右掌虎口，腳下踩短馬樁。楊露蟬一看曹武師所立的架子，是少林寺南支嫡傳，不敢輕視，仍本靜以制動，逸以待勞的拳勢，垂雙手，凝雙眸，靜觀敵人。

曹化龍把眼一張，立即踏「中宮」，走「洪門」，欺敵直近，往前走三步，往後退半步，這正是少林的宗法，卻倏然一縱身，已到露蟬面前，一出手，就是少林派「十八羅漢手」「金豹露爪」，一掌打來，招快力猛，掌風極重，果然名下無虛傳。

楊露蟬容敵發招，把太極起式「無極含一氣」一變，轉為「攬雀尾」，左掌一撥敵腕，右掌突然換出來，用「七星手」還招迎敵。兩個人在網隙空場，一來一往鬥起來。

曹化龍連走十餘招，已覺出敵人不可輕視。於是他一個「金龍探爪」，手指一點露蟬的雙目。露蟬往回一撤步，曹化龍左掌走空，刷的一個「蟒翻身」，用「大摔碑手」，斜翻左掌，照露蟬的小腹擊去，掌風迅捷。楊露蟬忙用「斜掛單鞭」，右掌往下一沉，猛切曹武師的脈門。曹化龍虛實莫測，用了招「腿力跌盪」，刷的一個盤旋。這一手在「十八羅漢手」中，是最為得勢的招術。

楊露蟬沉機應變，用借勢打勢，以巧降力之功，容個曹武師把招術撒出來，不能再變化了，便霍然往左一跨步，「跨虎登山」，把曹化龍的「腿力跌盪」的勢子破解了。倏又一變招為「十字擺蓮」，反來傷曹武師的下盤。

曹武師驀地吃驚，忙用「移身換步」，剛剛閃開了露蟬的右腳，雙掌猛往右一推，立即應招還招，用「雙陽塌手」單手指發出來，已沾著楊露蟬的背衣。莫道雙掌全用上，只容他把這少林掌法「小天星」的單掌掌力登上，楊露蟬一生盛名便從此斷送。

楊露蟬卻識得這招的厲害，往前一個「倒轉七星步」，閃開了，攻上去，鐵臂輕舒，噗的把曹武師的腕子刁住。太極拳借力打力，牽動四兩撥千斤，只微微往外一帶，左手往曹武師的背上一按，輕飄飄沒看出怎麼用力，右掌只似往外一展，曹武師那麼龐大的身軀竟悠然地被露蟬舉起，疾如星火，楊露蟬一個旋風舞，曹化龍身失憑藉，有力難展，噗登地被擲在繩網上。觀眾嘩然大噪。

繩軟，網飄，曹武師六尺之軀球似的飛擲落網，被彈得連騰起兩次，方才實落落仰臥在網上，乍沉乍浮，剛一掙扎，卻又滾墜。

楊露蟬轉身對廳，向肅王告罪。就在這一剎那頃，身旁襲來一陣勁風。急回頭，只見一個擎菜盤的太監——右手托著一個大菜盤，盤中熱騰騰的擺著四個菜，一碗湯——如飛躍上繩網。腳踩網繩，如履平地；右手托盤，左手把曹武師輕輕一提，竟從繩網上提起來。人登網上，那網並沒看出怎樣吃重來，依舊是載浮載沉的。那人翻身一縱，已到了露蟬立身之處。

這司膳太監滿口京腔，向露蟬說：「楊老師，好俊的功夫，好大的膽量，真捧王府的教師！我求求我們王爺，回頭我來領教。」說時，把曹武師一撒手，曹武師挺然立住，把個臉臊成紫茄。就見這太監左臂往右手托盤一托，暗用「龍形穿手掌」，身形似箭，飛上台階，進廳房獻菜。

這是一個猛勁。肅王和各親貴來賓，當時只震驚於楊露蟬的拳術神奇，見所未見，目睹這司菜太監提曹教師出網，只想是本府的人罷了，但卻把楊露蟬嚇得一驚。這太監矯如遊龍的身法，登懸空之網，托浮置之盤，左手提人，行若無事，這非有登峰造極的輕功，難以到此地步。

在這一怔神之際，楊露蟬雙眸直注視太監的背影，卻把曹武師「訂期再會」的忿語，一字也沒聽入。（曹武師連鋪蓋也沒帶，飄然出府，遠求名師深造，期雪今日之恥。）

楊露蟬梭子似的眼望著廳房，肅王已請露蟬上去問話。

楊露蟬一面走，一面想，這像是「八卦遊身掌」。師傅曾經說過，是外家所創，融合點穴、擒打、短打、輕身術於一爐，乃是當代的絕學。露蟬入王府獻藝，本非冒昧的舉動，原有成竹在胸，而現在，竟遇見意外的勁敵了。

楊露蟬由從人引導，進了廳房，那上菜的太監正站在一旁。肅王道：「楊露蟬，我雖沒練過多久功夫，但是夙好此道，略知門徑。你的功夫已得剛柔相濟之妙，這很難得！我要留你在這裡多盤桓幾天，府裡還有些人要請教你，你可以跟他們試試。」又一指那個太監道：「這個人也會兩手，他也想跟你比量比量。」說著笑了，道：「難為我府中還有這麼一個能人，我竟沒有留心。」

這個太監不禁失聲微喟了一聲。這個太監就是那有名的董老公，姓董名海川。他時乖運蹇，空懷著「八卦遊身掌」絕技，竟不見容於世俗，埋沒於閹寺多年。他懇求王爺，准他下場，和楊露蟬的太極拳一較長短。肅王哂然許諾，便命二人下場比試。

王府中的人嘖嘖稱奇：「咱們府裡上菜的老董原來會打拳呀，快看看去吧！」聚攏來許多人，擠擠挨挨，貼牆根站著看。楊露蟬瘦小身材，也被人指指點點，詫以為奇。

楊露蟬穿一身短裝，紫花夾衫，紫花褲，頭打包頭，腰勒緊帶，腳登薄底快靴，完全是武師打扮，身形短小，卻雙目凝神。徐徐走近繩網邊，往旁一站，仔細打量對手董太監。

董太監跟了過來，此時也已結束妥當，脫去長衫，露出了藍袷襖，破砍肩，肥套褲，腳下一雙挖雲便鞋。卻生得好高的身量，兩人一併肩，竟比露蟬高半頭。細腰扎臂，赤紅臉，粗眉巨眼，把小辮往脖頸上好歹一繞，撇著京腔，一指繩網，向露蟬發話道：「楊師傅，請你進網……你主意真高，難為你怎麼想來！」

楊露蟬雙拳一抱道：「董師傅多見笑！弟子學會了一手太極拳，奉師命來到京城，觀光訪藝。實不相瞞，弟子決沒有爭名奪利的心，不過師命諄諄，教我到天子腳下，向各派老師傅討教。我看董師傅使的是八卦掌，你這門拳術和敝派一樣，現在都不大時興。董師傅，咱們現在就要過招，請你摟著點，彼此點到為止。現在外家拳盛行一時，我盼望咱這兩家拳也能亮出來，如果弄得兩敗俱傷，董師傅，這恐怕彼此都不相宜。」

董海川一聽，噗哧笑了。「沒動手，就先講和嗎？這個小矮個兒，他倒詭！」立刻答道：「請吧，你哪，楊師傅的話我明白啦，敢情你是奉師命進京開派的，我董海川可不然，我也不想創牌匾，我也不想爭名奪利，我不過跟你湊趣，隨便走兩招罷啦。你也摟著點，我可是沒吃教師爺的飯，也沒有教師爺的本事。你把我扔在網裡頭，那也不大好看！」

兩人說擰了。楊露蟬哼了一聲，心中不悅，立刻抱拳請招道：「好，我的話遞到了，董師傅你請賜招！」

董海川搶行一步，面東一站，立即一煞腰，雙肩抱攏，雙手如抱嬰兒，立掌當胸，指尖、鼻尖、腳尖，「三尖相照」，掌不離肘，肘不離胸，一掌應敵，一掌護身，右掌往左臂一貼，展開了「八卦遊身掌」的開式。

楊露蟬微微一震，急觀敵勢，這八卦掌竟與我太極拳如此相似？心中作念，二目凝神，立刻雙手一垂，亮出「無極含一炁」的起式，隨一煞腰，轉成了「攬雀尾」。董海川也似一動，把楊露蟬的拳招打量了一眼，往左一斜身，沿繩網遊走起來。

楊露蟬立刻走行門，邁過步，也往右遊走。兩下裡盤旋一周，才往當中一合，彼此都不肯搶先發招，於是合又復分，又走了一圈。

楊露蟬雙目緊追著敵蹤，見董海川翻身反走，拳術不變，卻是右掌微往前推，左掌回縮。這一走行門，活步眼，露蟬已見出董海川腳下的步法，全按著先天八卦的圖式，轉折圓滑，四梢歸一，果然是個勁敵。

兩個人連聚三次，連分三次，仍未發招。（按著本門的手法，兩派都是以靜制動，後發待敵）董海川忽然叫道：「楊師傅，你遠來是客，咱們別溜啦，請你發招吧。難道非教我動手不成嗎？」

楊露蟬應聲一笑道：「也好，我就遵命吧！」往前一縱步，到了董海川的面前。

楊露蟬把太極拳拆散了用，一照面是第二十手「高探馬」，右掌猝擊董海川的上盤。董海川左掌往外一穿，右掌「遊空探爪」斜劈楊露蟬的右肩頭。楊露蟬「退步跨虎」，忙用左掌往董海川的掌上一掛，身隨掌走，避敵反攻。董海川急用「八卦遊身掌」的「二路翻身」往後一退，兩下裡合而復分。

兩個人各將身形展開，捷如飄風，往左略一盤旋，又復回身獻招，接觸在一處。董海川猱身進步，一個「猛虎伏樁」，探掌來切露蟬的左臂。露蟬用太極拳二十七式「野馬分鬃」，一拆董海川的掌勢，變式進招，用第十四手「倒攆猴」，反擊董海川的下盤。董海川「遊身掌」倏一變式，「劈雷墜地」，右掌堪堪擊中露蟬的左腿「環跳穴」。露蟬喝聲：「好！」展開二十九式「提手下式」，借勢折招，掌挾寒風，照董海川小腹「關元穴」一展，董海川刷地退開。兩個人互相盯了一眼，登時又湊到一處。

剛才是一剛一柔相對，現在是一穩一疾相搏。兩個人棋逢對手，各展絕招，輾轉相鬥，兩不相下，瞬息間，連拆了二三十招。

在外家拳盛行的當時，各王公親貴和各門派的武師，屏息旁觀，只看見太極拳的沉穩，八卦掌的迅疾，不由人人稱奇。於是往返相鬥，耗過很久的時光，兩人仍不分勝負。

凡較拳技，如逢高手相對，那就誰也尋不出誰的破綻，打起來倒不見驚險，反如演戲一般，點到為止似的。這一招才發出，被敵人識破，自己就趕緊收勢變招；那一招剛要轉變，敵人迎頭先擋上來，自己這一招便陡然收轉。繩網中但見楊露蟬、董海川穿花也似遊走，打到極處，只見人影亂晃，不聞一點抬手頓足的聲息。外行看了，還不覺怎樣，內行卻看得舌結。

兩個人不分勝敗，耗來耗去，在各人精熟的招術下，自然不會有敗招；在強勁對抗的局面下，自然也不敢誘敵取巧。彷彿僵持住了，兩個人全收起搗虛抵隙的戰略，變成了耗時煞戰的苦鬥。

兩個人漸漸的全都出了汗，兩個人全都起了懼敵之心，唯恐在眾目睽睽之下，一招失敗，本門的盛名便要掃地。雖然鼻窪鬢角見汗，可是誰也不肯先下。

這時，一位行家向一位貝勒說道：「貝勒爺，這兩個人可要不好！兩虎相爭，必有一傷，我看他們都要累壞了。」

這位貝勒也是行家，說了一聲：「哦！」湊到主人肅王面前，把這話說了出來。肅王點頭稱是。

「罷戰，罷戰！」

王府管事奉王命把兩人止住。肅王很歡喜，吩咐從人，要把兩人叫來問話。

楊露蟬跳出網外，向觀眾說了聲：「獻醜！」抹了抹汗，和董海川互說欽仰的話：「承讓！承讓！」交相欽服。

在起初，董海川因自己一生遭際坎坷，激得滿腔牢騷，實在把楊露蟬看不入眼，抱著人前顯耀的心思，要想當場戰敗露蟬，也把他擲到繩網裡，教他作法自斃，「請君入網」。但等到連鬥數十招，漸由輕敵轉成欽敵。這個小矮個兒，瘦猴似的人，居然敵得過我二十多年的苦功夫？欽重之心油然而起，敵愾之氣渙然消釋了。現在兩個人拉著手，互叩師承，互道景慕，非常的親近起來。

但是，在場的別位武師，很有與曹化龍門戶相近，聲息相通的，見楊露蟬一個外鄉漢子，居然把外家拳打破，從此外家拳在京城的威名掃地無餘，就暗暗不服氣。十幾個武師低低私議，推出兩個人來。功夫自然是最好的，上前請求與露蟬比試。更有一個黑大漢，忍耐不住，逕直來到楊露蟬身旁，叫道：「楊師傅！」

楊露蟬正要上廳，聞聲回頭一看。這黑大漢說道：「楊師傅武功超奇，在下十分欽佩。如果不嫌棄，在下也學兩手笨拳，也想請教請教。」又一個赤紅臉的教師，湊上來也道：「楊師傅，在下是我們四爺的教師。在下學會了兩手長拳，如果楊師傅沒有累的話……」

楊露蟬詫然，側目看了看，又看了看四周。只見那邊還有三五個教師模樣的人，摩拳擦掌，啾啾唧唧，似乎也要過來。楊露蟬登時微微一笑。今日的楊露蟬不是當年的楊露蟬了，點頭笑道：「這是二位師傅賞臉。不知二位師傅是一齊上，還是分著來？」

正說著，董海川忽然搶上一步道：「胡師傅、蔡師傅，人家楊師傅可是以武會友。二位如果願意比量，這麼辦，我和楊師傅一個對一個，奉陪你們二位。我們兩個人可都打累了，二位是生力軍，二位手下留情。」

惺惺惜惺惺，現在董海川竟暗助著楊露蟬，要賈其餘勇，把兩個敵人擰到自己身上一個。

但楊露蟬眼珠一轉，早有打算，口中說：「不要緊。」搶上一步，入大廳，到主人肅王面前，請示道：「王爺，小民技拙力薄，剛才已經請教過兩位了。這兩位也想和小民比試；請示王爺定一個日期，哪一天比試？小民情願奉陪，每次暫以兩三個人為限。」一句話把乘疲邀戰的兩個武師的狡謀，輕輕的給了當頭一棒。

肅王微微的笑起來，說道：「好吧，明天你們再比試。」

當天，肅王把楊露蟬留下，賞了一桌酒席，就命董海川等作陪。又命人詢問楊露蟬的身世、師承，此番來京，是求名，是求利，還是別有他謀？楊露蟬一一如實說了，乃是奉師命觀光帝京，遊學問藝。肅王聽了，知道他是求名，因又問：「可肯應聘，做王府的教師麼？」

楊露蟬很謙虛的說：「此時不敢驟承恩寵，等著跟此地各位名家，一一請教過了，再行報命。」肅王聽罷，微微一笑。吩咐侍從人等，給各王公府邸送信，明天仍在本府，廣召有名拳家鬥技。特設小酌，請各王公親貴蒞臨觀戰。

到了第二天，果然九城的拳師，鬥拳的、不鬥拳的，全都聚攏來了；在王府外號房登名掛號，齊集校場。王公貴人就由肅王延入正廳，說起拳賽這件事；在旗的闊人們全都興高采烈，以為比鬥蟋蟀有趣多了。

談笑之間，王府司閽呈上名簿來，九城拳師到了五十多位，其中想跟楊露蟬決鬥的，已有七名之多。貴客中也有帶拳師來的，共有四名；此時也由他們東家，替他們說出名字，都寫在一張紅箋上。肅王一笑站起，陪同貴客，往鬥拳場走去。

時辰已到，正在午膳前一個時辰。楊露蟬由董海川陪伴來到，先向主人肅王請安。肅王命人把比賽人的名單，給楊露蟬看過，一共十一人。依昨日預先約定的辦法，每次只鬥三人，十一人分為四次；前三天，每次與三個人比拳，末一天與兩個人比拳。

這十一個拳師，都是馳名京城的方家，代表著內外家各種宗派。自然這些人藝業有深有淺，卻都有絕技，堪以自立。楊露蟬來京不久，訪問不周，幸而有這新交的朋友董海川，給他做了指南針；暗暗告訴他許多話，可以作量敵制勝的參考。楊露蟬很是感謝。

場中仍張開了繩網，依名單，第一位五行拳張相謙，第二位猴拳胡三元，第三位八仙拳齊洛唐。楊露蟬請董海川引領自己，先和張相謙見了面。

張相謙是靖公府的護院拳師的領班，今年才四十二歲；生得胖而矮，黑面圓臉，氣勢雄渾。兩個人客氣了幾句話，隨即入場開招。王公親貴都站在北面高台上看比賽；東南西三面是平地，用繩立竹竿圍上；圈外是各王公的侍從職事人等，和不比鬥的拳師們。

楊露蟬和張相謙，互相打量了對手，繞場一週，立即開招。張相謙施展開他的五行拳。這種拳法，看斜是正，看正是斜，以五行為主；又有雞腿、龍身、熊膀、虎抱頭等招式，專以變化取勝。

張相謙認為楊露蟬體格單弱，必是以巧降力；他現在要用小巧功夫，來和楊露蟬纏鬥。一來一往走了十幾招，張相謙陡然覺出楊露蟬身使臂，臂使掌，掌心似有黏力；不只一味誘招敗敵，另外還有柔以克剛的潛勁。於是他慎重發招，小心應敵，不求有功，先求無過。他的意思，要以久戰，耗敗了瘦小的楊露蟬。

卻不料這一來，上了太極拳的當！幾個照面之後，張相謙竟陷到被動地步；自己想持重，楊露蟬的招處處進逼；自己竟受了牽制，漸漸要展不開手腳。張相謙有些心慌，圈外旁觀的朋友，也替他著急，有人喊出聲來，教他改守為攻，千萬不要久耗受制。

張相兼果然見危改計，把拳風一變，要搶先招。連展拳鋒，改守為攻，一個「大捽碑手」，照楊露蟬打去。楊露蟬不慌不忙，往後微退，旋即提手上勢，運用「海底針」、「扇通背」、「進步搬攔捶」，照張相謙攻去。

張相謙不肯後退，挺身硬抗；突然被楊露蟬一個「攬雀尾」、「進步繃擠」、「進步栽捶」，眼看著把張相謙扔到繩網裡去了。全場叫起了一聲暴喊，原來太極拳不只是靜以制動的柔勁，也還有進步搶攻的硬功。

張相謙慚然下場，他的朋友有的就抱怨他不該改招，應該跟楊露蟬堅耗到底。張相謙搖頭道：「這個小矮個，真有兩手！總是我學藝不精，料敵太易。」悄悄的退出場子，捲鋪蓋回家了。

緊跟著第二場開始。猴拳胡三元不容楊露蟬喘氣，急遽上場。這胡三元，由他的同門知友，代替他想了許多制勝的陰招；務要他一戰成功，可以稱霸九城。這時楊露蟬正要出場，向宅主人報告一聲；胡三元立刻搶上來，迎面攔住。叫道：「楊師傅，別走，還有我呢！請你不吝賜教！」

楊露蟬看了他一眼，說道：「你閣下可是胡師傅？請你稍待。……」胡三元叫道：「講定的規矩，一天鬥三人，等甚麼？……」話未說完，竄上去，「黑虎掏心」，就是一拳；刷地一伏腰，又是一腿。這一拳一腿，非常的迅速。楊露蟬慌忙閃過。兩人遂打起來。

胡三元是個長身量大漢，卻精熟猴拳，把腰一佝僂，眼灼灼，臂屈伸，掬手、挫腿，拳風如驟雨驚電，奇三槍的往上攻。四面觀客正在凝神觀看，卻不料猝出意外，楊露蟬連連退步；僅只一轉身，一揮手之際，這猴拳名家胡三元像架觔頭雲似的，騰地凌空飛起。撲登的落在繩網之中，幾乎把繩網砸到地面。觀眾愕然，有的竟沒看清胡三元怎麼失的招。胡三在網中掙扎不起來，楊露蟬慌忙過去相扶，連說：「承讓！承讓！」胡三元一聲不語，扭頭出了王府，連衣服都未拿。

第三位八仙拳洛唐上場；走過幾招，也被擲入網內。這一天的決賽，楊露蟬大獲全勝。肅王很歡喜，決定要聘楊露蟬為王府武教師，同時也把董海川陞為武教師。董海川拜謝了，楊露蟬仍說：「要等比賽完畢，方肯受命。」

於是到了第二陣、第三陣，楊露蟬歷會各家，都是大獲全勝。好在每天只鬥三個人。是不怕力盡的。在這第二、第三兩場，共鬥了七個人。其中有一個地蹚拳王曼青，雖然落敗，未被楊露蟬擲入網內。

第三場的末一場，臨時來了一位不知名的拳師，也請決鬥；眾人全不認識他。問他姓名，他只說：「等著會過了楊師傅，我再留名。」董海川過去請教他，很客氣的跟他敘話，他也是不說。董海川深恐此人來意不善，楊露蟬也許力乏，他便搶先邀住了這人，要替楊露蟬先應付一場。

結果，下場之後，這人竟與董海川打了個平手；隨後與楊露蟬過招，也打了個平手。眾人莫不驚奇盤問，這個人哈哈一笑，到底沒留名，飄然引去。有人說，這個人是個飛賊，有人說不是，九城五十多位拳家，竟沒人曉得此人來歷。

到了末一天第四陣，楊露蟬該和最後兩個拳師比鬥了。此時楊露蟬的威名已然喧騰眾口。這兩個拳師臨時怯陣，悄悄託人向楊露蟬說明，只試過手，不要真鬥。楊露蟬含笑答應了，只算是虛比了兩場，未見勝負。跟著，楊露蟬在半年內，又戰勝了幾個成名的武師，從此太極拳的威名，震動武林。

楊露蟬到底受了肅王府的聘請，和董海川成了莫逆的朋友。這兩個人就在京城，創立「太極」、「八卦」兩家的拳術，教出來的徒弟，桃李盈門，聲聞大河南北。

後記

七七事變，華北淪陷，作者困居津門，以白羽之筆名，賣文餬口；寫些傳奇小說，媚世投俗。其時有七十四歲的老拳師張玉峰，也正旅津設場授徒；想是關念到身後之名，一日忽然不介來訪，把他的「塞外紀遊」一書拿給我看；並說了許多近世技擊故事，希望我拿他當「書膽」，也給他來一篇傳。

我因為紀實之作，不如虛構故事揮灑自如，曾一再謝絕。然而張先生毫不氣餒，拿出鋼杆磨鏽針的氣派來，每隔過三五天，必來投訪，凡四年如一日。白羽當時漸漸的為他那種鍥而不捨的精神所感動，到底給他寫了一本「子午鴛鴦鉞」。

技擊故事逃避現實，一向是虛想多，寫實少。拙作「十二金錢鏢」三部作，及「大澤龍蛇傳」兩部作，約五十餘冊，全出意構；惟有這本「偷拳」和「子午鴛鴦鉞」，純本事實。當初會張玉峰先生時，「偷拳」已曾出版。張先生告訴我：楊露蟬、董海川故事很多，又引見董門第三代傳人程有信君來談。

現在，就本著張、程二君所談，把楊露蟬父子、董海川師徒的事情，重新紀錄下。只可惜一件事，當「子午鴛鴦鉞」剛剛出版時，聽說張玉峰老先生已經得了肢體不良的病，離津赴平，就養於次子了。我很想知道他的下落，並願將「子午鴛鴦鉞」一書贈給他；使他在病榻上自閱一過，也許欣然而喜占勿藥罷！

楊露蟬父子

楊露蟬又作楊陸禪，是清季咸同年間，直隸省廣平府人，原隨武禹讓學藝，同精長拳。遊河南訪技，遇見太極拳名家陳清平的弟子，較拳被打敗。旁觀的人說：「這個人是陳門中最劣等的弟子呢。閣下尚不能敵，還談什麼會拳？」楊露蟬大愧，百計求入陳門學太極拳，而不得志。

過了幾年，陳清平家門外，忽有啞丐露宿宇下，每天早晨給陳家掃門掃街。經過很長一段時間，陳老先生曉得了，很可憐他，就把他收下。三年過了，忽一夜，陳清平教弟子太極槍法，聽見房上有讚歎聲，弟子要拿槍投擲他，陳先生攔住了，喚下來一看，就是那個啞丐，很詫異地盤詰他。楊露蟬這才說出求學不得入門的苦處，偽裝啞丐，志在效勞求教。因為他鍥而不捨，三年如一日，陳清平很受感動；使他試拳，演了一套偷學來的太極拳，居然沒有入室已得升堂。陳清平慨然收他為弟子，把生平拳技盡力傳授給他。

後來楊露蟬藝成出師，北遊燕市，入肅王府，結絨繩網，與人鬥拳，一連戰敗許多著名武師。最後始遇董老公，以八卦掌與楊的太極拳相鬥，成為雙雄對峙之局。據說楊露蟬每每抛人入網，他那抛人法，是把人擎起來，作一個旋風舞，然後遠遠抛入繩網，和現在的人抛籃球差不多。但看他的本人很瘦小單弱，沒有百斤力似的，卻能把體重二百斤，不肯受擲、極力抗拒的壯士高舉遠抛入網，不知他的神力從哪裡施展出來？

楊露蟬有二子，楊建侯居長，楊班侯是次子，世稱楊二先生。露蟬有一個得意弟子，叫王蘭亭。當露蟬年老閉門謝客時，王蘭亭揚言說：「太極拳本來是楊家物，但是老師一旦棄世，只怕太極拳改姓王了。」楊班侯聽見這話，很是憤怒，父親衰老，不敢稟告。等到楊露蟬病歿，楊班侯服闋之後，竟找到王蘭亭，同門鬥起拳來。果如王言，一戰而楊敗。王蘭亭大笑說：「我的話沒錯，師弟，你還差得多哩！」楊班侯由此發憤，閉門埋頭苦練；十數年後，拳法精妙，已掩過父名。

楊班侯有阿芙蓉癖，手無縛雞力，而能跌撲千鈞力士。太極拳廣平一支，北京一支，都是出自楊班侯的傳授。廣平派出身的，是陳秀峰。陳秀峰曾侍班侯入京，看見京派與廣平派迥然不同，密問楊班侯：「何故同出師授，而廣平派有剛有柔，北京一味純柔？」楊班侯起初笑而不言，末後才說：「京中多貴人，習拳出於好奇玩票，彼旗人體質本與漢人不同，且旗人非漢人。你不知道嗎？」語中寄託深意，問的人不敢再問了。但是太極拳有剛柔兩派之分，到底傳播於外，人說發之於李瑞東，聞之於閻志高，實則很早的由楊班侯就創出分別來了。

董海川師徒

董海川的傳說很多，有人說，董實是閹寺。有人說，不是的，他有妻有女；但年長無鬚，遂有董老公之號。今詢據董門第三代傳人程有信君說：「董太師確是太監。」北平東直門外有董海川墓，墓前有弟子韓公立的碑文，可以徵實。

董海川，今河北省文安縣米家塢人，幼習各家拳術；後訪江南，在桃花山（或說雪花山，或說少華山，或說在浙江，或說在江蘇。）得遇異人，是一個丹士；由這人獲得遊身八卦掌的祕要。

另一說，董海川山行遇一小和尚，揮掌向樹盤旋繞行，董以為奇而問其何為。小和尚說，我練的是拳家的絕技。董海川不信，恃自己勇武，上前交手；結果竟敵不過小和尚，一戰而倒。乃請見老和尚，盡獲其藝。老和尚勸董出家，董不肯；藝成告別，老僧囑告董海川道：「勿忘勿忘！你窮命無家，你終歸是出家人也。」

嗣後董海川迫於環境，尋憶僧言，竟自淨身，入肅王府，當司膳太監。這時，清廷陰嫉漢人習武技，其有拳勇者，設法縻羈之，使老死於酒肉間。肅王這人也是拿養蟋蟀的精神來豢養武師的。肅王府有護院拳師夫婦兩人，全以技擊自炫。董海川說：「你們的拳術，只是混飯的敲門磚罷了，不足以防身禦敵。」這個拳師大怒，起而索鬥。董海川把一支花槍遞給拳師，使他刺自己，自己空手抵禦。拳師奮力一刺，董海川運手掌撥槍退走，連刺不中。一直逼到牆邊，拳師覷準，猛力進扎；槍入牆三四寸，董海川忽躍坐牆頭，仍沒有刺中。

有人說，拳師夫妻銜恨至極，曾經乘夜行刺，妻由後窗持手槍轟擊董的臥處，夫由前門入，提刀砍董；前後夾擊，謂董必死。詎料夫揮刀入室時，其妻持槍未動，已被董先發制人，擒腕擲於榻下。夫妻倆大駭告饒，董海川一笑釋之。

其後董脫離肅邸，京城有黃帶子某夫婦，以師禮迎董，居於花園中；夫妻倆皆從董學八卦掌。一日婦倚樓窗閒坐，忽聞小孩笑樂聲，在半空頭頂上。婦潛開窗尋窺，見董海川揹著自己的孩子，從這邊樓上飛騰到那邊樓上，且飛且說：「小子，跟著爺爺駕雲去吧！」小孩子大樂，駕了一回雲，還要駕第二回；董海川和小孩玩得高興，忘其所以了。隔日，居停夫妻見董，跪請學駕雲；董怒而不言，峻拒不許。

董海川在京下茶館，遇見兩個鏢師，是給一家大當鋪護院的，兩人語言狂傲，聲驚四座。茶客全都側目聽這兩個人「神聊」。董海川看不慣，微語規勸道：「都城能人多，守本分，混飯吃，是沒有差錯的，最是狂傲不得。」

兩個鏢師體格很雄偉，語言愈驕縱，竟侵辱到董海川頭上。董海川不再說話，斂容避之。就在這一夜，當鋪的號籤，突然全數遺失；當鋪中人無法取當交贖，門市大譁。兩鏢師大窘，到日前那座茶館，對人念道這件事。董海川時正在座，因笑道：「也許是說狂話的報應罷！只要肯改過，也許失去的號錢會自己回來。」二鏢師心中怙惙，口頭上極力認錯。

董海川臨走時，方才笑告二人：「回去早早的睡，不要伸頭探腦。」二鏢師回轉當鋪，依計而行。次日早晨，果然號籤俱在如故，大概是把號籤塞入衣物裡；一夜功夫，一一又把它扯出來了。

董海川的弟子很多，最著名的有眼鏡程；即程廷華，字應芳，開眼鏡鋪，故號眼鏡程。有尹福，字壽朋；有煤馬，即馬惟驥，開煤廠，故號煤馬，俗訛為梅馬；有翠花劉，即劉鳳春；有宋長榮等。是為第一代。名武師李存義，為劉奇蘭、郭雲深弟子，亦曾請業於董；稱門弟子，列為第二代。第三代再傳門人尤多，著名者有眼鏡程之子程有龍字海亭、程有功字相亭、程有信（現年約五十歲，猶健在）及馬貴字世清、馬俊義、宮寶田等。其第四代門人，有孫錫堃，字玉朋，作「八卦拳真傳」一書；內列董門八卦拳根派五代名人表，列舉五十餘人，尊董為「董太師」。

董海川享高齡而歿，相傳易簀時，弟子欲為易衣，微觸其身；董驚起，自頭上擲弟子於兩丈以外。臨歿昏惘，仰臥床上，兩手作換掌式；往返運掌，以致將所穿馬褂襟全行磨爛云。

近代武俠經典復刻版

偷拳

作者：白羽
發行人：陳曉林
出版所：風雲時代出版股份有限公司
地址：10576台北市民生東路五段178號7樓之3
電話：(02) 2756-0949
傳真：(02) 2765-3799
執行主編：劉宇青
美術設計：吳宗潔
業務總監：張瑋鳳

出版日期：2024年2月
ISBN：978-626-7369-30-2
風雲書網：http://www.eastbooks.com.tw
官方部落格：http://eastbooks.pixnet.net/blog
Facebook：http://www.facebook.com/h7560949
E-mail：h7560949@ms15.hinet.net
劃撥帳號：12043291
戶名：風雲時代出版股份有限公司

風雲發行所：33373桃園市龜山區公西村2鄰復興街304巷96號
電話：(03) 318-1378
傳真：(03) 318-1378
法律顧問：永然法律事務所 李永然律師
北辰著作權事務所 蕭雄淋律師

行政院新聞局局版台業字第3595號 營利事業統一編號22759935

定價：320元

國家圖書館出版品預行編目資料

偷拳 / 白羽著. -- 臺北市：風雲時代出版股份有限公司,
2024.01　面；　公分

ISBN 978-626-7369-30-2（平裝）

857.9　　112019516